OS
SUSSURROS

Também de Ashley Audrain:

O impulso

ASHLEY AUDRAIN

OS SUSSURROS

Tradução
LÍGIA AZEVEDO

paralela

Copyright © 2023 by Ashley Audrain Creative Inc.

A Editora Paralela é uma divisão da Editora Schwarcz S.A.

Grafia atualizada segundo o Acordo Ortográfico da Língua Portuguesa de 1990, que entrou em vigor no Brasil em 2009.

TÍTULO ORIGINAL The Whispers

CAPA Sara Wood

IMAGEM DE CAPA andersboman/ Getty Images

PREPARAÇÃO Marina Waquil

REVISÃO Marise Leal e Luciane H. Gomide

Dados Internacionais de Catalogação na Publicação (CIP)
(Câmara Brasileira do Livro, SP, Brasil)

Audrain, Ashley
  Os sussurros / Ashley Audrain ; tradução Lígia Azevedo. — 1ª ed. — São Paulo : Paralela, 2024.

  Título original: The Whispers.
  ISBN 978-85-8439-372-5

  1. Ficção canadense (Inglês) I. Título.

24-190788   CDD-813

Índice para catálogo sistemático:
1. Ficção : Literatura canadense em inglês   813

Eliane de Freitas Leite – Bibliotecária – CRB-8/8415

Todos os direitos desta edição reservados à
EDITORA SCHWARCZ S.A.
Rua Bandeira Paulista, 702, cj. 32
04532-002 — São Paulo — SP
Telefone: (11) 3707-3500
www.editoraparalela.com.br
atendimentoaoleitor@editoraparalela.com.br

Para todas as mães que estão por um fio. E para aquelas que tentam desesperadamente se tornar uma.

*O que eu sentia cada vez mais, no casamento
e na maternidade, era que viver como mulher
e viver como feminista eram duas coisas diferentes
e talvez irreconciliáveis.*
Rachel Cusk, em entrevista a *The Globe and Mail*,
Toronto, 2012

Ele leva dois dedos ao nariz e sente o cheiro da mãe da criança enquanto seus olhos arregalados brilham na escuridão da cozinha. O relógio do forno marca 0h03. Seu peito. Tudo parece tenso. Está tendo um ataque cardíaco? É essa a sensação de um ataque cardíaco? Precisa se mexer. Caminha pelo piso de carvalho-branco e vai tocando as coisas: a alavanca da torradeira, o puxador de aço inoxidável da geladeira, as bananas moles e perfumadas na fruteira. Espera que a familiaridade o ancore. Que o traga de volta.

Um banho. Ele deveria tomar um banho. Sobe a escada feito uma criança pequena.

Ele se recusa a se olhar no espelho do banheiro.

Sua pele arde. Ele coça.

Acha que ouve uma sirene. É uma sirene?

Abre a torneira do chuveiro e fica ouvindo. Nada.

Cama. Ele deveria estar na cama. Estaria lá se nada tivesse acontecido. Se fosse só mais uma noite de quarta-feira de junho. Ele se seca e pendura a toalha no gancho da porta, como sempre faz. Ajeita o caimento do tecido branco e felpudo, alisando a ondulação como se estivesse montando a vitrine de uma loja de departamentos, suas mãos se contraindo com um medo que não é familiar para ele.

O celular. Ele se esgueira pela casa escura tentando achar onde deixou — no banco do corredor, na bancada da cozinha, na mesa ao lado do pé da escada. No bolso do casaco, é lá que o encontra, no chão, perto da porta dos fundos, onde o largou ao entrar. Leva o celular para cima, com as pernas ainda fracas, e para do lado de fora da porta do quarto deles.

Não pode ficar ali.

Vai dormir no quarto de hóspedes. Ele se deita devagar na cama de casal, notando o cuidado com que o lençol foi esticado e dobrado, e deixa o celular ao lado. Sente uma vontade pulsante de ligar para ela.

O que diria? Que sente sua falta? Que precisa dela?

É tarde demais.

Mesmo assim, ele fica olhando para o celular, imagina-se ouvindo-o chamar enquanto espera ela atender. Então fecha os olhos e vê a criança outra vez.

Algum tempo depois, sente o movimento no colchão. Alguém mais subiu na cama. Ele espera ser tocado. Mas não, é uma vibração. De novo. E de novo. Um raio de luz alaranjada atravessa o quarto. Ele desliza o dedão sobre o reflexo turvo de seu rosto na tela para atender.

O tom doloroso na voz dela. Ele já o ouviu antes.

"Aconteceu uma coisa horrível", ela diz.

SETEMBRO, QUINTAL DOS LOVERLY

Há algo de animalesco em como adultos de meia-idade avaliam uns aos outros enquanto fingem ser amigos no quintal de uma das casas mais caras da rua. A multidão é atraída pelos mais bonitos. Estão todos ali para uma tarde em família, pelas crianças, que brincam em paralelo, mas os homens escolheram seus melhores sapatos e as mulheres escolheram acessórios que não usam quando vão ao parquinho, e todo mundo mantém um tom de voz educado.

Há comida e bebida. Dois baldes de aço grandes com cerveja artesanal, hamburguinhos em tábuas compridas de madeira e cones de papelão cheios de batata frita. As lembrancinhas são biscoitos com o nome de cada criança escrito em glacê, dentro de saquinhos de celofane amarrados com uma fita grossa de cetim.

A cerca dos fundos é ladeada por uma fileira de árvores adultas recém-plantadas, que foram erguidas e posicionadas por um guindaste. Não há nenhum sinal do beco desagradável do outro lado, dos moradores do conjunto habitacional a quatro quarteirões dali, do esgoto que transborda quando chove. O tom verde da grama é admirável. Eles têm um sistema de irrigação. O pátio de concreto na saída da cozinha ostenta vasos de buxos cuidadosamente dispostos. Há um galpão que não é exatamente um galpão — tem uma porta pivotante, uma luminária de verdade.

Três crianças pertencem a este quintal, à casa de três andares que foi construída em um terreno duplo, algo de que nunca tinha se ouvido falar naquele bairro. Os gêmeos de três anos, um menino e uma menina, usam roupas de anarruga combinando e deixaram que a mãe daquela casa audaciosa penteasse e arrumasse seu cabelo. O menino mais velho, de dez anos, insiste em usar o uniforme da educação física do ano anterior, cuja camiseta está manchada. "De chocolate quente ou sangue?", os convidados vão se perguntar. Mas o marido de Whitney a convenceu a pensar bem antes de travar essa batalha quinze minutos antes que a festa começasse.

Às três e meia da tarde, Whitney já abriu mão de seu desejo de tirar aquela camiseta do menino e enfiá-lo na polo azul-bebê que ela comprou para a ocasião. Deixou de lado o estresse de ser a anfitriã e sente o barato satisfatório de ver que estão todos se divertindo. Impressionou a todos. Sabe disso por causa dos olhares, dos amigos que apontam sutilmente uns para os outros os detalhes pelos quais ela se esmerou. Pensa nas fotos que vão impactar as redes sociais mais tarde. O zumbido alto das conversas é salpicado de risadas, e a atmosfera alegre a sacia.

É por causa do barulho que Mara, da casa ao lado, não vai à festa. Ela encontrou o convite de gramatura alta em sua caixa de correio um mês antes, como todos os outros convidados, e o jogou direto no lixo reciclável. Mara sabe que aqueles vizinhos na verdade não querem pessoas como ela e Albert em sua festa. Acham que ela não tem mais nada a oferecer. Suas décadas de sabedoria não importam nem um pouco para aquelas mulheres, que andam para lá e para cá como se soubessem de tudo. Mas tudo bem. Mara consegue ver e ouvir o bastante pelos buracos na cerca, enquanto trabalha em seu jardim, arrancando ervas daninhas até sua lombar não aguentar mais e ela precisar se sentar na cadeira embolorada do pátio. Ela nota algo em meio aos galhos folhosos de suas hortênsias. Dá uma sacudida. Um aviãozinho de papel cai na terra. Outro que lhe passou despercebido. Ela encontrou vários no quintal na manhã de quinta-feira. Ao se debruçar para pegá-lo, ouve a voz de Whitney em meio ao falatório dos convidados, cumprimentando o casal que mora do outro lado da rua.

O casal, Rebecca e Ben, faz questão de encontrar a anfitriã assim que chega. Eles têm vinte minutos e um vaso de orquídea para entregar. Rebecca precisa voltar ao trabalho. Ben quer agradar Rebecca, teria preferido ficar em casa. Ele se mantém em silêncio durante a troca de cortesias entre Rebecca e Whitney. Whitney elogia e indaga, dá tapinhas na mão e depois no ombro de Rebecca, que permite e fica encantada de uma maneira que não costuma ficar. Torce para que ninguém interrompa.

O cabelo de Ben ainda está molhado do banho, e ele cheira a manhã. Sente os olhos de Whitney nele enquanto ela fala com sua esposa. A mão dele está no bolso de trás do jeans branco de Rebecca. Ele puxa a mulher para mais perto. Rebecca sente que Ben não está ouvindo a conversa, não de verdade, e está certa. Ele observa o mágico enrolar um lenço colorido na filha de Whitney, e a menina dá risadinhas. Seus olhos se cruzam com os olhos simpáticos de Ben. Ele não é muito sociável quando se trata de adultos, mas as crianças sempre o adoram. É o professor preferido. O tio brincalhão. O técnico do time de beisebol.

* * *

Do outro lado do quintal, Blair observa Ben e Rebecca buscando maneiras sutis de se tocar enquanto ouvem Whitney, como se ainda encontrassem tudo de que precisam um no outro. Eles não têm filhos, estão livres, por isso não mudaram irrevogavelmente, como todos os outros. Trocam frases completas com uma entonação civilizada. Provavelmente ainda transam todo dia e gostam. Pegam no sono na mesma cama, com as pernas enroladas umas nas outras. Sem um travesseiro entre os dois, para separar o lado dela da cama do lado dele, para fingir que o outro não está ali.

Blair vê sua melhor amiga, Whitney, se distrair enquanto encerra a conversa com Rebecca, buscando sutilmente quem será o próximo alvo. Então ouve a voz estrondosa de Aiden, o homem barulhento que dorme do outro lado de sua barreira de travesseiro. Ele tem público, sempre tem. Está chegando ao fim de uma piada que Blair já ouviu antes, e chama a atenção de Whitney quando ela passa. Enquanto isso, Blair está dolorosamente consciente de que se encontra sozinha. Ela procura por Jacob, o marido de Whitney, e o vê com um casal desconhecido. Uma menina pequena com tranças apertadas no cabelo se enfia entre as pernas da mãe. Jacob aponta para a casa, desenha a forma do telhado com o dedo, explica o projeto. Como sempre, está usando camiseta preta e calça chino preta com a barra dobrada, sem meia e com tênis branco de marca. Seu cabelo, suas sobrancelhas, a armação de seus óculos escandinavos, tudo em Jacob é intenso e descolado, mas ele é sempre amável. Jacob ergue a mão para Blair, em cumprimento. Ela cora, percebe que o estava encarando. É fácil encará-lo. Os olhos de Blair voltam a procurar pela esposa dele.

* * *

Agora Whitney está falando com um grupo de mães da turma de Xavier, o filho mais velho. Elas têm um grupo de mensagens no qual Whitney raras vezes escreve, porque não tem resposta para as perguntas que fazem sobre o projeto do primeiro semestre, o cardápio do almoço e o prazo para pedir as fotos da turma. Mas ela gosta de estar no grupo mesmo assim. Às vezes, manda um emoji quando chega no escritório mais cedo para tomar sua terceira caneca de café quente, curtir o silêncio e pensar. Um sinal de positivo. Um coração vermelho. Obrigada pela informação! Nada de útil, ligeiramente irônica. Whitney sente que a atenção das mulheres a segue agora, quando vai cumprimentar os maridos. Eles param de conversar e endireitam as costas para cumprimentá-la também.

Blair chama a atenção de Rebecca, e agora são as duas que trocam cortesias. Blair só consegue pensar no clima, sempre a porcaria do clima, e as duas falam sobre como está esfriando cedo, depois sobre o trabalho cansativo de Rebecca no hospital, onde seu turno começará em quarenta e cinco minutos. Mas Rebecca adora o trabalho cansativo do hospital. As duas mulheres não têm nada em comum além do lugar onde moram. Rebecca serve a Blair como uma enciclopédia médica sob demanda, respondendo a todas as mensagens que a outra lhe manda sobre a nova alergia, a tosse seca, a coceira no ouvido ou o cocô meio cinza da filha. O tipo de coisa que pode ocupar Blair por dias. Blair se pergunta como deve ser se sentir tão útil. Usar jeans branco em um churrasco de família.

Os olhos de Rebecca encontram a cada poucos segundos a filha de sete anos de Blair, para quem não consegue parar de olhar. Ela se pergunta como seria estar no churrasco com seus próprios filhos. Então se permite fugir com aquela versão de seu futuro, que fica cada vez mais longa, como o lenço saindo do chapéu do mágico. A menina está desenhando com giz no chão do pátio, acompanhada dos gêmeos, que esperam por sua vez com o coelho. As duas mulheres observam juntas a filha de Blair agora, ambas fingindo estar se entretendo mais com as crianças do que realmente estão.

Whitney se junta a elas, depois de pegar outra bebida, e Blair e Rebecca se animam. Ela apoia a mão no ombro de Blair e finge não se incomodar com as mãos sujas de giz dos gêmeos. Como eles ficam fofos juntos, Whitney comenta, como Chloe é boa com os pequenos. Ela dá um passo discreto para trás, com medo das mãos cheias de pó em seu vestido.

Rebecca tenta imaginar como se interessar por fazer esse tipo de coisa, ser a anfitriã, produzir tudo. Restam-lhe três minutos, e seu cérebro contará os cento e oitenta segundos, porque é isso o que ele faz. Ela também comenta sobre como Chloe é boazinha enquanto o tempo passa.

"Que graça" é a expressão que Rebecca usa. Blair sorri e relativiza a perfeição de sua única filha, mas fica feliz como só um comentário desses poderia deixá-la. Por mais superficial que possa ser.

Aquilo faz Whitney se perguntar onde seu filho nada gracioso poderia estar. Ela não consegue vê-lo no quintal. Blair comenta que o viu faz uma meia hora, na cerca que dá para a casa de Mara, com o rosto entre as ripas. Ele nunca está onde deveria. Whitney mandou que se comportasse, distraísse as crianças menores, fosse simpático. Só daquela vez. Por ela. Ele deveria estar aqui. O mágico já está quase indo embora.

"Talvez ele só precise de um momento sozinho", Blair sussurra, devagar, imaginando se seria melhor ficar quieta.

Mas não. Whitney vai atrás dele.

Por que não pode fazer o que ela pediu? Por que não pode ser mais como a filha de Blair? Whitney pensa no bico que ele faz sempre, quase uma careta, e em como consegue o que quer dos outros por estar de mau humor, quando na verdade é apenas a cara normal dele. Ele parece sempre triste. Taciturno. Precisando cortar o cabelo, mas se recusando a fazê-lo. Whitney anda depressa pela casa, chamando-o. Passa pela despensa. Pela sala. Pelo porão. Não deveria ter que fazer isso no meio de uma festa com cinquenta convidados. Ele está se escondendo? Pegou o iPad escondido outra vez? *Xavier!* Por que sempre tem que irritá-la? Whitney corre até o último andar e abre a porta do quarto. Ele está ali, na cama, com os saquinhos vazios das lembrancinhas espalhados à sua volta. Todos os saquinhos. Tem chocolate em seu rosto e no lençol. Ele está lambendo o glacê da embalagem de um biscoito com o nome de outra criança.

"XAVIER! QUE PORRA É ESSA?" Whitney corre para arrancar o celofane lambido das mãos dele, e o menino grita e se encolhe. "QUAL É O SEU PROBLEMA?"

Xavier contrai o rosto e projeta o lábio inferior como se

fosse uma criança com metade de sua idade. Ela não vai permitir o choramingo irritante que virá a seguir, o choramingo que vai deixá-la com vontade de bater nele. "não!", Whitney grita, pegando-o pelo braço. Xavier geme e seu corpo fica mole. Ela não suporta quando ele faz isso. "levanta, seu merdinha!"

Então ela o solta. Porque se dá conta de que o ronronar jovial lá embaixo morreu.

A festa ficou em silêncio. Restam apenas as batidas furiosas de seu coração em seus ouvidos. E o repique de seus gritos venenosos, assassinos. O eco familiar de sua raiva. O medo das possibilidades se impõe. Então ela nota. A janela escancarada. Todo mundo ouviu.

A vergonha a leva ao chão. Ao ninho de fitas de cetim descartadas, com as pontas cortadas como a língua de uma cobra.

Então ela se dá conta do que perdeu.

NOVE MESES DEPOIS

1

BLAIR

MANHÃ DE QUINTA-FEIRA

São cinco e meia da manhã, mês de junho. Blair Parks toma seu café e pensa no marido abrindo as pernas de outra mulher como as asas de uma borboleta.

Ela o imagina cheirando-a. Depois provando-a, a língua traçando círculos, agitando-se.

Blair cobre a boca com a mão. Deixa o café de lado.

Não consegue dormir. Agora faz isso pela manhã, entrega-se a pensamentos obscenos. A sensação de começar o dia assim não é boa, mas isso ajuda a satisfazer sua preocupação obsessiva e a seguir em frente. De outra maneira, acabaria consumida em um momento inapropriado. Como encarando a prateleira de removedores de manchas no mercado, aqueles dos comerciais que dessexualizam mães de meia-idade sem profissão, como ela, enquanto imagina a boca de uma mulher mais jovem cheia do sêmen do seu marido.

Ela se serve uma segunda caneca que não vai ter um gosto tão bom quanto o da primeira e pensa em como tem sede de outra coisa. Só não sabe nomear o quê. O problema não é só o tédio. Ou um desejo melancólico. Ou seu casamento sereno de dez anos rumando para a completa irrelevância. Isso é normal? É assim que as outras mulheres da idade dela se sentem?

A ideia de dizer isso em voz alta, a quem quer que seja, faz seu diafragma se contrair. Mais que de costume. É melhor erguer a cabeça e encarar em silêncio a hora que tem pela frente. E a hora depois daquela, para que ninguém desconfie de que é infeliz. Blair sabe que vai ser melhor para todo mundo se a indiferença assumir o controle. Se seguir adiante, sem energia para se importar com o que realmente quer. Ou com o que realmente sente quando o despertador toca pela manhã.

Vulnerabilidade, ela sabe, é algo que deveria ser trabalhado, algo que as mulheres deveriam exercitar, tal qual um músculo. É o que os livros, podcasts e palestras motivacionais dizem. Blair tenta admirar aquelas que admitem, em voz alta, que se arrependeram de suas escolhas e decidem abertamente mudar. Mas esse tipo de transformação não é para ela. Blair não consegue visualizar nenhuma outra vida para si mesma. E não consegue superar a vergonha de ter errado tanto.

Depois de outro café, as dobradiças da porta do quarto da filha rangem lá em cima. Seus passos ecoam pelo piso de madeira do corredor. A descarga do único banheiro soa, e o encanamento silva pela casa toda. Blair passa a mão pelo rosto cansado.

Em algum momento, culpar Aiden pela maneira como ela se sentia em relação à própria vida se tornou conveniente. Ele vem sendo um depositório seguro para a raiva dela. Blair a despeja, despeja, despeja, mas Aiden nunca parece transbordar. Na mente dela, nada aconteceria — os dois estão casados e o divórcio não é uma opção para Blair. O desmantelamento, a forma de tudo mudando. A percepção. O impacto na filha lá em cima. Ela nem consegue imaginar.

A água escorre da torneira do banheiro. Ela ouve Chloe abrir o pequeno armário com espelho onde há três escovas de dente no mesmo copo. Blair coloca um bagel na torradeira para a filha comer de café da manhã. Já tirou o cream cheese da geladeira para que fique na temperatura ambiente, como Chloe gosta.

Atribuir sua infelicidade a um casamento pouco satisfatório a ajudou a aguentar bem, até que, uma semana e meia atrás, Blair encontrou um pedacinho de uma embalagem metalizada no bolso do jeans de Aiden. Um pedacinho de uns cinco centímetros. Lixo, para qualquer outra pessoa que recolhesse do chão da lavandeira depois de virar a calça do avesso para a lavagem. Só que ela reconheceu as ranhuras da embalagem. E o tom esmeralda. Era idêntico ao das camisinhas que eles usavam anos atrás. Toda manhã desde então, Blair abre a gaveta onde guardou o pedacinho e o coloca na mão para observá-lo.

Poderia ser de várias coisas. Uma barrinha de cereal. Uma balinha de um restaurante onde teve um almoço de negócios.

Só que, mais do que qualquer prova, o que ela tem é um pressentimento.

Blair já ouviu falar nos sussurros — os momentos que tentam lhe dizer que *tem algo errado*. O problema é que algumas mulheres não dão ouvidos para o que a vida tenta lhes dizer. Não dão bola para os sussurros. E de repente olham para trás. Sentindo que foram pegas de surpresa. Desesperadas para enxergar a verdade tal como ela é.

Mas talvez Blair só esteja sendo paranoica. Talvez só tenha tempo livre demais para pensar.

Ela ouve Chloe descendo e passa o cream cheese com cuidado. As pernas bem abertas retornam à sua mente. Os dedos de Aiden abrindo os lábios depilados da mulher. Como ele seria legal com ela depois. Talvez ela o faça rir. Os braços de Blair se arrepiam. Ela volta a pensar em como Aiden não gozou na única noite em que fizeram sexo no mês passado. Em como ele tem olhado o celular com mais frequência.

Chloe está quase ao pé da escada. Blair fecha as pernas imaginárias e junta as duas metades do bagel. Então se vira e se força a sorrir, para que, como em qualquer outra manhã de sua vida, seu rosto sorridente seja a primeira coisa que a filha vê.

2

REBECCA

HORAS ANTES

Alguém da residência lhe apresenta o caso enquanto atravessam correndo as portas duplas até a área de reanimação, com os tênis guinchando no piso resinado. Ela sente o ar úmido que vem de fora antes de ver os socorristas passando a maca para sua equipe. Um menino de dez anos encontrado inconsciente às 23h50, com suspeita de lesão cerebral devido a uma queda, mas sem sinais evidentes de traumatismo. O enfermeiro dá um passo para trás quando Rebecca, vestindo luvas azuis, se vira para erguer as pálpebras do paciente.

Ela recua. O rosto do menino. Ela olha para a enfermeira do outro lado do paciente.

"Eu conheço esse menino. O nome dele é Xavier. Mora em frente a mim."

"Você quer...?"

"Não." Ela movimenta as próprias pernas para voltar a senti-las. A cortina está prestes a ser levantada. "Estou bem, estou bem. Sinais vitais? Vamos, vamos."

Suas mãos se mantêm firmes no corpo do menino enquanto ela dá ordens, e em segundos se deixa levar pela coreografia que realiza há anos. Intubar. Pegar a veia. Pedir uma tomografia imediatamente. Ela nunca fica com uma criança na sala de trauma por muito tempo, mas cada minuto é crucial e metódico, de cada segundo se extrai o máximo de potencial e, no entanto, no fim, quando tudo o que pode ser feito foi feito, Rebecca só vê aqueles minutos como uma massa de tempo que tem apenas dois finais possíveis.

"Os pais, eles estão aqui? Onde eles estão?" Rebecca tira as luvas e as joga no lixo. Olha para o rosto cinza de Xavier, a boca bem aberta com o tubo que ela enfiou ali dentro. Tira uma mecha de cabelo úmido da testa do menino. O lugar onde ele caiu deve estar molhado da chuva de ontem. Ela toca a bochecha dele.

Centenas de pais já esperaram por Rebecca sentados nas cadeiras com estofado de vinil do hospital. A facilidade com que ela consegue formar as frases às vezes a preocupa. Mas Rebecca nunca teve um paciente que conhecesse. Nunca teve um paciente que viu lavando os carros dos vizinhos com muita espuma, nunca soube que um paciente tinha uma bicicleta azul-cobalto com manoplas verde neon. Nunca teve que dizer a uma amiga que talvez seu filho nunca se recuperasse.

Sua adrenalina baixa quando ela sai do setor de trauma. Rebecca vê o reflexo das luzes fluorescentes no piso do corredor e seus sentidos começam a voltar: vê quando chamam alguém da pneumologia, ouve o choro de uma criança na sala de espera, sente o ambiente antisséptico. Pega o celular do bolso. Quer ligar para Ben e ouvir a tranquilidade de sua voz, mas ele deve estar dormindo. E Whitney a espera.

Rebecca bate na porta aberta do quarto pequeno em que a colocaram. Ela está sentada em frente a uma mesa redonda, olhando para a caixa de lenços de papel áspero que lhe entregaram. Não levanta o rosto.

"Sinto muito, Whitney."

Whitney move a cabeça devagar, como um robô cuja bateria está acabando. Não diz nada. Rebecca se senta ao seu lado e põe a mão sobre a sua. Costuma fazer isso, tocar a mãe ou o pai no braço ou no ombro, para que as palavras que dirá na sequência pareçam mais pessoais, menos rotineiras. Era parte da sequência emocional que havia criado para si mesma anos atrás. A empatia nem sempre lhe veio fácil como agora. Rebecca era melhor em outras partes do trabalho quando mais nova, em coisas que podiam ser medidas com clareza, avaliações de sua competência. Coisas que podia provar.

Os olhos de Whitney se fecham e sua boca se abre, mas sua voz está tensa. Saem apenas princípios de palavras que ela se esqueceu de como formar.

"Pode me dizer o que aconteceu?"

Rebecca espera que Whitney repita o que os socorristas lhe passaram: que a amiga foi dar uma olhada no filho antes de dormir e descobriu que ele não estava na cama e que a janela se encontrava aberta; que ela olhou para baixo e o viu estendido na grama; que não fazia ideia do que tinha acontecido. *Vamos, Whitney, me diga exatamente isso.*

Ela pensa no quintal, no retângulo de grama bem-cuidada de onde os socorristas o tiraram. A última vez que esteve lá foi em setembro, na festa.

Rebecca não quer pensar na raiva de Whitney naquela tarde. No menino chorando enquanto a mãe gritava com ele no quarto.

"Quero falar com você sobre o estado de Xavier."

Whitney cobre o rosto com a mão. "Só me diz se ele vai morrer." Sua voz sai em um tom quase inaudível.

Rebecca pega a outra mão dela. Seus dedos frios estão curvados, formando punhos cerrados. Whitney tenta recolher a mão, mas Rebecca a aperta com firmeza até que a amiga ceda. Ela não costuma se intimidar, mas quando conheceu Whitney notou algo nela... Seu entusiasmo, seu refinamento, a perspicácia de suas palavras ao falar.

Com o tempo, entretanto, enquanto a vida de uma orbitava silenciosamente a vida da outra, o efeito passou. Há uma forte sensação de familiaridade em alguém cuja vida se passa em tamanha proximidade física, dadas todas as coordenadas possíveis no planeta. Ela e Whitney respiravam no mesmo bolsão de ar. Rebecca vê as latas de lixo de Whitney às quartas-feiras e sabe que ela não recicla tudo. Sabe que Whitney tem mania de comprar, vê as pilhas de pacotes quase tombando na frente da porta, de lojas de departamentos refinadas, os envelopes deixados para a babá pegar. Sabe que alguém do casal — ou Whitney ou Jacob — não dorme bem. Rebecca vê as luzes da cozinha acesas quando chega em casa no meio da noite. Vê as garrafas de vinho vazias nos sacos azuis transparentes da reciclagem.

A festa não foi a única vez em que ela ouviu Whitney gritar. O tom inconfundível de uma mãe que não aguenta mais atravessava as vidraças imponentes da frente da casa. Rebecca ficava sempre desconfortável, como havia ficado no churrasco, constrangida por ter ouvido. Não sabe o que mais acontece ali, mas esse tipo de especulação a deixa desconfortável. Ela é médica, e o que lhe importa são os fatos. Rebecca encontra conforto nos fatos.

"Xavier teve uma lesão significativa. Nossa preocupação é a cabeça. Ele está na UTI, em coma induzido, para que seu cérebro descanse. O pessoal de lá vai falar com você sobre o que esperar a seguir. Em situações assim, as primeiras setenta e duas horas são reveladoras. Sei que é difícil ouvir isso, Whitney, mas preciso que compreenda que há uma possibilidade de ele não recuperar a consciência."

Whitney não reage.

Rebecca espera um momento para dizer, com uma voz mais branda: "Você entendeu?".

Ela sente quando a mão de Whitney começa a tremer e olha atentamente para seu rosto marcante. O leve brilho em sua testa. Suas sobrancelhas pigmentadas. A perfeição exterior.

"Jacob está com os gêmeos?"

Whitney fecha os olhos e balança a cabeça. "Londres. A trabalho. A babá veio na hora, mas tive que esperar." Sua voz se altera. "Não pude vir com ele na ambulância."

Rebecca diz a Whitney que vai levá-la para ver o filho, que ele está intubado e inchado. Que isso pode assustá-la, mas que Xavier não sente dor. Que outro médico assumirá o caso. A porta se abre atrás delas. Rebecca se vira e vê um enfermeiro e dois policiais.

Vão querer falar com Whitney, é de praxe. Rebecca registra o desconforto do momento, embora as perguntas que vão precisar fazer não a preocupem, pelo menos não na teoria. Rebecca balança a cabeça na direção deles — *Por favor, agora não, ainda não* —, e o enfermeiro guia os policiais de volta ao corredor.

"Há estudos que demonstram que pacientes nessa condição sabem quando estão acompanhados por alguém da família. Você pode segurar a mão de Xavier e falar com ele como se ele estivesse acordado. Está bem?"

Whitney se levanta e leva as mãos à bainha do moletom. Deixa Rebecca passar o braço forte e firme sob ela enquanto caminham pelo corredor. Então fica rígida. Vira o rosto para Rebecca, e os olhos de ambas se cruzam pela primeira vez.

"É por isso que você não tem filhos?"

Rebecca para por um momento. Não sabe o que dizer. Ela está falando do trabalho? Do hospital? Do medo constante de que algo dê errado, da dor insuportável quando isso acontece?

Ela pensa nas horas que passou no chão do banheiro.

Nos coágulos indo para o fundo do vaso, nos fios de muco dançantes. No peso da toalha de rosto sobre suas pernas a caminho do hospital.

Por que ela não tem filhos? Porque não consegue manter os seus vivos.

3

BLAIR

"Bom dia, filha. Dormiu bem?"

Chloe abraça a barriga macia de Blair e a aperta. Sempre acorda renovada. Blair pega uma banana da fruteira e a coloca em um prato, junto com um dos muffins que fez ontem à tarde, enquanto chovia lá fora. Porque era quarta-feira, e é isso que Blair faz às quartas-feiras. Assa muffins, troca os lençóis, faz a limpeza da máquina de lavar, com vinagre e bicarbonato de sódio. Às vezes, se sente constrangedoramente pouco evoluída.

Chloe lambe o excesso de cream cheese na lateral de seu bagel e solta um murmúrio de aprovação.

Blair se pergunta se Aiden já se deu conta da lista de afazeres que ela cumpre todos os dias. Se já reparou na programação anotada nos quadrados do calendário da cozinha. Blair se pergunta se ele sabe que uma máquina de lavar de onze anos precisa ser limpa manualmente. Talvez deixe os panos sujos do lado dele da cama esta noite, para que ao menos saiba o cheiro que uma máquina de lavar de onze anos tem.

Mas hoje é quinta-feira. O banheiro. O prazo de devolução dos livros de Chloe na biblioteca está expirando. Blair os guardou na mochila dela ontem à noite, junto com a lancheira, as roupas da educação física e um bilhete dizendo que a ama, isso depois de virá-la sobre a pia da cozinha para livrá--la das migalhas de comida e da areia do parquinho. Depois, tomou dois comprimidos para dor de cabeça e foi para a cama cedo. Aiden disse que ia ficar trabalhando até tarde em uma apresentação.

Ele já havia ido para a academia quando Blair se levantou; deve ter começado o dia cedo. Ela não se lembra de senti--lo ao seu lado na cama durante a noite. Mas às vezes Aiden dorme no outro quarto, para não a acordar quando chega.

Blair está desgrudando a forminha de papel do muffin quando se permite imaginar: será que ele veio mesmo para casa?

Ela morde um pedaço. Imagina Aiden chegando e dando um beijo na filha dormindo, com a boca imunda de outra mulher. Blair não consegue engolir. Cospe o pedaço de muffin no lixo.

"Casaco e sapatos, Chloe. Hora de ir!"

Ela é uma boa menina, uma menina inteligente, uma filha única que gosta de rotina e cabelo recém-lavado, que sempre diz "por favor", e mesmo assim suas necessidades consomem Blair. Ou Blair é que sente a necessidade de ser consumida. Ela já se sentiu como se fosse a única pessoa que pudesse fazer o que faz pela filha da maneira que o faz. É por isso que nunca voltou a trabalhar, mesmo tendo se passado oito anos desde o nascimento de Chloe. E é por isso que ela se encontra em sua posição atual. Sentindo-se invisível. Blair tem quarenta anos, e aos quarenta anos as possibilidades parecem ter ficado cada vez mais para trás.

Blair se despede de Chloe com um beijo e se vira da porta para a casa vazia. Na maior parte das manhãs durante a semana, Chloe percorre os quatro quarteirões até a escola caminhando com seu melhor amigo, Xavier. Toda vez, Blair precisa se convencer de que a filha chegou bem. De que não está dentro da van de um pedófilo. Quando seu celular toca pela manhã, o pensamento já lhe vem à cabeça: é a escola, Chloe não chegou. Essa preocupação maternal é o modo padrão de sua mente.

No andar de cima, ela encosta o nariz na cuba de cerâmica da pia do banheiro. Busca o cheiro de hortelã da pasta de dente que ele teria cuspido se tivesse passado a noite em casa. Identifica apenas um toque de fruta da pasta sem flúor de Chloe. A toalha branca está pendurada atrás da porta, seca, embora isso não seja incomum. Aiden toma banho na academia quando vai malhar.

Pode encontrar uma explicação para tudo se quiser.

Pode ver problema em tudo se deixar.

Blair procura o alvejante debaixo da pia e o espirra nos azulejos. Não para nem quando seus olhos começam a arder. As perguntas a anestesiam. Com quem ele está trepando? E como está trepando? E onde a trepada está acontecendo? Rios de alvejante escorrem pela parede. Os detalhes do caso parecem mais importantes do que o significado do caso em si, o que não faz sentido, Blair sabe, mas o cérebro humano tem uma maneira de querer saber desesperadamente como as piores coisas acontecem. Não conseguimos aceitar a morte de uma pessoa até que nos seja explicada — como, quando, onde?

Mas essa também é uma maneira de se distrair da verdade, que a assusta mais que a possibilidade do caso e o que ele significaria: ela não fará absolutamente nada a respeito.

Ela silenciará os sussurros e jogará fora o pedacinho de embalagem metalizada. Dirá a si mesma que Aiden só está na academia, só está em uma reunião, toda vez que ele não atender o celular. Blair escolherá conviver com isso, um leve ruído branco ao fundo da vida deles, porque é incapaz de aceitar as consequências da alternativa.

E ninguém precisaria saber.

A solidão que ela sente é muito humilhante.

Blair está olhando para uma mancha de mofo quando se assusta com o grito de Chloe no andar de baixo.

"Mãe? Xavi não está em casa."

"Como assim?"

"Ninguém atende. Fiquei esperando um tempão."

Blair desce a escada correndo, pensando no horário, em como a filha vai chegar atrasada na escola.

Chloe franze o rosto quando olha para o relógio em que acabou de aprender a ver as horas. "Vou chegar depois do sinal?"

"Talvez ele tenha ido mais cedo, por causa do xadrez, e esqueceu de avisar."

Mas é estranho. Whitney já saiu para o trabalho, Jacob está fora da cidade, mas a babá, Louisa, deveria estar lá. Ela está sempre lá, acompanhando as crianças durante o dia.

"É junho, mãe. Não tem clube de xadrez. Pode mandar uma mensagem para Whitney perguntando onde ele está?"

"Tá, mas vamos indo. Eu te acompanho."

Ela manda a mensagem enquanto enfia os pés nos tênis, sem desamarrar os cadarços. Pisa na calçada com satisfação — estava em casa, estava pronta e disponível. Veja só meu valor. Veja como nossa filha ainda precisa de mim. Blair gosta de dizer mentalmente as coisas que gostaria que o marido ouvisse.

De manhã cedo, o tráfego na Harlow Street mais parece um desfile. Pais levando os filhos pequenos para a escola. Crianças mais velhas passando de patinete aos gritos. Jovens de vinte e poucos anos de bicicleta, desviando dos carros a caminho do tipo de trabalho mal remunerado em marketing que ela costumava ter. Essa parte eclética da cidade antes era cheia de jovens famílias portuguesas que não tinham dinheiro para comprar uma casa em nenhum outro lugar. Agora, elas entregavam suas propriedades a um preço com que nem sonhariam cinquenta anos atrás. O valor da hipoteca de Blair e Aiden é tão alto que o número nem parece mais real.

As duas passam diante de casas que mais parecem dentes de monstros, diferentes umas das outras, tortas, algumas tendo acabado de passar por reformas milionárias, espremidas entre construções vitorianas negligenciadas esperando pacientemente por uma pintura nova. A *Vogue* afirmou que este é o bairro mais descolado do mundo, algo que as pessoas citam como se justificasse os dois milhões de dólares por uma casa geminada com um porão apodrecendo e banheiro com azulejo original cor de abacate. Elas viram a esquina, passam pelas padarias que envelheceram mal e pelas poucas lojas que restam vendendo roupas importadas de Lisboa. Os contratos de aluguel antigos estavam chegando ao fim, e uma a uma as vitrines foram se transformando para atender às exigências do dinheiro. Hotéis baixos onde a xícara de café custa três dólares. Lojas de planta kitsch, de produtos veganos, de roupas infantis caras. Blair trabalha em uma delas duas vezes por semana, fazendo turnos de cinco horas, e seu segundo turno da semana é hoje. Em uma hora, ela tem que abrir a loja. Sua chefe é uma mulher de vinte e sete anos chamada Jane, que cobre os custos de operação com um empréstimo que recebeu dos pais e que nunca vai pagar. A loja vende toucas de linho e brinquedos de madeira que agradam mais aos adultos que às crianças.

Jane trabalhou como monitora em um acampamento e acha que conhece as crianças, mas não conhece as mães. Blair circula os itens dos catálogos que sabe que vão vender, mostra aos clientes coisas de que não sabem que precisam. Teve a ideia de trabalhar lá quando estava procurando um presente de aniversário para Chloe e pensou que gostaria de fazer a curadoria daquelas prateleiras. Que a loja poderia oferecer uma experiência melhor aos clientes. Com papel em tons pastel fosco e fitas extravagantes para os embrulhos. Vitrines temáticas e mesas organizadas por cores. Cestas de palha grandes com itens sazonais que mães como ela compram por impulso. Foi uma daquelas vezes em que as palavras saíram da boca de Blair antes que ela se permitisse pensar melhor.

Dou uma mão, ela se viu dizendo a amigos que perguntam sobre seu trabalho, como se não estivesse sendo paga.

Acho que vai ser bom pra você, foi o que Aiden disse quando ela chegou em casa e sentiu o peso do arrependimento. Como se Blair morasse em uma casa de repouso e tivesse se inscrito para participar do bingo semanal.

Whitney havia sido mais encorajadora, batendo palmas com mais entusiasmo do que lhe era natural. *Isso é ótimo! Sorte a dela contar com alguém com tanta experiência quanto você.*

Na entrada do ensino fundamental, Blair dá em Chloe um abraço de despedida bem quando o sinal toca, aliviada em saber que chegaram a tempo. Então vê um grupo conhecido de mães do segundo ano conversando. Uma delas levanta a cabeça e cruza o olhar com o de Blair, que não tem escolha a não ser se aproximar. E cumprimentá-las com animação.

Estão todas de salto. Cabelo bem escovado. Casacos da moda. Uma advogada, uma psiquiatra e uma vice-presidente executiva. Uma perdeu quase vinte quilos e agora é corretora de imóveis, depois de uma década sem trabalhar. Ela diz que foi um renascimento na meia-idade, que está mais feliz que nunca. Sua conversa gira em torno de estarem no auge da vida, de "se apropriar dos quarenta", e sua linguagem é como a flexão de um bíceps. Blair as estuda, testa partes da vida delas mentalmente.

Como estão as coisas?, elas sempre perguntam. Coisas. Não têm nada de específico para perguntar a ela.

Levar os filhos à escola e se voluntariar para algum evento ocasionalmente é o máximo que conseguem fazer, ao contrário de Blair, que sempre vai buscar e ajuda a organizar cada sessão de pizza da turma, cada festa de aniversário, cada encontro para brincar, cada show, cada feira do livro. Cada maldita reunião da associação de pais.

Envolver-se tanto pareceu uma decisão nobre a princípio. O cuidado e a atenção que exigiam dela lhe davam mais satisfação que escrever textos publicitários para barras de chocolate e sabão em pó. Blair não sentia falta do burburinho do escritório aberto como achou que sentiria. Não sentia falta de roupas que precisavam ficar penduradas em cabides, casuais com uma pitada de executivas. Não se lembrava de se sentir realizada com o exercício intelectual do trabalho, embora soubesse que se sentia. Antes, adorava a mistura de criatividade e venda, encontrar a frase perfeita, acertar no alvo. E era excepcional. Cinco campanhas suas ganharam prêmios. Às vezes, sentia-se um gênio — sua chefe havia usado essa palavra, pulando em reuniões de brainstorming, rabiscando as ideias de Blair no meio do quadro, circulando-a cinco vezes enquanto ela tentava desesperadamente não parecer eufórica.

Mas aquela carreira não parecia mais ter a ver com ela, pelo menos não desde que se tornou mãe. Só Chloe parecia digna de seu tempo, de sua energia e de seu foco. A bebê deixou Blair inebriada nos primeiros meses. Ela amamentava à noite e ficava olhando para o escuro, perguntando-se como poderia voltar a se importar um pouco que fosse com um slogan. Blair deveria querer tudo. E ter tudo. Não podia deixar que a maternidade a consumisse. Só que não havia mais lugar dentro de si para nada além da bebê.

Não pareceu um sacrifício na época. Devotar-se à maternidade e à domesticidade que vinha junto a princípio a deixou feliz. E Chloe ainda faz Blair feliz. Imensamente. A questão é todo o resto que veio com Chloe, as mudanças nela, em seu valor, em seu casamento, que aconteceram tão devagar que passaram despercebidas. Se no passado Blair sentia que a maternidade lhe dera muito mais do que ela tinha, agora parecia que lhe havia tirado tudo. Agora Blair não consegue reconciliar o amor que tem pela filha com o confinamento em que se sente pelo privilégio de ser sua mãe.

Ela se odeia por sentir isso. E nunca dirá a ninguém que sente.

"Que pena que você não pode vir", uma das mulheres lhe diz, pendurando uma bolsa refinada no ombro. Elas estavam falando sobre a viagem de fim de semana das mães, em julho. Alugaram um lugar em Berkshires. Blair não costuma sair sem Aiden ou Chloe, e quando sai a ansiedade prévia a consome — embora depois a liberdade de estar longe deles seja inebriante. Ambas as coisas a deixam igualmente perturbada. Aquelas mulheres vão beber vinho demais, vão fofocar sobre os filhos dos outros, concordar a respeito de tudo o que sai nos jornais. Houve uma época em que Blair se sentia conectada. Agora ela se encontra à margem de tudo o que importa para todo mundo. E vai voltar para casa se sentindo ainda pior do que quando saiu.

"Eu sei, é uma pena mesmo. Mas temos um negócio no sábado, um aniversário. Na próxima eu vou."

Blair é a primeira a ir embora, dizendo algo vago sobre uma entrega. Está sem energia para atuar, para tentar mais uma vez ganhar o respeito delas. A mãe de uma só criança que não tem outro trabalho, a mártir. Às vezes, ela gostaria de ter mais filhos só para justificar o fato de haver tão pouco acontecendo em sua vida.

Ela olha o celular enquanto volta para casa, mas Whitney não respondeu. Ocupada, deve estar ocupada. Fazendo coisas que pessoas com um emprego fazem, a cabeça cheia de soluções grandiosas para problemas grandiosos, em uma estratosfera com que Blair nem finge mais estar familiarizada.

No entanto, Whitney sempre faz questão de responder às mensagens de Blair na conversa contínua das duas ao longo da semana. Cada uma verificando como a outra está, fazendo planos de tomar uma taça de vinho. Blair nunca gostou de beber, mas é uma porta de entrada. Ela sente que Whitney abandona sua intensidade de sempre quando estão cara a cara ao fim do dia, socializando, com as crianças por perto. Sente que ela se revela lentamente. Começa a parecer mais concentrada no que Blair diz, em vez de estar com a cabeça em outro lugar, e o barulho das crianças uma hora para de irritá-la. É o vinho, claro que é o vinho, mas Blair também gosta de pensar que é sua companhia.

Mas estar com Whitney tem o efeito oposto nela. Blair não relaxa: sente-se energizada. A ideia de que Whitney pode sequer desconfiar de que é o ponto alto da semana de Blair é humilhante. Como não tem muito a contar a Whitney, Blair faz com que coisas insignificantes pareçam mais do que realmente são. Sempre se arrepende disso depois. Whitney não se importa com quem confundiu a pessoa do conselho de pais encarregada da tesouraria num e-mail, ou com o que Blair fez para amenizar a situação antes que todo o evento de arrecadação de fundos fosse cancelado.

É insignificante.

Só que Whitney finge que não é. Oferece a Blair a dignidade de ouvi-la falar por uma hora sobre uma maldita venda de bolos que arrecada menos de duzentos dólares por ano.

Às vezes, no entanto, quando se enrola, Blair percebe que Whitney a avalia. Como se estivesse procurando um ingrediente que falta em si mesma. Blair não sabe se isso é verdade, ou se só quer acreditar que é. Mas há momentos em que sente que Whitney quer saber como é se importar com as coisas com que Blair se importa. Olhar para seu próprio filho e se sentir como Blair se sente quando olha para a filha. Blair ergue o queixo. Pelo menos isso ela tem.

4

MARA

Mara Alvaro cruza os tornozelos e se recosta na cadeira dobrável da varanda da frente de sua casa. Algo naquela manhã de quinta-feira parece estranho. Ninguém atendeu na casa ao lado quando a filha de Blair bateu, nem mesmo a babá, que costuma vir todo santo dia da semana.

Mas essas mães estão sempre ocupadas, ela sabe. Tem coisa demais e nada acontecendo ao mesmo tempo, dando a sensação de urgência onde não há nenhuma, apressando sua vida. Elas não sabem simplesmente ser. Não se reservam um tempo para pensar no que está bem à sua frente.

Em quão rápido tudo pode ser tirado delas.

Mara tampouco entende por que Blair usa uma calça legging preta horrorosa todo dia, por que Whitney tinge o cabelo de loiro, usa ternos masculinos e carrega bolsas horríveis. Não há nada de feminino nelas. É uma pena como as mulheres da idade delas se encontram agora.

Mara pensa em entrar para lavar as migalhas do prato do café da manhã. Deveria tomar um banho também, para começar o dia. Essa rotina se tornou menos penosa nos últimos anos. O último produto da Avon, o batom rosa-queimado que ela usou por anos, acabou nove meses atrás, e pela primeira vez Mara não se deu ao trabalho de substituí-lo.

O que isso importa agora? Ela tem oitenta e dois anos. Ao contrário dos vizinhos, restam-lhe poucos amigos por aqui. Todo mundo ou morreu, ou está em uma casa de repouso ou tem a sorte de ser um fardo para os filhos em um subúrbio. Houve um tempo em que era só Mara abrir a porta da frente para pegar o jornal que alguém parava na rua para fofocar. Agora, ela é engolida pelas novidades: as reformas horrorosas, os carros chamativos estacionados na rua, as jovens famílias e sua barulheira, suas coisas, seus excessos. Todos querem viver na cidade grande, querem se sentir relevantes. Só que Mara tem uma notícia para eles: estão todos indo na mesma direção.

Ela cumpriu seu dever de vizinha com as famílias próximas. Levou pastéis de nata e reforçou bem os dias em que o caminhão de lixo passava. Por meses, se ofereceu para receber suas encomendas e ficar de olho caso viajassem. Também deu conselhos sobre a infestação de formigas nos arbustos de peônias. Levou canja caseira no inverno. Não disse nada sobre o terceiro andar totalmente desnecessário, que impedia o sol de bater em sua pequena horta, ou os dois anos de poluição sonora que suportou por causa da reforma exagerada que haviam feito. E o barulho constante das crianças. Os gritos. Aquela porta dos fundos insuportável batendo.

A princípio, foram todos simpáticos, apesar de suas diferenças óbvias. Pareciam interessados em quanto tempo fazia que ela morava ali, e *Ah, a senhora deve ter acompanhado as muitas mudanças na região ao longo dos anos*, como se isso fosse algo maravilhoso. Sem reconhecer que as mudanças eram exatamente o problema. As missas estão sempre vazias na Santa Helena, a igreja católica portuguesa da esquina. Os resquícios de uma comunidade construída com esmero por toda uma geração de seu povo agora são apenas incômodos no bairro *deles*. Estão só esperando para se apossar das poucas propriedades restantes de idosos como ela. Salivando por sinais de que os últimos mercadinhos de importados vão fechar. Todos querem uma unidade daquela porcaria daquela rede de cafés com a sereia a um passo de distância.

Depois das gentilezas iniciais, ninguém mais perguntou quase nada a seu respeito. Ou a respeito de sua vida. Ou a respeito de como chegara ali. Só as crianças se dão ao trabalho de acenar. E Rebecca. Ela gosta de Rebecca. Uma médica fazendo um trabalho bom e digno. Naturalmente bonita.

Então não, não há necessidade de se maquiar hoje ou em qualquer outro dia. Em vez disso, Mara se ajeita na cadeira e ouve o barulho da lona abaixo dela.

"Mara!"

"Está na mesa, Albert!", ela grita de volta. Como sempre, gostaria de acrescentar. Toda santa manhã. Pela tela da janela da cozinha atrás dela, Mara ouve a cadeira ser arrastada pelo piso velho de linóleo. Ela odeia vê-lo comer aquela linguiça, curvado sobre o prato de comida gordurosa que não lhe faz bem, considerando seus problemas de coração e o colesterol alto.

Mara prefere se sentar ao ar fresco da manhã de junho e tentar descobrir o que está acontecendo.

É impressionante o que se aprende sobre as pessoas quando se é mais ou menos invisível. As coisas que elas não querem que os outros vejam são as mais reveladoras.

5

WHITNEY

NO HOSPITAL

Os tubos não a incomodam como Rebecca disse que incomodariam. O acesso venoso, a ventilação mecânica, os fios, o esparadrapo que puxa a pele dele. Ela não registra nada daquilo. Tudo o que vê é um menino. Seu menino. Seu lindo rosto, suas bochechas sempre cheirando a ar fresco. Ela fica aliviada quando o vê ali. Ele está no mundo. Ela largou a mão de Rebecca e logo pegou a dele, a qual não soltou, ainda não.

O hospital em que ela o pariu dez anos atrás fica a cento e cinquenta quilômetros de distância. Ela não pensa naquele lugar faz bastante tempo. Será que as paredes eram dessa mesma cor, desse tom verde doentio? A cortinas não tinham essas mesmas listras diagonais? O nascimento dele é uma lembrança que ela não costuma acessar. Ela viaja no tempo com um nó na garganta. Não faz álbuns, não registra seu crescimento, não guarda seus dentes de leite incrustados com sangue seco. Não se envolve em conversas em que as mulheres compartilham seus relatos de parto. Não tem tempo para isso. Não tem tempo para o tipo de detalhe, medida e particularidade que parece importar tanto para outras mulheres.

Não é esse tipo de mãe.

Mas há algo do nascimento de Xavier de que se lembra claramente: ela fez força três vezes e ele saiu. Três vezes foram o necessário para separar os dois pelo resto da vida deles. A ideia lhe parece absurda agora, como se devesse ter todo o direito de trazê-lo para dentro de si outra vez com o mesmo esforço. Três. Dois. Um. Ele é seu. Ela o fez. Ela o produziu e o criou. E agora o quer dentro de si outra vez. Poderia fazer tudo de novo, de um jeito diferente. Recomeçar do zero.

Ela traça seu nome nos pelos loiros e finos que cobrem o antebraço dele. A pele do cotovelo parece cera onde o último arranhão está cicatrizando, por enquanto. Em alguns dias, ele vai arrancar a casquinha outra vez. Sempre tem algo sangrando que ele mal nota, e ela encontra manchas de sangue na mesa da cozinha, no tapete do banheiro.

Ela passa o dedo pelo cotovelo dele e depois pelas cutículas ressecadas em seu polegar direito. Está vermelho, como se tivesse sido chupado. Será que ele ainda faz isso durante a noite? Ela vai passar hidratante nas mãos dele depois do banho hoje. Dessa vez vai mandar Louisa embora mais cedo e cuidar dele. Vai fazer tudo sozinha, todas as noites a partir de hoje, contar histórias, levar outro copo de água, responder às infinitas perguntas, e vai aprender a gostar disso.

É assim que ela pensa agora, como se ele fosse ter de novo a chance de cair do patinete, de prosseguir com seus hábitos. Como se fosse haver outra chance de encontrar paciência. E controle.

Acidentes acontecem, as pessoas vão lhe dizer, mesmo sem acreditar que ela merece compaixão. Mas não, um acidente é um copo de leite derramado. Um corte no lábio de uma criança aventureira que começa a andar.

Alguém lhe pergunta se ela já sabe quando o marido vai chegar. Acham que é incapaz de responder às perguntas, de tomar decisões como a responsável pelo menino. E talvez estejam certos.

Jacob. Ela vai ver se ele ligou de novo. O celular parece impossivelmente pesado em sua mão. Sempre pareceu um tijolo? Tem uma mensagem dele. Está na lista de espera do aeroporto de Heathrow. Vai direto para o hospital quando aterrissar.

Vai viajar de volta no tempo.

Ela imagina Jacob pegando o filho antes que ele chegue ao chão. O peso dele, o grunhido do esforço quando seu corpo cai no berço que são seus braços.

Ela escreve para ele — *Vai ver Sebastian e Thea primeiro, pra conferir se eles estão bem com Louisa.* Jacob não vai obedecer, claro. Vai implorar que o táxi vá mais rápido, que passe pelos faróis vermelhos. Ela não está pronta para vê-lo. Só de olhá-la ele vai saber tudo. Ela tem certeza.

Ela ignora a enxurrada de outras mensagens, a bolinha vermelha com um vinte e sete no ícone do e-mail. O número muda para vinte e oito enquanto ela olha. Tem seis ligações perdidas de colegas. O mundo desperta, enchendo-se de horas de trabalho, de reuniões que parecem importantes.

O celular cai no chão do quarto do hospital. Whitney o deixa ali.

Rebecca reaparece do outro lado da cama.

Sem levantar os olhos.

Como seria se eu não estivesse aqui?

Ele lhe fizera essa pergunta alguns meses atrás, no carro, uma tarde. Estavam a caminho do dentista para fazer uma obturação. Jacob deveria levá-lo, mas o convidaram para um vernissage de última hora na galeria. Whitney teoricamente tinha a tarde livre.

Como seria se você não estivesse aqui?, ela repetiu, como faz quando não quer pensar na resposta. Então lembrou de alguém para quem se esquecera de ligar antes de sair do escritório. Podia ligar da sala de espera, enquanto Xavier fosse atendido pelo dentista. Não sabia se tinha em mãos os números do orçamento que a pessoa pediria, mas poderia procurá-los em seus e-mails quando estacionasse. *Como assim? Você quer saber onde estaria se não estivesse na Terra? Se explica melhor, Xavi.* E depois: *Merda.*

Tinha perdido a entrada do estacionamento subterrâneo.

Agora não consegue lembrar o que ele respondeu, se disse alguma coisa.

Volta a traçar o nome de Xavier no braço dele.

6

REBECCA

Ela passa os olhos pelos resultados dos exames de um paciente pela terceira vez. Não gosta de se pegar distraída no trabalho, mas Xavier não sai de sua cabeça. Nem a conversa mais cedo no corredor, quando Whitney lhe perguntou por que ela não quer filhos. Rebecca respondeu com algo que nunca havia dito em voz alta: "Não há nada no mundo que eu queira mais do que filhos".

As palavras fizeram com que se sentisse exposta. Não havia como esconder o desespero em sua voz. Mas Rebecca queria que Whitney soubesse que ela escolheria ser mãe mesmo sabendo que acabaria daquele jeito, num quarto de UTI. Queria lembrá-la naquele momento, às duas e oito da manhã, de que ela ainda tinha seu filho. Ele estava vivo. Era seu. Um desconforto surgiu nos olhos de Whitney antes que ela piscasse uma vez, devagar, e olhasse para as portas duplas ao fim do corredor. Então ela voltou a pegar a mão de Rebecca.

Em geral, a fragilidade da vida não é algo que Rebecca se permite contemplar no trabalho. Esse tipo de consciência não lhe serve ali. É melhor partir do pressuposto de que toda criança que cruza seu caminho vai sobreviver e de que ela é responsável apenas pelo próximo fragmento de tempo, que dará início ao restante de sua longa e significativa vida.

No entanto, quando a criança não sobrevive, Rebecca se torna a pessoa que mudou a vida da família. Suas palavras — *Sinto muito em ter que dizer isto* — ficarão gravadas na lembrança de cada um deles até o dia de sua própria morte. Ela se torna parte da história daquelas pessoas incompletas. É uma consequência do trabalho, e ela já se acostumou. Rebecca é capaz de passar por cima disso. Hoje, no entanto, é diferente. Ela verifica o relógio de pulso pela primeira vez — 9h18 — e se pergunta se é cedo demais para ligar para a UTI outra vez atrás de novas informações. A assistente social logo vai passar para ver Whitney, se é que ainda não passou. E a polícia vai voltar. A enfermeira sabe que Rebecca está desconcentrada.

"Desculpa perguntar de novo, mas você falou com os pais? Sobre a suspeita de cardiomiopatia?"

Rebecca faz que sim enquanto passa os olhos pelos documentos de alta que a enfermeira coloca diante de seu rosto. "A criança é muito fofa. Mandei uma mensagem pro plantonista. A mãe precisa de uma bomba de leite, você pode providenciar? Quem é o próximo paciente?"

Ela coça a testa, logo abaixo da touca cirúrgica de arco-íris, depois aperta o dispenser para desinfetar as mãos. Precisa acordar. Sair daquele estado.

Em geral, é ali que Rebecca se sobressai, na emergência, em meio ao ritmo frenético, ao desconhecido, ao rodízio constante de casos. Tudo pode acontecer a cada turno, e ela se pergunta como as pessoas que trabalham com qualquer outra coisa conseguem sair da cama pela manhã para encarar a monotonia garantida. No entanto, Rebecca também encontra conforto em seus dias. Na novidade. Novas crianças, novas famílias, novos problemas. Ela pode ajudar a maioria deles na maior parte do tempo. Os que não estão muito doentes vão para casa, os outros de alguma maneira entram no sistema, passam para os médicos do andar de cima, para a oncologia, a neurologia, a nefrologia, onde quer que acabem depois de deixar o espaço apertado entre cortinas em que Rebecca realiza seu trabalho. Alguns nunca mais saem do hospital, e quando ela desconfia disso se pega examinando as poucas coisas que trazem de casa consigo. As calças de pijama, os ursinhos de pelúcia. Lembranças do fim que os pais vão carregar depois, sem eles.

Raramente ela fica sabendo o que acontece com as crianças, a menos que trombe com a mãe ou o pai no estacionamento ou na fila do café. Tornou-se especialista em parecer ocupada com o celular enquanto atravessa o átrio do hospital; não é fácil reconhecê-la sem a touca, com o cabelo liso solto sobre os ombros. Sente-se culpada quanto a isso, mas só assim consegue abrir as portas duplas da emergência, pronta para trabalhar.

A enfermeira passa todas as informações sobre a criança de dois anos que espera no quarto três. Febre alta recorrente, letargia, perda de apetite. Os pais estão sentados cada um de um lado da cama, observando a menina concentrada com o iPad no colo. Eles se empertigam quando Rebecca entra na sala, e ela sente a mistura de alívio e tensão: a médica chegou, mas tem algo de errado. Rebecca passa os olhos nas informações no monitor. Dezenove de maio de 2017. A data de nascimento da paciente. Estava esperando por isso. Respira fundo e puxa o banquinho para si.

"Lucy? Meu nome é Rebecca. Se importa se eu der uma olhada em você enquanto vê seu desenho? É *Daniel Tigre*?" Ela pega a mão da menina e belisca sua pele de leve para verificar a hidratação, então pressiona suas unhas minúsculas. Vira a mão e sente com delicadeza a palma macia e gorducha.

Enfia o estetoscópio por baixo do pijama para ouvir os pulmões. Pensa no quarto que Ben pintou dois anos atrás. Pensa no lençol florido do berço. Leva o estetoscópio ao peito da menina para ouvir o coração. Pensa na massa pulsante de células que ela e Ben ouviram no primeiro ultrassom. A menina tirou os olhos da tela e agora está olhando para ela. Rebecca pega o oftalmoscópio e volta a se aproximar. Sente o cheiro de manteiga de amendoim no hálito da menina enquanto verifica suas retinas, depois afasta o instrumento. A menina estuda partes de seu rosto, seu nariz, talvez o rímel em seus cílios. Rebecca toca a nuca de Lucy e passa os dedos por seus cachos finos e escuros. Toca o lóbulo de sua orelha, tão pequeno. Sente sua bochecha macia, quente e gorda. Seu queixinho.

A mãe pigarreia.

Rebecca se vira. "Vou pedir um exame de sangue, se não tiver problema por vocês." Ela digita o pedido. Nome. Data de nascimento. O cursor piscando na tela é hipnótico. Ela teria acabado de fazer dois anos, como essa menina. Seria perfeita.

7

BLAIR

Aiden apareceu aos pés de Blair. Foi no ano em que os dois completaram trinta e um, na festa de um amigo em comum que estava lotada, em um apartamento tipo estúdio. Ela estava prestes a ir embora. Também estava prestes a pisar no que restava de uma garrafa quebrada. Aiden estendeu o braço para impedir e ficou de joelhos para pegar o caco de vidro, que levantou na palma de sua mão grande, como um sapatinho de cristal.

Aquilo era meio dramático demais para seu gosto, mas quando Aiden se levantou Blair notou que era o tipo de homem que não costumava olhar para ela. Soube disso na hora. Havia algo em seu sorriso, em sua travessura juvenil, em seu mais de um metro e noventa. No modo como todo mundo em volta estava de olho nele.

Ela passou a curtir a adrenalina de ser encontrada por ele em um cômodo, de ser alvo de sua atenção, de ser aquela que Aiden queria. Ele era barulhento, tinha uma voz grave e reverberante. Ela já tinha desejado outros homens, mas não como ele. A sociabilidade de Aiden fez com que Blair se sentisse vulnerável no começo, como se alguém tivesse arrancado sua roupa em público. Ela não estava acostumada a ter tanta gente olhando em sua direção, como acontecia quando estava com Aiden, ao volume dele, à socialização que lhe vinha naturalmente. Ele era magnético. E indiscutivelmente bonito. Tocava-a bastante. Segurava-a firme sob seu braço e acariciava o ombro dela com o dedão enquanto falava com os outros. Blair gostava de como aquilo chamava a atenção das pessoas. Esperava que notassem, que seus olhos fossem atraídos pelo toque.

Havia uma brandura nele quando estavam a sós, e ela se sentia especial por ser a única a presenciar aquele lado de Aiden. Sua adoração doce e lenta nas manhãs de domingo. Ele fazia um barulhinho quando beijava sua bochecha, sucessivamente, como se ela fosse deliciosa, como se precisasse que seu amor por Blair tivesse som. Os banhos que tomavam juntos à noite, emaranhados, dando risadinhas, ele grande demais para a banheira, com o cabelo molhado caindo nos olhos.

"Eu te faço feliz? É isso que você quer?" Ele estava sempre confirmando, sempre se certificando de que estava à altura do que ela esperava. Blair nunca achou que ele deixaria de se importar um dia.

Quando ligou para a mãe para contar sobre Aiden, que ele tinha um bom emprego em vendas, que havia mandado flores para o escritório dela em seu aniversário, a resposta foi silêncio. Blair ficou olhando para as vinte e quatro rosas cor de pêssego no vaso de plástico turvo na cozinha do trabalho, esperando que ela dissesse alguma coisa.

"Alô?"

"Que legal."

Legal. Aquela era a resposta-padrão da mãe. Legal, como as notas excelentes que Blair tirava no ensino médio. Legal, como a bolsa de estudos que ela recebeu da universidade que era sua primeira opção. Legal, como o primeiro apartamento que ela alugou por conta própria na cidade, com tanto orgulho.

Com o passar do tempo, a mãe tinha cada vez menos expectativas, demonstrava cada vez menos interesse, mas Blair tentava lembrar a si mesma que aquilo não tinha a ver com ela. Não havia nada que pudesse dizer para despertar uma resposta melhor da mãe. Ela não conseguia deixar de ser neutra. Até onde Blair sabia, a mãe não conseguia sentir mais nada.

Quando Blair era mais nova, a mãe era diferente, animada, divertida. Trabalhava três dias por semana como secretária na seguradora do marido até a filha completar oito anos. Levava Blair e o irmão mais novo para o escritório no verão, onde brincavam de forte debaixo da mesa e giravam nas cadeiras até que os três ficassem tão tontos que não conseguissem ficar de pé. Blair adorava como o batom da mãe cheirava tal qual a tinta têmpera da escola. Adorava tocar seus colares de pérolas compridos e ouvir o barulhinho. Elas ligavam o rádio a todo o volume no caminho de volta para casa, e, do banco de trás do carro, Blair imitava o movimento dos ombros da mãe à sua frente.

Em algum ponto ao longo do caminho, no entanto, a mãe pareceu diminuir, em silêncio, devagar. Deixou o trabalho e começou a falar menos com eles. Enrijeceu-se nas mãos do marido.

Blair só entendeu o fardo do desânimo da mãe quando foi para a faculdade e percebeu a facilidade com que passou a respirar. Encontrava desculpas para não voltar para casa quando os amigos voltavam. A tensão havia crescido demais para que ela conseguisse suportar. Àquela altura, os pais só se falavam através dela, como se não fossem mais capazes de registrar o som da voz um do outro.

Agora, sentada atrás do caixa da loja, Blair se pergunta se ela e Aiden são muito diferentes dos pais dela. Se é aquilo que a espera. Tristeza toda noite para o jantar.

Ela está olhando fixo para a girafa de pelúcia de um metro e oitenta que custa duzentos e quarenta e nove dólares quando o sino da porta soa pela primeira vez no dia. Ela está prestes a colocar um sorriso forçado no rosto quando vê que é Aiden entrando.

Ele nunca passa para vê-la.

"O que está fazendo aqui?"

"É bom te ver também. Tive uma reunião no café da manhã aqui perto e pensei em dar uma passada."

Ele vai até a prateleira onde ficam os carrinhos de madeira. De costas, lembra o Aiden de dez anos atrás. Seu cabelo cheio. Seus ombros largos. Os dois se divertiam tanto juntos. Faziam longas viagens de carro, aulas de mergulho, brincavam de dublar as músicas que ouviam no rádio. Adoravam se inundar um no outro. Para onde aquele sentimento tinha ido? Era algo além da criação de uma filha? Ela tinha se distanciado tanto assim de quem era?

Aiden ergue um carrinho na direção dela. "Esses aqui vendem bem?"

"Não muito."

Ele ri.

"Você saiu cedo hoje de manhã", Blair comenta.

"Sempre saio, não?"

Ela ergue as sobrancelhas. Ajeita a pilha de envelopes na bancada. Está acostumada a ficar irritada em sua presença. É assim que as coisas entre eles andam. Rotineiras. Secas. Os dois não falam mais de coisas reais. Suas conversas envolvem apenas logística e informações. "Você pediu o de sempre?"

Ele assente. "Devia ter te trazido um café. Quer que eu vá buscar?"

Blair faz que não, embora queira. A gentileza de Aiden a irrita. A tranquilidade dos dias dele também. Ela se sentiria melhor se ele pegasse mais pesado no trabalho, ou pelo menos é o que ela acha. Se ele pegasse tão pesado quanto ela em seu papel de pensar, organizar, planejar, fazer, repensar. Ela quer que a cabeça de Aiden fique girando à noite, com tudo o que ele precisa fazer no dia seguinte para que a vida da família siga azeitada, para que eles planem.

Será que Aiden já notou isso? Como eles parecem simplesmente planar? O fato de que estão sempre alimentados, bem cuidados, de que sempre tem xampu no boxe, sal no saleiro, presentes no aniversário de cada um? O fato de que o remédio aparece na palma de sua mão no instante em que o enjoo ataca? Isso tudo é por causa *dela*. Esse é seu valor invisível. Muito mais do que os malditos dezesseis e cinquenta por hora que Jane lhe paga.

Aiden vende softwares de segurança para instituições financeiras, e, embora Blair possa regurgitar isso quando alguém pergunta, ela mal sabe do que se trata. A maior parte do dinheiro vem de comissão, o que significa que em alguns anos Aiden ganha muito bem, mas em outros seu salário não é lá motivo de orgulho.

Por isso eles precisam ser cuidadosos. Aiden reclama da fatura do cartão de crédito mês sim, mês não, e quando ele faz isso Blair fica furiosa. Diz coisas como: *Quer que a menina vá para a escola com a calça furada? Tem ideia de quanto custa um pão? Quanto gastou no almoço com o pessoal do trabalho hoje? Acha que eu queria pagar cento e trinta e quatro dólares e trinta e seis centavos só para que dessem uma olhada na lava-louça? Então devo começar a recusar todos os convites para festas de aniversário? Dizer que não temos como comprar presente?*

Por que você está sempre tão brava?, Aiden retruca, com uma voz irritantemente calma.

Agora ele está olhando os e-mails.

"Veio para ficar comigo ou no celular?" Ela se odeia assim que as palavras saem como saem.

Ele pede desculpa e larga o celular na bancada. Ela sente que as boas intenções de quando ele chegou estão se esvaindo. Já conhece a sensação, ele lhe oferecendo uma chance de retribuir seu bom humor, de ter um momento de conexão, e ela tendo dificuldade em aceitar. Ela se pergunta quando ele vai parar de tentar começar de bom humor.

"A loja está ótima." Ele olha em volta, talvez para se afastar do olhar dela. Talvez ela o deixe nervoso. O pedacinho de embalagem lhe volta à mente. Nunca se afasta por muito tempo. Será que ele se pergunta se é cuidadoso o bastante? Será que se pergunta quando ela vai descobrir?

"Jane vai ficar feliz em saber." Mas Blair não vai dizer nada à dona da loja. O lugar só está ótimo por causa *dela*. Blair gostaria que as coisas fossem diferentes. Teve a chance de encontrar conforto nele, mas passou. O sino da porta toca. Uma mulher mais ou menos da mesma idade que Blair entra e vai direto para as estantes de livros ao fundo. Blair pigarreia para chamar a atenção de Aiden, mas não consegue abandonar os pensamentos que a consumiram aquela manhã. Seu coração bate acelerado.

"Posso te perguntar uma coisa?"

Ele assente, olhando o relógio. Sua paciência se esgotou.

"Você voltou pra casa esta noite?"

Aiden parece perplexo, mas não pego no pulo. Isso a deixa aliviada por uma fração de segundo.

"Claro. Dormi no outro quarto. Não queria acordar você."

Ela está virada para a parede enquanto recarrega o grampeador. Nunca sente a satisfação que achava que sentiria ao botar para fora aquilo que a devora por dentro. Sempre se sente pior.

Blair se pergunta se ele vai sair da loja sem se despedir dela. Então volta a se virar para Aiden e constata que ele a observa de braços cruzados. Seu celular está de volta ao bolso.

"Às vezes parece que você quer que eu te decepcione, sabe? Como se estivesse torcendo pra ter um motivo pra me odiar tanto quanto odeia."

Blair faz um shh para que ele baixe a voz, sentindo o rosto ficar vermelho. Poderia dizer a ele que aquilo não é verdade. Poderia se defender.

Mas há certa verdade no que Aiden diz. Blair adoraria gostar mais dele do que gosta, mas algo parece tornar isso impossível. Agora ela tem aquele pedacinho de lixo para o qual olha toda manhã e que a força a encarar sua própria fraqueza.

Blair quer pedir desculpa. Quer dizer a ele que se sente invisível. Desimportante. Que não sabe mais o que significa ser amada por ele, ou se ser amada é suficiente. Que não sabe como consertar as coisas, mas tenta lidar com elas da melhor maneira possível.

Não há alívio quando ele lhe dá as costas, só uma tristeza dolorosa. Aiden encara a porta ao falar. "Chego em casa às seis, tá bem?"

Será assim o fim? Ela lhe devia mais que aquilo? Por que ela fez isso de novo? Um dia, talvez vá longe demais. E então a escolha de manter o casamento não seja mais sua.

Pela vitrine da loja, Blair o observa se afastar, com as mãos nos bolsos e os olhos na calçada. Às vezes, só a presença dele já faz com que ela se odeie.

Quando Jane chega, vinte minutos depois, Blair diz que não está se sentindo bem.

E não está mesmo. Está muito, muito mal.

Ela já percorreu metade do caminho pela Harlow Street

e a casa sem vida de Whitney aparece em seu campo de visão, em frente à sua, quando decide que precisa de algo para se animar. Blair prometeu a si mesma que não faria mais isso, mas é seu único vício. E ela sente que merece ter pelo menos um.

Blair procura a chave na bolsa.

8

MARA

Algo em como Blair para por um minuto diante da garagem dos Loverly faz Mara pensar que ela não deveria estar ali. Mas Blair já fez isso antes, entrar quando não tem ninguém em casa, usando sua chave.

São quase onze e meia da manhã e Mara não viu ninguém em casa desde ontem à noite, quando Whitney estacionou o carro depois do trabalho, logo que a chuva parou. Mara não falou com ninguém o dia todo, e ninguém falou com ela, com exceção de Albert, resmungando sobre a temperatura da casa, o cheiro azedo da geladeira, os quinze minutos de atraso do caminhão de lixo. Ele era mais como um ruído de fundo que Mara pegava por acaso quando passava. Ela havia acenado para Whitney ontem à noite, tentando chamar sua atenção. Do carro até a porta eram só uns seis passos, talvez sete, mas a mulher não tirava os olhos daquele telefone idiota.

Ela tinha ouvido barulho durante a noite, claro.

O que não chegava a ser incomum quando se morava na cidade.

Também poderia ter sido um sonho, seu passado voltando a bater à porta.

Quando pequena, Mara tinha sonhos vívidos. Movimentava as pernas durante a noite enquanto fugia do diabo. As irmãs enfiavam bolas de algodão nos ouvidos para não acordar com sua falação. Pela manhã, Mara descrevia o que acontecia em seus sonhos como se fosse real, e as meninas corriam para contar à mãe que ela estava inventando histórias de novo. E às vezes inventava mesmo. No entanto, quanto mais velha ficava, menos os sonhos pareciam fruto de uma imaginação fértil.

Aos dezessete anos, Mara sonhou com o belo Albert uma noite antes de conhecê-lo. Ele apareceu na casa de sua família com o pai, que tinha vindo consertar a geladeira. Supostamente, era seu aprendiz, mas passou o tempo todo recostado no corredor com papel de parede verde-limão, falando rápido demais com Mara, que se mantinha sentada no terceiro degrau da escada, com as pernas educadamente cruzadas. Dava para ver que ele estava tentando ser charmoso. Foi a primeira vez que ela sentiu o poder de deixar alguém nervoso. Mara notou que ele batia na parede com o nó do dedo indicador para pontuar suas frases, uma ou duas vezes. O jovem em seu sonho na noite anterior fazia a mesma coisa. *Toc, toc, toc.* Mara já tinha estado naquele momento com ele antes.

Ela soube que estava grávida na manhã depois da concepção. Haviam começado a rezar para que aquele milagre acontecesse, e Mara sonhara a noite toda com um bebê boiando no azul de seu útero, cujas paredes eram brancas, macias e leves, como cobertores de nuvens.

Depois do jantar, ela serviu uma bebida para Albert e disse a ele de maneira casual que era melhor ligar para a agência de viagens e comprar as passagens para a mudança. Ele pulou da cadeira e girou Mara nos braços na cozinha apertada de seu apartamento. Os pés dela derrubaram uma pilha de pratos azuis de vidro. Albert a devolveu ao chão e chorou no avental dela, que estava úmido de lavar louça, enquanto ela acariciava os lóbulos das orelhas dele.

Como a maior parte de seus amigos que sonhavam grande, os dois sempre haviam dito que deixariam Lisboa e fariam a vida em algum lugar onde houvesse mais oportunidades. Mara insistia naquilo. A agricultura era a única opção em Portugal, que não tinha economia ou comércio moderno, nem uma indústria prestes a decolar. Lisboa parecia ter sido deixada para trás enquanto o mundo prosperava, refém de um governo contrário a mudanças. Albert não conseguia se imaginar consertando aparelhos velhos dia após dia, seguindo a vida monótona do pai. Por isso, conseguiu um trabalho vendendo equipamento de pesca e cumpriu sua meta anual em três meses. Mara sabia que ele seria capaz de ganhar um dinheiro razoável como vendedor em algum lugar na América do Norte, caso aprendesse inglês. Ambos viam os turistas com dinheiro do resto do mundo inundando suas praias nas férias. Sabiam que outra vida era possível.

Todos disseram para Albert ir sozinho antes, para encontrar um trabalho e conhecer gente, mas ele nunca deixaria Mara, e ela nunca teria permitido aquilo. Iriam juntos, como uma família. Albert havia economizado a maior parte de seu salário, Mara havia cortado quaisquer despesas desnecessárias e os dois debateram quase todas as noites aonde iriam, debruçados sobre livros e mapas da biblioteca. A Costa Oeste. Ou Massachusetts. Ou Toronto. Haviam aprendido frases básicas em inglês e faziam perguntas um ao outro em jantares regados a bebida que iam até tarde e terminavam com ambos nus na cama. Estavam prontos.

"O que o médico disse? Muito descanso? Um bebê. Um

bebê." Albert enxugou o rosto com o lenço, rindo da sorte inacreditável deles.

"Ainda não fui ao médico."

"Então como sabe?"

"Sonhei com o bebê ontem à noite."

"Mara!" Ele jogou a cabeça para trás, cobrindo os olhos. "Pelo amor de Deus, mulher."

"Confie em mim, Albert." Ela deu um beijo na cabeça dele.

Os dois se decidiram por um bairro de uma cidade grande onde ouviram falar que os portugueses andavam se estabelecendo, porque o aluguel era barato. As casas se encontravam um pouco decadentes, mas diziam que as coisas iam mudar com a chegada de cada vez mais famílias, pessoas trazendo irmãos e cunhados, e um restaurante e uma peixaria abrindo na rua principal. O inglês de Albert já era bom o bastante para que ele conseguisse trabalho vendendo máquinas de refrigerante para uma distribuidora americana. Ele recebeu um carro da empresa, um Ford vermelho brilhante, e pediu que Mara usasse a Kodak nova para tirar uma foto dele apoiado no capô, depois a mandou para seus pais, em Portugal. Ele abriu uma conta no banco e os dois começaram a economizar para comprar uma casa. Odiavam o frio e sentiam saudade da família, mas havia um sentimento de comunidade próspera ali, com grupos paroquiais, uma padaria com fila nas manhãs de sábado e exemplares do *Correio Português* entregues na porta de casa. Mara adorava encontrar oportunidades de falar o inglês que aprendera com orgulho, embora raras vezes precisasse fazê-lo naquele bairro.

Tudo acontecia como esperavam, como tinham planejado,

até que Mara, já beirando os nove meses, teve seu primeiro sonho vívido desde a concepção.

Ela soube que o filho seria diferente de alguma maneira.

Quando o pariu, duas semanas depois, enquanto Albert andava de um lado para o outro do corredor, ela fechou os olhos e ficou ouvindo o silêncio. Um silêncio ensurdecedor. Então ele gritou. De maneira frenética e saudável.

"Aqui está ele, um menininho perfeito", a voz do médico soou por cima do choro do bebê.

Mara levantou a cabeça para ver o filho, mas ele já estava nas mãos das enfermeiras. Ela precisava vê-lo com seus próprios olhos para acreditar. Algum tempo depois, com muita insistência, Mara foi levada de cadeira de rodas até o berçário e colocada diante de seu filho em meio às fileiras de berços transparentes. Devagar, ela desenrolou o cobertor. Levou a mão ao peito rosado dele e agradeceu a Deus. Sentia que havia algo de especial no menino.

Cheio de orgulho, Albert levava Marcus à igreja da esquina e o exibia todo domingo, como se ninguém ali nunca tivesse visto um bebê. Colocava o telefone na orelhinha do filho quando seus pais ligavam para cantar para ele. Marcus adorava quando Albert o segurava no alto e corria com ele pela sala. O pai comprou um aviãozinho antigo em um brechó e o pendurou no teto do quarto com linha de pesca.

"Ele vai ser piloto, Mara. Pode apostar."

Os marcos de crescimento vinham e iam sem grandes problemas, de modo que o médico procurou afastar as preocupações de Mara na consulta de três anos. O menino falava cada vez menos com todo mundo, a não ser com ela. Tinha medo das outras crianças na pracinha. Tampava os ouvidos quando os caminhões de entrega passavam, quando uma porta batia. Não comia nada que não fosse seco.

"Ele é assim, sra. Alvaro. Só isso. Cada criança tem seu jeito, e algumas são mais sensíveis que outras. A senhora pode expô-lo a mais coisas, para que se acostume." O médico continuava falando, mas já tinha aberto a porta do consultório. "E tente ficar mais calma. As crianças sentem o nervosismo da mãe."

Como se fosse culpa dela.

Esperava-se que Marcus crescesse e deixasse aquilo para trás.

Um dia, depois de dar um beijo de boa-noite em Marcus, ela criou coragem e perguntou a Albert se ele não se preocupava com o menino. Por ele falar pouco com quem quer que fosse além dela. Por sua ansiedade. Por ser retraído. Albert não entendia muito de crianças, mas os outros meninos da idade de Marcus subiam juntos nos bancos do fundo da igreja. Os pais precisavam fazer "shh" para eles durante a missa e gritar que parassem quando saíam correndo para a rua. Albert devia ter notado que o filho se encolhia no colo de Mara e escondia o rosto em seu pescoço sempre que alguém falava com ele.

Marcus não aceitava nem ir com Albert.

Ela queria dinheiro para levá-lo a um especialista. Ficou desconfortável ao comentar aquilo com Albert. Sabia antes mesmo da resposta que havia expressado suas preocupações de maneira enfática demais. Seus exemplos eram difíceis de refutar. Albert queria que o filho fosse certo tipo de menino, brilhando no centro da vida que o pai havia se esforçado tanto para construir. E agora ela lhe dizia, com palavras que não poderiam ser retiradas: nosso filho não é esse menino.

Albert saiu para fumar um cigarro e regar o jardinzinho dos fundos na escuridão. Eles o haviam plantado juntos na primavera, enquanto Marcus observava em silêncio debaixo de um guarda-sol, sem demonstrar interesse pela terra, pelas minhocas, pelos potes de plástico em que vinham os bulbos. Tinham acabado de comprar a casa na Harlow Street, um bangalô com tijolos aparentes cor de canela em um terreno estreito que Albert era capaz de percorrer em sete passos. Ele havia instalado um toldo de alumínio com listas amarelas e creme sobre a varanda e as janelas da frente. Pintara de branco a cerca baixa de ferro forjado e cuidara da grama com cuidado. Agora, da cama, ela o observava no jardim, com uma das mãos na mangueira e a outra enxugando as bochechas enquanto seus ombros tremiam.

Mara levava Marcus consigo aonde quer que fosse. Às vezes, ele se escondia no chão do carro e se recusava a descer. Outras vezes, ficava bem até ouvir certo barulho, ou até alguém no salão de beleza se inclinar para lhe oferecer um pirulito, e então enrijecia a postura e encarava, como um animal na natureza. Todos diziam que era tímido.

Aos cinco anos, só falava com a mãe em sussurros.

Ela passou a ansiar pelo hálito quente em sua orelha, o som do ar passando por entre os dentes dele.

"Diga à mamãe, por que você não fala com mais ninguém? Do que tem medo?"

"É como se eu estivesse no palco o dia inteiro." Ele se pendurava em suas costas, agarrava-se a seus ombros, nunca se afastava.

"No palco? Como assim?"

"Como se todo mundo me assistisse no teatro. E eu não conseguisse lembrar o que vem depois." O hálito quente outra vez. "Vão rir de mim."

Marcus a impressionava com sua inteligência, falava tanto português quanto inglês fluentemente, completava quebra-cabeças para adultos e decorava o nome de todos os países do mapa. Se Albert não estava em casa, ele lia bem baixinho, no colo de Mara. A escola, no entanto, era um desafio. Muitas vezes, Marcus ficava ansioso demais para aguentar o dia todo. Suas dores de barriga e diarreias causaram muitos acidentes. As crianças eram cruéis.

Assim, Mara decidiu que ia educá-lo em casa.

Marcus se tornou mais parte dela do que a maioria das crianças era da mãe, embora Mara não tivesse muito com que comparar seu apego incomum. Ela nunca torcia por um momento sem o filho a seus pés, nunca o mandava embora, nem mesmo quando tomava banho ou usava o banheiro. Marcus era como uma camada de sua pele. Ele só sorria na frente da mãe, e de ninguém mais. Ainda assim, Mara sabia que o filho era feliz. Era feliz com ela.

Na primavera do ano em que Marcus completou sete anos, Albert ficava até mais tarde no trabalho quase todo dia. Chegava bem depois que o filho tinha ido dormir e se levantava muito antes dele. Passava a maior parte dos fins de semana ocupado fora de casa. Mara tinha um calendário na gaveta da cozinha e marcava um X nos dias em que Albert não via o filho um pouco que fosse. Depois de um mês inteiro de seus rabiscos em tinta preta furiosa, ela confirmou que o filho estava dormindo e foi até a sala de estar, a passos pesados. Desligou a televisão e jogou o calendário no colo do marido.

"Quatro semanas. Faz quatro semanas que você não põe os olhos nele. É o maior presente que alguém pode receber, e você está perdendo tudo."

Albert continuou olhando para a tela. Era como uma pedra.

"O que mudou em você, Albert? O que lhe dá o direito de ser tão infeliz?"

A imobilidade dele a enfurecia. Albert ignorava o que

fosse com extrema facilidade. O filho lindo que tinham. O casamento endurecido deles. O ponto perigoso ao qual se dirigiam. Ela não tinha saída: não tinha dinheiro, não tinha família, não tinha alternativas. Albert nem piscou. Mara se perguntou para onde ele tinha ido, como podia simplesmente desaparecer. Ela, por outro lado, não podia se permitir vacilar nem por um minuto do dia. Sempre estava lá. Para eles, com eles, apesar deles.

"Você não é o homem que eu pensei."

Agora Mara olha para a casa dos Loverly.

"O que ainda está fazendo aqui?" Albert segura a porta de tela aberta, usando um roupão vinho. Um cheiro de gordura persiste no tecido atoalhado.

"Nada." Mara gesticula para que ele se afaste da porta, para que lhe dê passagem. Fica surpresa ao ver que sobrou uma linguiça no prato de Albert. Ele sempre come tudo no café da manhã.

"Não está com fome hoje?"

"Acho que não", Albert diz a caminho do quarto.

Mara arruma a bancada da cozinha, leva o prato dele para a pia, coloca a frigideira de molho. Albert vai querer mais café, ela sabe, por isso joga fora o filtro empapado e põe outro. Pega colheradas de pó da lata. Enche o reservatório de água. Espera que ferva; a cafeteira nem sempre funciona direito, deve ter uns vinte anos, mas ele não vai substituí-la a menos que esteja convencido de que aquela porcaria não tem mais jeito. Mara tenta recordar o que pretendia fazer naquela manhã. Lavar a roupa. E recolher os aviõezinhos de papel dos arbustos, porque é quinta-feira.

Albert volta para a cozinha abotoando a camisa, e seus

dedos a lembram das linguiças. Ele mal consegue fechar as mãos inchadas agora.

"Tem café", ela diz. "Venha, eu termino."

Ele desdenha, mas permite que Mara cuide dos dois últimos botões sem olhar para ela. Faz décadas que os dois não se olham, ao menos não de verdade, não como antes. Mara se pergunta se ele vê coisas de mais em seus olhos vítreos, há muito tempo embotados. Ou talvez veja coisas de menos. A vida deles deveria ser mais plena que aquilo? Será que ele também chora às vezes? Albert alisa o que lhe resta de cabelo e pigarreia para soltar o catarro da garganta. Coça o peito. Enfia a camisa dentro da calça e se senta à mesa da cozinha.

"Onde?"

Ela desliza a caneca vazia de Albert pela bancada até a cafeteira, aponta para o creme na mesa e desce para o porão.

9

BLAIR

Ela olha de novo que horas são enquanto se aproxima da porta da frente da casa de Whitney. Pouco antes do meio-dia. Whitney ainda não respondeu, mas Blair sabe que Louisa leva Sebastian e Thea à biblioteca às quintas-feiras. Louisa coloca a programação da família na cozinha todo mês, e Blair a fotografa sem que ninguém saiba.

Com os janelões da frente e o conceito aberto do térreo, Blair consegue ver de sua sala de estar a casa toda dos vizinhos até o quintal. Pelo menos até meio-dia, quando o sol forte faz com que ela passe a enxergar apenas sua própria casa desgastada refletida.

Às vezes, nos fins de semana, Blair fica vendo Jacob fazer o café da manhã na ilha ampla da cozinha, com uma calça de cintura baixa. Ela já viu Whitney abraçar seus ombros nus e comer frutas das mãos dele. Uma vez, enfiou a mão na parte da frente da calça do marido. Jacob deixou a espátula de lado enquanto Whitney o acariciava, a centímetros da grelha quente, enquanto as crianças viam tv no cômodo ao lado.

Esse tipo de coisa não acontece em seu lado da Harlow Street. A proximidade com Whitney deixa essa diferença dolorosamente evidente. Blair e Aiden moram em uma casinha estreita que deveriam ter reformado cinco anos atrás. O marido nem sabe onde fica a máquina de waffle. Ela nunca pensa em tocá-lo na cozinha. Nunca pensa em tocá-lo em lugar nenhum.

No entanto, não é tudo da vida da vizinha que Blair deseja. Ela não gostaria de ser devorada pelo trabalho e não estar presente para a filha, de viver dividida e distraída. Procurando pelo equilíbrio que escapa às mulheres. Na verdade, equilíbrio é um conceito que Whitney nem parece considerar.

Mesmo assim, Blair a inveja. Quer se sentir em relação a si mesma como Whitney se sente, quer saber como é estar naquele escalão de mulheres. A satisfação de ter feito as escolhas certas na vida.

Blair tem a chave para usar em caso de emergência.

Só que nunca há emergência.

Ela entra e insere o código no sistema de segurança. Tranca a porta e fica parada no vestíbulo todo branco. Um quadro abstrato enorme paira acima, pendurado por fios, como em uma galeria. O excesso de acrílico discreto e sujo a atrai tanto quanto vômito, embora ela já tenha fingido o contrário. Blair inspira fundo. Há um frescor produzido no ar dessa casa que lembra um carro na concessionária, algo que acabou de ser desembrulhado.

Blair tira os sapatos e vai até a cozinha imaculada, com suas amplas peças de mármore preto, seus armários sem puxadores e suas gavetas que se fecham sem fazer barulho. Não há nada fora do lugar. Nenhum copo de criança na bancada. Nenhuma colher na pia. Nenhuma mancha de gordura nas superfícies, de dedos sujos de manteiga de amendoim. Louisa já deve ter vindo e limpado a sujeira do café. Um cilindro de cerâmica na ilha da cozinha solta um cheirinho de hortelã e frutas cítricas. Em paralelo, Louisa vende óleos essenciais. Whitney diz que lhe dão dor de cabeça.

Ao lado do difusor, encontra-se a correspondência do dia anterior, em uma pilha organizada. Blair passa pelos envelopes. Há uma conta de cartão de crédito que ela adoraria abrir. Às vezes, leva cartas embora, acreditando que ninguém vai lê-las. Uma declaração da seguradora. Um convite para um evento em uma loja de departamentos em que Blair não pode fazer nada além de olhar.

Ela pega o puxador de aço inoxidável da geladeira e a abre. Louisa faz compras às quartas, no fim do dia. As prateleiras estão cheias e organizadas por tipo de alimento, por tamanho de pote e por prazo de validade. Blair pega uma maçã-verde da gaveta e dá três mordidas, sentindo a fruta azeda. Depois a joga no cesto de lixo orgânico e nota que está vazio — nada de cereal murcho, nada de talo de morango, o que significa que as crianças não tomaram café da manhã.

Blair passa os olhos pela escrivaninha embutida ao lado da despensa. Deveria ser um lugar para as crianças fazerem a lição de casa, embora ela nunca tenha visto Xavier sentado ali. Há um copo com giz de cera novo para os gêmeos. Blair mexe no mouse e o preto dá lugar à tela de login. Arrependeu-se na hora do conselho que dera, algumas semanas antes.

Aliás, você coloca senha em todas as telas? Mantém o controle dos pais ativado? Eles estão nessa idade em que são capazes de encontrar qualquer coisa na internet.

É comum que ela comente coisas em que Whitney nunca pensou. Medidas que apenas uma mãe atenta tomaria. Whitney não desperdiça energia se preocupando com o que poderia dar errado.

Blair fica decepcionada por não poder verificar o histórico de navegação ou abrir os e-mails pessoais de Whitney. Gosta de saber o que a amiga mantém fora do e-mail de trabalho controlado por sua assistente. Uma vez, encontrou a confirmação de uma mamoplastia sobre a qual Whitney não comentara nada. Onde Blair encontra mais prazer, no entanto, é nas trocas de mensagens com outras amigas, superficiais e escritas às pressas. Aquelas mulheres não recebem o tempo e a atenção que Whitney dedica a Blair.

Faz pouco mais de um ano que ela entra na casa a cada tantos meses. Toda vez, quando chega ao pé da escada, iluminado pela claraboia lá em cima, Blair para por um momento e se questiona: E se for pega? E se alguém a vir por um dos janelões e perguntar depois a Whitney? Os olhos de Mara já a seguiram pela rua em diversas ocasiões.

Blair tem uma série de respostas prontas.

Estava desesperada para fazer xixi e fiquei trancada para fora de casa.

Achei que tivesse deixado o celular na sua cozinha ontem.

Jurava que tinha ouvido o detector de fumaça.

Tudo plausível.

Nem sempre ela sobe até o último andar, onde ficam os quartos de Xavier e Sebastian. Não tem nada de interessante lá, e pesa mais em sua consciência bisbilhotar o espaço de crianças. Só que hoje Blair se encontra particularmente curiosa, dada a situação da manhã. Ela abre a porta de Xavier primeiro. O ar fresco a atinge na hora, o que é estranho. A janela está aberta. Blair quase pisa em algo escuro espalhado pelo piso de madeira. Café, ela identifica pelo cheiro. Escorreu para trás da porta e respingou na parede. A alça de cerâmica da caneca branca quebrada se encontra no chão. Blair fica nervosa ao imaginar a raiva que Whitney deve ter sentido para jogar a caneca pelo quarto. O edredom e o travesseiro formam uma pilha no chão. Há folhas de papel por toda parte, lápis e marcadores de texto, uma carteira vazia. Vários aviõezinhos de papel dobrados e empilhados na mesa de cabeceira. Então algo escuro chama sua atenção — garranchos em preto na parede branca. Tinta. O quarto parece lúgubre. Como se ela testemunhasse algo que não deveria.

Blair odeia aquilo na amiga, a frustração com os filhos, embora saiba que Whitney tenta se controlar na frente dela. É desconfortável, o tom de sua voz quando fala com eles, ficar a par de toda a sua frustração. A amargura que ela deixa em seu encalço. O coração de Blair acelera sempre que Xavier ou os gêmeos saem um pouco do controle, como é normal com crianças, a energia subindo, a cacofonia de vozes, um grito, depois um choro, depois um culpando o outro. Whitney se levanta, agarra um braço, arrasta uma criança para o outro cômodo, com uma força que Blair nunca usaria. Ela não gosta que Chloe presencie esse tipo de coisa quando vai lá brincar; fica grata por Louisa estar junto a maior parte do tempo e servir para acalmar os ânimos.

Fora o ocorrido na festa em setembro, claro.

Ela se pergunta se deveria ir embora, considerando a estranheza daquela manhã. No entanto, para no quarto de Whitney e Jacob, no andar intermediário. Abre a porta de correr, sentindo a tontura de fazer algo que não deveria.

Blair passa os dedos pelo revestimento de tecido cinza--aço da parede. Os lençóis brancos estão enfiados com precisão debaixo do colchão ao pé da cama, mas o lado em que Whitney dormiu continua desarrumado. É estranho — Blair já ouviu Louisa dizer que sempre arruma a cama antes de tudo. Blair alisa o edredom e fica maravilhada, como sempre acontece, com sua maciez. Passa os olhos pelo quarto, mas está tudo arrumado, sem nada fora do lugar.

No closet, as roupas estão penduradas em cabides de madeira igualmente espaçados. O guarda-roupas de Whitney é extenso demais para que Blair consiga deduzir o que a amiga está usando hoje. Ela sente as mangas dos blazers de lã e as barras dos vestidos estruturados. As peças de caxemira estão dobradas e empilhadas, as roupas brancas nas prateleiras lembram gradientes em uma paleta de tons.

A peça preferida de Blair escorregou do cabide e se encontra amontoada no chão. Um robe curto de seda com renda florida azul-marinho, algo que ela própria nunca pensaria em ter. Blair veste o robe sobre a camiseta de algodão e a legging e amarra o cinto.

O robe parece zombar dela no espelho. Aos quarenta anos, Whitney está melhor do que nunca, apesar de ter parido os gêmeos há quatro. Suas roupas exibem suas costas, suas pernas compridas e magras, sua pele lisa e sem marcas. Blair parece juvenil perto dela. É sardenta de um jeito nada charmoso. Seus braços parecem botes infláveis que precisam de mais ar. Blair tem dificuldade de tirar os olhos da perfeição de Whitney quando as duas estão juntas, especialmente quando a cabeça da amiga está virada em outra direção. Tornou-se especialista em consumi-la rapidamente, sedenta.

Ela devolve o robe ao cabide.

As roupas de Jacob são casuais, monocromáticas, pouco variadas. Suas camisas ocupam uma parte menor do closet, dividindo espaço com as bolsas de Whitney. Blair fica mais desconfortável tocando as coisas dele que as dela. Não acha que a atração que sente por Jacob seja inapropriada, considerando o que a maioria das mulheres sentiria ao vê-lo. Porém o que mais lhe atrai nele são coisas que outras não notariam de imediato. A maneira como sua barba já está de volta dois dias depois de fazer. A covinha sutil na bochecha esquerda. O fato de que é quieto porque está sempre pensando.

Ela sente certo prazer nessa traição, tanto em relação a seu marido quanto a sua melhor amiga, enquanto toca as coisas de Jacob. Ela pega uma cueca branca da gaveta e o imagina ficando de pau duro, preenchendo a lycra antes larga. A leve umidade que ele deixaria no tecido. Os olhos de Blair vão para o belo cesto de vime onde colocam as roupas sujas. Mas Louisa já levou tudo.

Ela abre a gaveta de cima do lado de Whitney no closet. Seus sutiãs são novos e estruturados. As formas se mantêm intactas, as alças, firmes. Blair coloca a mão sobre um bojo robusto, como se tocasse o seio de Whitney.

Na segunda gaveta, cada calcinha está dobrada em um quadrado pequeno, em uma disposição que lembra uma caixa de chocolates. São de seda e pretas. Blair pensa na calcinha que está usando agora, por baixo da legging. Cheia de bolinhas, um dia já foi branca.

Ela enfia a mão no fundo da terceira gaveta, passando pelas echarpes e meias-calças. Tira um saco azul-claro com dois vibradores. Um pequeno, vermelho e firme, que liga com um clique, outro maleável, com várias velocidades e frequências. Blair leva cada um deles até o nariz. Às vezes, o cheiro de Whitney fica na borracha macia como veludo. Às vezes, o cheiro é do sabonete de alecrim do banheiro da suíte.

Blair fica olhando para o vibrador grande e imagina Whitney arqueando as costas enquanto o mete dentro de si. Deitada de costas na cama king enquanto Jacob a observa da chaise do outro lado do quarto. Ela sabe que os dois gostam daquilo. Whitney lhe contou depois de uma segunda garrafa de vinho no verão passado. Blair adora ter essa confissão, esse pensamento excitante de fundo quando os vê juntos. Esperava mais de Whitney, mais revelações desinibidas sobre sua sexualidade, mas o assunto parece encerrar suas conversas ultimamente. Como se Whitney soubesse que contou demais, embora Blair seja naturalmente a mais pudica. Sexo com Aiden é algo que ela mal consegue se convencer a fazer agora. Mas aqui, no quarto de Whitney, o tesão lhe vem com facilidade. Blair passa o dedão pela borracha sedosa do vibrador grande, depois devolve os dois ao saco.

Em seguida, abre a gaveta onde Whitney guarda suas lingeries mais finas. Pega o body azul-marinho de renda que combina com o robe que vestiu pouco antes. Nota a abertura no tecido da calcinha. Enfia os dedos ali, pensa em Jacob fazendo o mesmo e sente que fica mais quente. Antes que possa mudar de ideia, tira a roupa e veste o body. A parte de baixo, cavada, fica apertada, seus seios são pequenos demais para preencher as taças com aro.

Blair se deita ao pé da cama e leva a mão à abertura na renda. Nem consegue se lembrar da última vez que se sentiu assim. Não costuma se tocar com frequência. Mas agora pensa em Jacob e Whitney com ela no quarto. Em Whitney vendo Jacob se aproximar dela. Os dois a convidaram, pediram que fizesse isso por eles. Ela é digna dos dois. É desejável. Ele a penetra.

Segundos depois, ela estremece. Fica olhando para o lustre de vidro soprado no teto. Sua ousadia vai embora muito mais rápido do que veio. Blair tira o body e o guarda bem dobrado na gaveta.

Lava as mãos no banheiro da suíte, sentindo o mármore quente a seus pés, e se lembra do que Jacob realmente veria. Dá as costas para si mesma no espelho, desprovida de endorfina. Nunca permitiria que outro homem colocasse os dedos onde ela própria tinha colocado agora. Ou o rosto, em meio a seus pelos crespos, seus lábios caídos. A intimidade de um beijo que seja lhe parece repulsiva. Ela não sabe quando essa mudança aconteceu.

No armário atrás do espelho, Blair inspeciona os frascos

de vidro verde e grosso dos produtos para a pele. Sabonete regenerativo. Hidratante reparador. Creme restaurador para os olhos. Sérum recuperador. Bálsamo corporal redefinidor. Óleo corporal revitalizador.

Blair pega a cartela de anticoncepcional. De novo, há comprimidos não tomados ao longo do mês. Algumas semanas atrás, ela cometeu um deslize e falou disso com Whitney. O assunto da vasectomia tinha surgido. Jacob nunca faria.

Mas você não fica preocupada quando esquece a pílula?

Whitney a olhou com curiosidade. Nunca havia mencionado a Blair que tomava pílula.

Faz tanto tempo que tomo que nunca esqueço, foi tudo o que ela disse.

Blair devolve a cartela à prateleira.

Supositórios para candidíase. Pomada para candidíase. Desodorante sem alumínio. Pasta para dentes sensíveis. Pomada para hemorroidas. Creme alisante para cabelos.

O frasco laranja translúcido com o rótulo arrancado. Blair tira a tampa branca e despeja os comprimidos na mão para contá-los. Restam apenas seis. Eram vinte e três da última vez que esteve aqui, quase dois meses atrás. Ela gosta de controlar a frequência com que Whitney precisa deles, embora nunca tenha mencionado o remédio. Blair tinha procurado o formato pentagonal na internet e descoberto que se tratava de Ativan. Para ansiedade. Insônia. Dificuldade de pegar no sono.

Seus olhos baixam para o piso de mármore a seus pés. Ela pensa no café derramado no chão do quarto de Xavier. Whitney anda estranha ultimamente? Aconteceu algo que Blair não percebeu? Ela tenta se lembrar das últimas vezes que estiveram juntas com as crianças. Não andam se vendo com a frequência de sempre, porque Whitney vem tendo compromissos no happy hour e no jantar.

Blair olha para o pratinho com as joias que Whitney mais usa e se surpreende ao ver suas alianças de noivado e casamento ali, o anel com um diamante em forma de esmeralda entre dois diamantes baguete e o anel de ouro sólido. Ela quase nunca os tira, nem mesmo para dormir. Blair tenta experimentá-los no anelar da mão direita, mas não passam pela junta.

Então ela pega uma pulseira com pavê de diamantes. Coloca-a e a admira em várias posições no pulso, como alguém faria no balcão de uma joalheria. É algo que Blair faz toda vez. Um ritual que não é pela adoração das joias em si, mas para se sentir um tipo diferente de mulher. O tipo de mulher que tem a confiança necessária para usar coisas caras. O tipo de mulher que pode comprar coisas caras para si mesma. Ela devolve a pulseira ao pratinho sem a mesma delicadeza com que a pegou.

Então se veste e pega o celular que deixou na mesa de cabeceira de Whitney. Nota o horário na tela e se dá conta de que Louisa logo vai chegar.

Resta apenas um lugar a olhar. Ela se senta na cama e abre a gaveta da mesa de cabeceira. Fones de ouvido. Spray relaxante para o travesseiro. Um empurrador de cutícula. As coisas de sempre. Blair abre um cartão de aniversário que Louisa fez com as crianças. Xavier assinou em letra cursiva, com um coração no lugar do pingo do i.

Ela larga o cartão e enfia a mão no fundo da gaveta, caso tenha deixado qualquer coisa passar despercebida. Então sente algo que não estava lá da última vez e puxa para ver o que é. Um saquinho rosa de cetim com algo dentro. Blair abre e deixa cair o objeto, gelado e de metal, na palma da mão.

Um chaveiro. Ela vira a argola prateada e o reconhece. É de seu marido. Suas iniciais estão gravadas no couro: A. P.

10

WHITNEY

NO HOSPITAL

Whitney tenta calcular quantos dias Xavier já viveu. A resposta que lhe vem depois de um longo tempo somando mentalmente ao lado de sua cama no hospital é 3670. Ela gosta do alívio que a matemática lhe traz. Repete o número para si mesma várias vezes, para não esquecer: 3670 dias. Quantas vezes Whitney sentiu o peso do filho, nos quadris, nos braços, nas costas? 3670 dias. Quantas vezes lhe disse que o ama? Esse número parece importante. Lápides deveriam ter gravado o número total de dias vividos em vez de datas, ela pensa; datas não significam nada. Então Whitney tenta afastar a imagem do granito cinza da cabeça, como se o pensamento fosse uma traição. Ela sussurra o número. Quer contar cada dia, um a um. Sentir o peso de 3670 em sua boca.

Um. Dois. Três...

Dois dias depois do nascimento de Xavier, eles o levaram para casa, sustentado e protegido pela cadeirinha do carro, com a delicadeza de quem manuseia munição. Jacob queria que Whitney passasse o dia na cama com o bebê.

"Estou bem. Eu pari, não passei por uma cirurgia cardíaca."

Mas ele insistiu. Levou café, torrada e Advil para ela e abriu bem as janelas para que tomasse um banho de sol na tarde de primavera.

Jacob enrolou um cobertor no bebê, fazendo mais um pacote que um charutinho, e o colocou delicadamente ao lado dela antes de se deitar na outra metade da cama. O bebê ficou entre os dois, para ser examinado como uma espécie rara. Eles ficaram apoiados nos cotovelos, observando. Xavier soltou um bocejo, um bocejo mínimo, e os olhos de um procuraram os do outro no mesmo instante. Um bocejo! Whitney tocou seu cabelo bagunçado, a parte superior de suas orelhas. Jacob saiu para pegar um copo de água. Quando voltou, Whitney estava inconsolável e não sabia por quê. Ele segurou a cabeça dela e massageou as têmporas com os polegares. Alcançou-lhe um lenço e assentiu, embora Whitney não tivesse dito nada. Tudo, ambos sabiam, havia mudado.

Quando Whitney parou de chorar — as lágrimas de repente secas —, Jacob foi ao mercado fazer compras para o jantar. Então ela se lembrou de um e-mail da chefia que não havia respondido antes de sair do hospital. Entrara em trabalho de parto duas semanas e meia antes da data prevista e não havia deixado os últimos detalhes encaminhados no escritório. Tinham lhe prometido que seu lugar seria respeitado. Era diretora sênior do Human Capital Group. Em oito a doze meses iam lhe oferecer sociedade, segundo seus planos. Se isso não acontecesse, ela sairia para trabalhar por conta própria.

Whitney sabia como aquelas coisas funcionavam, portanto não ficaria muito tempo sem trabalhar. Não passaria meses parada, ansiosa por estar perdendo espaço com os clientes. Ia se sentir mais calma trabalhando, marcando seu território. Conseguiria ficar de olho nas coisas de maneira remota até estar pronta para voltar ao escritório, em algumas semanas. Ela e Jacob já haviam começado a entrevistar babás, mas ainda não tinham a pessoa certa. As amigas com filho diziam que ela não estava sendo realista. *Sim, todas pensamos que logo voltaríamos ao trabalho.* Whitney ouvia aquilo com quase tanta frequência quanto ouvia *Que surpresa. Achei que você não quisesse ter filhos.*

Ela também tinha achado, por muito tempo. No entanto, assim que fez trinta anos, sentiu como se todo mundo à sua volta estivesse grávida. Mesmo as amigas solidárias à ideia de não ter filhos. Cada um dos novos bebês era tratado como uma realização, e aquilo a surpreendeu, que a maternidade pudesse ser vista dessa forma. De repente, elas tinham um ar de superioridade. Foi mais ou menos nessa época que Whitney começou a se sentir tentada.

Fora que ela não queria se arrepender de não ter filhos. A decisão era simples quando se pensava nesses termos. E Jacob, claro, queria o que Whitney quisesse.

Ela saiu da cama e pegou o celular da bolsa que havia levado para o hospital. Estava sem bateria. Encontrou o carregador e fez uma careta ao se agachar para conectá-lo à tomada perto da cama, sentindo outro coágulo passar para o tecido de algodão grosso que tinha entre as pernas. Não suportava pensar no que havia acontecido com seu corpo. Não queria saber, tocar, sentir nada. A enfermeira lhe sugerira colocar a mão para sentir a cabeça do bebê coroando, mas a mera ideia a deixara tonta. *Tira esse bebê de mim. Fecha logo as minhas pernas.*

Whitney olhou para a tela preta até que o sinal da bateria desaparecesse e o celular retornasse à tela principal. *Anda.* Sentiu a pontada familiar da ansiedade, uma necessidade de saber quem estava tentando entrar em contato e por quê. A tela se iluminou e ali estava, a tranquilidade de ter o celular na mão. Como um salva-vidas. Uma enxurrada de mensagens tinha chegado, como indicava o número no ícone da caixa de entrada. Os alertas soavam um depois do outro. A satisfação de estar tudo ali, para ser lido, verificado, o consumo de informações que teria a seguir.

Então, de repente, Whitney se lembrou do bebê.

O bebê. Ela tinha um bebê. Ele estava ali, fora dela. Whitney se sentia ainda melhor do que esperava em relação àquilo. Tudo estava como deveria.

Ela levou a mão aos seios fartos, que estavam ficando duros como pedras, e depois voltou a olhar para a tela. Virou as costas para o bebê e encarou a brisa quente que entrava pela janela. Respondeu ao e-mail da chefia. E outro. Passou pela enxurrada de mensagens de texto. Escreveu para sua assistente para saber se estava tudo bem. Passou os olhos pelas notícias e mandou uma mensagem para um grupo grande de amigos com uma foto do hospital, uma em que não dava para ver seus olhos vermelhos e seu rosto inchado.

Ele chegou! Xavier Wesley James Loverly. 3,2 kg. Bebê e mãe estão de volta em casa, na cama, superbem, esperando a primeira taça de champanhe.

As respostas começaram a chegar furiosamente, *tlim-*
-tlim-tlim. Mais e-mails. Mais respostas. Mais perguntas depois das respostas. Aquele orçamento funcionava para ela? Tudo bem mandarem a última versão de uma proposta? Será que ela podia dar uma olhadinha em um e-mail antes que mandassem para os clientes? Whitney fez questão de não responder de maneira mais breve que antes. Era necessária. Tinha autoridade. Nada havia mudado. Verificou seus investimentos. O Twitter. Mais algumas manchetes. Leu rapidamente

um artigo sobre masculinidade tóxica. Respondeu a outras mensagens. Entrou no e-mail de novo.

"Voltei. Como ele está?"

A voz de Jacob ao pé da escada a surpreendeu. Ela olhou para o teto antes de se virar para o bebê outra vez. Cobriu a barriga dele com a mão. Estava quente, pulsando. A cabeça de Jacob surgiu na porta do quarto. Parecia estar segurando o fôlego desde que saíra.

"Você passou esse tempo todo olhando para ele?"

"Passei."

Ela mentiu sem nem pensar duas vezes. Não deveria ter se distraído, nem com o trabalho nem com qualquer outra coisa. Fazia poucas horas que o bebê estava ali, era um milagre, olha só para ele! Como ela podia ter desviado os olhos? Ela sorriu e disse:

"Não consigo tirar os olhos dele."

Jacob se sentou na beirada da cama. Tirou os óculos e levou a ponta da armação preta e grossa à boca. Usava o mesmo tipo de camisa todo dia, tinha dez iguais. Whitney estendeu a mão para sua manga preta de algodão, para puxá-lo. Ele a fazia se sentir a salvo. De si mesma. Da possibilidade de decepcioná-lo.

"No mercado fiquei pensando o tempo todo que nunca vamos poder recuperar este dia. O segundo dia de vida dele. Olha só pra essa pele, como é fina e rosada." Jacob levantou a mão do bebê e tocou suas unhas brancas. Whitney não conseguia se lembrar de ver um entusiasmo tão puro em outro ser humano, e isso a incomodava; queria se sentir da mesma maneira que Jacob. Já estava perdendo o bastante com o rosto grudado na tela.

Quando Jacob saiu do quarto, ela estendeu o braço e deixou o celular cair no chão. Depois se esticou e o empurrou para debaixo da cama, fora de seu alcance. Voltou a se virar para o bebê, para seu segundo dia de vida. Os olhos dele se abriram um pouco. Ela havia lido em algum lugar que a mãe devia olhar para o filho com verdadeiro encantamento, porque aquilo o nutria tanto quanto leite. Esforçou-se ao máximo. Ele olhou para seu rosto aberto. Ele era dela, um pertencia ao outro. Whitney nunca havia compreendido aquele sentimento de propriedade sobre uma criança, o egoísmo dos pais. Mas, sim, agora um pedaço dela vivia ali, bem ali.

Alguém fala à porta aberta atrás dela, no hospital infantil, e é como a música ambiente em uma loja de departamentos. Uma melodia familiar, uma versão de uma música que talvez ela conheça. Whitney ignora o que estão dizendo, finge que aquelas preocupações, aqueles exames, aqueles acrônimos médicos são dirigidos a outra mãe. Só assente e responde às perguntas com poucas palavras, palavras que facilitarão as coisas para ela. Que farão todos irem embora. O que ela quer é voltar a sentir todas as partes do corpo dele.

Whitney usa o dedo como um lápis e traça a forma de suas sobrancelhas, seu nariz, sua mandíbula aberta, seu pescoço inchado, suas clavículas. Não consegue sentir os esparadrapos, os tubos, as ataduras, o plástico. Toca os ombros estreitos dele, seu braço magro, seus cotovelos outra vez. Então para em seu antebraço e o aperta.

O aperto é tão familiar para ela, a sensação de um osso tão fino que ela poderia quebrar. Ela o agarra assim com frequência? Apertou-o com força, puxou-o quando ele não estava ouvindo, quando já deveriam ter saído há cinco minutos? Apertou-o com mais força quando ele não olhou em seus olhos enquanto ela lhe falava, preferindo mostrar a língua para o irmão mais novo? Será que a raiva havia tomado conta tão depressa que ela torceu o bracinho na medida exata para Xavier reclamar, nem uma fração de segundo a mais?

Agora ela fez algo muito pior com ele.

Whitney se segura na proteção da cama. Baixa o lençol que o cobre até o peito e beija seu corpo de leve, entre os esparadrapos e fios, descendo até a barriga e subindo pela lateral do corpo, onde antes ele gostava que lhe fizessem cócegas. Ela imagina que cada toque de seus lábios o faz melhorar. Afasta o medo e toda a dor. Então puxa o antebraço sardento do menino até sua própria bochecha e sente o cheiro da pele dele outra vez.

11

BLAIR

O chaveiro de Aiden. Ela o observa em sua mão, desejando que o pânico crescente desacelere. Foi um presente dos pais dele, veio com uma carteira combinando. Aiden o usou por anos, com a chave de seu escritório. Blair não sabe se essa é a chave que a argola de metal contém agora. Ou por que está com Whitney. Escondida, no fundo da gaveta. Em um saquinho de cetim cor-de-rosa.

Não consegue pensar em uma explicação com a urgência necessária. Ela se senta no chão, com as costas apoiadas na cama. O peso do que a chave pode significar a invade, sem ser convidado. É impossível. Insondável.

Blair pensa no pedacinho de embalagem metalizada. Em Whitney e suas liberdades infinitas. Em como a tem evitado ultimamente. Em como às vezes a observa como se a estudasse. Ou pensasse em sua traição. Ou se sentisse culpada.

Ela nunca vai descobrir. Ela não faz ideia. Blair ouve essas palavras exatamente como soariam na voz do marido.

Seu corpo esquenta e a náusea da humilhação vem. Ela pensa em Chloe.

Esfrega o peito apertado. Deita-se de lado.

Não quer ver nada por trás dos olhos fechados, quer se misturar à escuridão, mas agora as coxas bem abertas pelas mãos do marido são de Whitney. Blair imagina uma mulher de outro tipo que não o seu passando pelos faróis vermelhos, interrompendo uma reunião de vendas do marido. Exigindo respostas. Ligando para a amiga sem parar até que ela finalmente atenda. Atirando roupas. Fazendo as malas.

Mas Blair só se sente encolhida. E assustada.

Ela se agarra a um pensamento: Whitney faria isso com Jacob?

Sabe que é patético que não pense a mesma coisa do próprio marido.

Antes, poderia continuar vivendo em negação. Mantendo a informação em algum lugar escondido do cérebro, como algo que ninguém precisa saber. Se fosse qualquer outra pessoa que não Whitney.

A náusea retorna, ela precisa sair da casa depressa. Escorrega duas vezes enquanto desce a escada.

Blair pode dar um fim a isso hoje à noite, aparecendo na casa de Whitney quando ela voltar do trabalho. Pode sugerir que abram uma garrafa de vinho branco, como costumam fazer, e perguntar casualmente enquanto a outra as serve se não viu a chave de Aiden, a chave que ele acha que deixou cair da última vez que esteve ali. Blair ouvirá a explicação lógica de que precisa e todos seguirão adiante.

Ela vai jogar fora o pedaço de embalagem quando chegar em casa.

A espiral de ansiedade não lhe faz bem.

Precisa fazer com que aquilo vá embora.

Blair tranca a porta dos Loverly depois de sair e, quando vira, percebe que Ben a observa do outro lado da rua. Sua boca está quente, seu estômago, ácido. Ele se aproxima enquanto ela trota rumo à calçada. Ben ergue a mão de leve, como se Blair devesse se preparar para o que ele está prestes a fazer. Ela para e engole a queimação.

"Tudo bem com você, Blair?" Ben desacelera e cruza os braços com suavidade.

"Tudo bem, sim. Por quê?" Ela protege os olhos do sol. Ben parece confuso. Ele vira na direção da casa dos Loverly e balança a cabeça, como se não conseguisse acreditar no que está prestes a dizer.

O tempo para. A expectativa do que Ben pode vir a compartilhar é estimulante, o barato de uma fração de segundo quando se sabe que algo ruim aconteceu, mas não o quê. A pior das hipóteses. Acidente de carro. Aneurisma. Homicídio. São pensamentos estranhos, mas nunca acaba sendo o que ela pensa. Nem a chave, nem o caso. Nem a caneca de café caída no quarto de uma criança. Sabendo disso, ela se entrega ao prazer de imaginar Whitney em um breve momento de dificuldade. Seu trabalho interrompido. O dinheiro perdendo significado. A trajetória de sua vida realizada um pouco menos certa. A existência simples de Blair já não parece tão ruim.

"Desculpa, Blair, você... você estava aqui, achei que soubesse." Ben faz uma pausa. "Aconteceu uma coisa horrível."

Ela só consegue chegar na metade da escada. Apoia-se no guarda-corpo. Seus olhos procuram um ponto onde focar. A marca da pincelada na parede. Uma lantejoula magenta da caixa de artesanato de Chloe que ficou presa em sua meia. Um fio solto na ponta da passadeira no corredor.

Aiden passou um bom tempo em silêncio quando ela ligou da calçada, um minuto atrás, para contar de Xavier. Ela não queria analisar sua reação, o ritmo de sua respiração, sua pausa, mas não teve como evitar. Ele perguntou antes de tudo sobre Whitney.

"Você tem que ir ficar com ela no hospital", Aiden falou. "Jacob está viajando, não é?"

Blair não havia mencionado que Jacob estava viajando. Mas os dois eram amigos, ainda que fosse uma amizade casual. Talvez Jacob tivesse contado, talvez Aiden o tivesse visto indo para o aeroporto.

"Preciso pensar por um segundo."

"Blair, ela não pode ficar sozinha. Você tem que ir. Já passa de meio-dia."

"Eu vou. Mas... preciso de um tempo pra processar isso. Meu Deus, como vamos contar a Chloe?"

Mas Aiden não parecia preocupado com aquilo. Não parecia preocupado com Whitney. Blair quase lhe contou sobre o estado em que encontrara o quarto de Xavier. O café derramado. Mas se segurou bem a tempo. Não pode contar a ele que esteve na casa dela.

Blair quer que a chave desapareça. Que nunca tenha existido.

Pensa em jogá-la na lagoa do parque. Ou em uma fonte. Pensa em como afundaria, camuflando-se entre as moedas.

A vergonha arde quando ela pensa no que fez antes de verificar a gaveta da mesa de cabeceira. Na sensação de ter um orgasmo na cama de Whitney. Em como foi tola em se imaginar daquela maneira, considerando tudo o que sabe agora.

Blair se levanta, segurando-se no corrimão.

Não pode se permitir descer por aquela espiral.

Xavier vai ficar bem, vai se recuperar.

É só uma chave, diz a si mesma. Um pedaço de metal.

É só sua mente desocupada pirando.

12

REBECCA

É meio-dia e meia quando a enfermeira encarregada do café oferece uma caneca a Rebecca. Ela agradece, mas volta a concentrar sua atenção na tela do computador, para ver os resultados dos exames que já saíram. Enquanto passa de uma coluna a outra, Rebecca sente uma ardência atrás dos olhos, mas seu plantão vai até a noite. Em geral, ela não luta contra a vontade de apoiar a cabeça na mesa e descansar assim tão cedo. Um terceiro residente chegou e está sendo atualizado pela enfermagem. É um alívio para Rebecca poder contar com sua ajuda. Mas ela precisa se manter atenta, vencer a exaustão e convencer seu cérebro a engrenar a marcha. Precisa sobreviver à próxima hora, e à próxima, e à próxima, até chegar à outra margem do cansaço. Rebecca toma um copo de água gelada para despertar e o enche de novo em seguida. Uma das mães com quem falou mais cedo guarda dois saquinhos de leite ordenhado na geladeira dos pacientes.

Rebecca liga para a UTI de novo para saber como Xavier está. Nenhuma mudança. A mãe continua não falando muito. Deu respostas breves à assistência social e à polícia. Vão falar com o pai quando ele chegar. Rebecca vai passar lá no fim de seu plantão para ver se consegue ajudar com Whitney, mas no momento precisa manter distância. Ela pede que a chamem em caso de urgência.

Já está abrindo a porta pesada da entrada do hospital com o quadril quando ouve alguém dizer em sua direção: "Por favor? Por favor?". Há certa tensão na voz. Rebecca se vira e vê uma mulher com um bebê no colo, agitando-o como se quisesse mantê-lo acordado. "Como chego no pronto-socorro?"

Rebecca começa a explicar, mas a mulher está confusa. Rebecca pede para tocar o bebê, então leva as costas da mão à testa dele, passa o dedo pela moleira. Ele está bem, não tem febre e parece hidratado. Rebecca segura o ombro da mulher e tenta fazer com que olhe em seus olhos. Só que a mulher agora está chorando, como o bebê, e tenta entregá-lo a ela.

"Derrubei ele, derrubei ele quando estava descendo a escada. Tem algo de errado com ele, eu sei." Algumas pessoas ficam olhando, outras diminuem o passo, o resto finge não ouvir. Rebecca pega o bebê, olha nos olhos dele, sente a cabeça em busca de galos. Procura um voluntário e localiza um adolescente usando a roupa verde do hospital e distribuindo panfletos. Pede que acompanhe a mulher até a recepção. Então devolve o bebê e toca o braço da mulher.

"Sei que é assustador, mas está tudo sob controle. Vamos formalizar sua entrada e depois nos certificar de que ele está bem."

Rebecca vai fazer as perguntas difíceis mais tarde. Quem estava responsável pela criança? O que aconteceu imediatamente depois? Quanto tempo ela esperou para trazer o bebê ao hospital? Vai se concentrar nos fatos. Lacerações. Inchaços. Fraturas. Nenhuma mãe e nenhum pai querem ter que levar o filho ao pronto-socorro, mas é seu dever como médica garantir que não haja inconsistências e que a criança esteja segura — só isso. Rebecca se lembra disso quando se sente tentada a julgar: não cabe a ela fazer esse tipo de julgamento.

Mas ela pressionou Whitney o bastante? Tanto quanto vai pressionar essa mulher?

Rebecca decide que vai falar com a equipe da UTI a respeito. Para garantir que os procedimentos adequados foram seguidos. É uma questão de protocolo, só isso.

O ar fresco parece limpar seus pulmões, e ela tem a rara sensação de que não quer voltar para o trabalho imediatamente. Há algo que precisa fazer.

Às vezes, Rebecca faz na reanimação, quando o movimento está fraco, ou no depósito de suprimentos do centro cirúrgico, no meio da noite. Esta tarde, ela pega o elevador e desce até os corredores mal iluminados do porão, onde ficam os aparelhos de reserva e quartos antigos. Rebecca escolhe um quarto no fim do corredor.

Assim que a porta se fecha, ela permite que o medo a consuma. Do que talvez não encontre. Ou de que alguém entre e a pegue no pulo. Mas Rebecca também sente certa empolgação e a expectativa do alívio posterior, por mais fugaz que possa ser; a incerteza vai acabar vencendo, como sempre vence.

Ela se deita na maca com os olhos fechados enquanto a máquina liga. Baixa um pouco a calça da roupa privativa e passa o gel azul e frio no abdome. Pega o Doppler e estica o braço para virar a tela em sua direção.

A massa de células já assumiu uma forma que ela é capaz de reconhecer. Pés e dedos. Cabeça. Cérebro. Um cérebro que vai desenvolver a função de amá-la. O feto se movimenta sob a pressão do aparelho enquanto ela tenta ouvir em meio à estática o som que está procurando. Então o encontra. O coração batendo. Ela deixa que o barulho ocupe a sala, até que pareça uma sirene constante à distância.

Então desvia o rosto da tela. Não gosta de se lembrar da forma. Prefere enfrentar os dias presumindo que aquilo que foi confirmado que está vivo dentro dela logo não estará. É matéria que será expelida. Há segurança na decepção constante, pelo menos. A ameaça é menor para ela agora.

Rebecca limpa o gel da pele e enfia o pano no bolso. Passa as pernas para o lado e se senta para verificar o celular. Tem uma série de mensagens do marido. Ela ligou para Ben mais cedo para contar de Xavier. *Meu Deus*, ele ficou repetindo. Agora, quer saber como Rebecca está. Diz que a ama. Eles estão tentando se sair melhor. Estão tentando seguir em frente. Ben pergunta sobre a viagem para o Oregon outra vez. Quer levá-la ao vale Willamette, fazer um tour de bicicleta pelas vinícolas. Sabe que é um dia difícil, mas ela já pediu uma folga no trabalho para meados do outono? Ele precisa comprar as passagens.

O bebê está previsto para outubro. Mas Ben não sabe disso.

Ela abre as fotos. Encontra um álbum que criou.

Tem fotos de mulheres que Rebecca não conhece. Mães que passaram por ela no pronto-socorro ao longo dos últimos anos. Mães de crianças que Rebecca acha que não vão sobreviver. Ela começou a tirar as fotos sem se permitir pensar no que estava fazendo. Um toque rápido e silencioso do canto do quarto quando deveria estar fazendo outra coisa, mandando um e-mail a outra pessoa da equipe médica ou ajustando uma medicação. Rebecca passa pelas fotos. Tem alguns perfis, lábios mordidos, mão na têmpora. O movimento distorceu algumas. Em outras, as mulheres olham diretamente para a câmera. Pálidas, cansadas, curvadas. Nenhuma delas sabe o que Rebecca está fazendo.

É uma violação de privacidade pela qual ela poderia ser demitida, e Rebecca já prometeu a si mesma que vai deletá-las. Mas, por ora, precisa desses rostos, caso o novo bebê a deixe também. Caso seu útero não o segure, como lhe disseram que provavelmente vai acontecer. Rebecca precisa das fotos para se lembrar de que, por mais que ela queira, tornar-se mãe é a coisa mais tola que uma mulher pode fazer. De que é inevitável que um amor desse tipo a machuque mais do que poderia imaginar. Com uma cacetada, como no caso das mães das fotos, no caso de Whitney, três andares acima. Ou com inúmeros cortes durante os longos anos de maternidade, aquela dor monótona que segue a mãe aonde quer que ela vá.

Ainda assim, Rebecca quer muito isso. Em algum ponto do caminho, ficou assustadoramente desesperada para ter isso.

13

WHITNEY

QUARTA-FEIRA

É manhã, um dia antes de se ver montando guarda ao lado da cama de hospital em que se encontra seu filho mais velho. Whitney está na sala de reuniões, com as costas apoiadas na parede, tentando dar a impressão de que está se divertindo com o chá de bebê que fizeram para Lauren, sua executiva sênior mais valiosa, que pediu seis meses a mais de licença-maternidade. Whitney concordou, porque não quer comandar sua própria empresa como os homens comandam a concorrência. Quer apoiar as mulheres que emprega. Quer que gostem dela. No entanto, ficou decepcionada com o pedido. Achava que Lauren era mais parecida com ela.

Macacões macios para recém-nascidos e cobertorzinhos estampados passam de mão em mão. Há mais presentes a abrir, croissants a comer e mimosas a beber para todos, com exceção de Lauren. Há alguns pais recentes na equipe, mas Lauren será a primeira mãe depois de Whitney, por isso as mulheres conversam animadamente sobre bebês com uma autoridade meramente indireta — uma amiga cujos gêmeos dormem em miniberços acoplados, uma irmã que pariu na banheira. Whitney não gosta que bebês e casamentos sejam as únicas coisas celebradas dessa maneira na vida de uma mulher. Não deixou que organizassem um chá de bebê para ela. Alguém passa um cartão para que as pessoas escrevam seus votos e conselhos, mas Whitney não tem nada a dizer, apesar de seus três filhos. Nada que Lauren vá querer ouvir. Escreve apenas que sentirá falta dela.

Whitney volta à sua mesa para pensar na apresentação da manhã seguinte. O material está pronto há cinco dias, e eles ensaiaram cada palavra, simularam perguntas e respostas. Estão se preparando para a reunião há três meses. Whitney gosta desse estágio do processo, do aperfeiçoamento. Dos detalhes mínimos e críticos. De treinar a apresentação baixinho, as palavras certas, os momentos de ênfase. De visualizar o sucesso no fim.

O resultado da reunião é fundamental para o futuro da empresa de consultoria que ela vem construindo há sete anos. Se conseguir fechar o negócio com o banco, a transferência de gerenciamento de uma fusão global gigantesca, a receita da empresa mais que quadruplicará. Ela terá acesso a novos mercados. Abrirá um escritório em Londres, atrairá os talentos da concorrência. Isso deixará a empresa em outro nível de aquisição, e ela estará em posição de manter parte da propriedade. Subirá ainda mais na carreira.

Whitney quer que isso aconteça mais do que já quis qualquer outra coisa.

Ela está passando pelo orçamento proposto pela quarta vez quando Lauren bate à porta. "Whitney! Você foi generosa demais, como sempre. Muito obrigada."

"Você merece."

"Tem certeza de que não quer que eu participe da reunião amanhã?"

"Nem pense nisso. Seu trabalho oficialmente terminou. Vá fazer o pé ou algo do tipo. Aproveite o dia antes que chova."

Ela não sabe como é essa sensação de tirar um momento

para desacelerar. Mas percebe que o corpo de Lauren relaxa quando ela se despede com um abraço, sente seu alívio diante da ideia de deixar o trabalho para trás. O marido de Lauren ganha bastante dinheiro como corretor de imóveis comerciais, mais do que Whitney paga a ela, ainda que seja o salário mais alto da equipe. Lauren talvez não volte a trabalhar, e Whitney sabe disso. É grande a probabilidade de que ela empurre o bebê pela vagina e se convença, como a maioria das mulheres, de que a coisa mais importante que pode fazer é doar tudo de si. Seu leite. Seu sono. Seu valor próprio. Quanto mais ela oferece, mais a elogiam. A mãe altruísta. Olha só como ela é boa com o bebê. É assim que começa.

Whitney sabe que nem toda mulher acredita no mesmo que ela: que a independência, em todas as suas formas, é o tipo mais importante de poder. Que o mundo é feito de pessoas que ou são alvo de inveja ou sentem inveja. Ela tomou logo cedo na vida a decisão de que nunca seria o tipo de pessoa que apenas perpetua a noção de poder com a qual os mais invejáveis convivem — ela seria um deles. E toda decisão que toma reafirma a escolha de permanecer no lugar mais alto da balança.

Ela via poucas opções para si mesma se quisesse ter um tipo de vida diferente da que tivera na infância. A injustiça vivia nos lábios do pai — as regras eram injustas, o governo era injusto, o mundo era injusto. Whitney não conseguia entender por que ele nunca fazia nada para mudar. Por que nunca planejava melhorar o que quer que fosse. O pai trabalhava para a prefeitura por contratos temporários, cortando a grama e jogando sal nas estradas, mas uma dor nos quadris o deixava incapacitado de tempos em tempos.

Não insulte seu pai, a mãe disse uma vez, dando-lhe um tapa na cabeça por ter perguntado por que ele não arranjava outro emprego, por que não tinham mais dinheiro. Em seguida, deu um beijo e esfregou o local onde havia batido. Ela fazia aquilo com frequência, era afetuosa depois de agredi-la, como se pudesse apagar tudo. *Somos pessoas comuns fazendo o nosso melhor, Whitney. Um dia você vai sentir na própria pele como é isso.*

Ela acorda às quatro da manhã todo dia faz quase uma década. Uma hora incomum. A hora que sua mente agitada a desperta, e ela só tem a perder tentando voltar a dormir. Não vale a pena permitir que o monólogo interior tome conta, criando problemas onde não há. Não vale a pena simplesmente se manter ocupada — todo mundo vive ocupado hoje em dia. O que vale a pena é o foco. A satisfação do controle e a produtividade em um trabalho lucrativo.

Na maior parte dos dias, Whitney sai de casa antes que Jacob e as crianças acordem. Louisa chega às 5h45, prepara o almoço das crianças e cuida da rotina da manhã. Whitney tenta chegar em casa a tempo de dar boa-noite, ou de jantar, quando Jacob está viajando. Mas ela sabe o que Louisa e o marido não lhe dizem — que as coisas correm melhor sem sua presença.

Whitney não se sujeita aos pensamentos que causam tanta culpa nas outras mães que permanecem na profissão. Não se permite pensar no que está acontecendo em casa quando não se encontra lá. Para ela, é uma questão de gosto, e Whitney gosta mais de trabalhar do que de ficar à toa com os filhos. Não consegue encontrar satisfação nessas horas. Não consegue se reconhecer como o corpo que conduz a rotina, a pessoa que coloca todos em marcha, a responsável pelos formulários escolares, pelas mudas de roupas e pelo protetor solar. A avalanche de demandas, o choramingo, a mudança constante de opinião por parte deles depois que ela já fez o que queriam, comprou o que queriam.

Ela precisa de janelas de tempo com eles, e não de longos intervalos. Janelas pequenas e organizadas.

E ainda tem a questão com Xavier. Ele acrescenta uma tensão com a qual ela nunca conseguiu lidar. Sua frequência parece se chocar com a dela. A irritação parece elétrica às vezes, e Whitney não gosta disso em si mesma. A facilidade com que o menino ameaça o controle que ela adora é incômoda. Whitney não sabe de onde vem a raiva. Está sempre lá, à espera.

Ela e os gêmeos são mais tolerantes uns com os outros. Sua experiência com eles é diferente de sua experiência como mãe de Xavier. O companheirismo nato deles, sua fixação pelo rosto feliz e rechonchudo um do outro, a maneira como parecem precisar mais um do outro do que dela. Whitney é a figura materna itinerante. A mãe que não é Louisa. Às vezes, Whitney sente que os gêmeos aceitam as limitações dela de um jeito que Xavier não aceita.

Whitney ama os três filhos, claro que sim. Mas nem sempre ela é a melhor coisa para eles. E nem sempre eles são a melhor coisa para ela.

Jacob liga de Londres, e a atenção dela é tirada da planilha outra vez. São três da tarde, mas aquilo não importa para ele, que nunca se ajusta ao horário local quando viaja. Whitney põe a ligação no viva-voz. Jacob parece estressado outra vez. Tem viajado bastante a trabalho este ano, e as idas ao exterior o deixam ansioso. Ele fala sobre as obras de arte que viu à tarde, e Whitney ouve daquele jeito dela, fazendo outras coisas ao mesmo tempo, respondendo a e-mails que não envolvem maior elaboração enquanto dá conselhos que o marido não pediu.

"Posso te interromper, querido? Só um segundo? Você pelo menos mencionou exclusividade?"

Ele trabalha como marchand, mas não tem todas as qualidades necessárias em um marchand bem-sucedido. Está em Londres por um total de quatro dias atrás de peças para seus clientes, pessoas ricas que não têm tempo, interesse ou vontade de encontrar as próprias obras de arte. Gostam de Jacob porque ele é um intelectual, filho de dois professores de humanidades em Yale. Ainda que com certa relutância, Jacob vai à casa luxuosa deles e toma seu vinho fino envelhecido enquanto lhes ensina tudo o que precisam saber sobre a arte contemporânea mundial, destilando seu doutorado em noventa minutos generosos e bem articulados em troca de uma obra de arte que possa lhes contentar pelos próximos cinco anos.

No entanto, ganhar dinheiro comercializando arte não tem a ver com reconhecer valores e tendências ou com ser capaz de recitar cada venda recorde nas casas de leilão de Nova York, como Jacob é capaz de fazer. Tem a ver com o volume de vendas e a comissão sobre essas vendas, e Jacob fica desconfortável em explorar essas coisas, apesar do treinamento amoroso e voluntário de Whitney.

Ele sabe disso. Mas não se importa. Os dois compreendem que Jacob só dá trela à necessidade que Whitney tem de interferir. Por mais que isso a irrite, ele não tem a mesma sede de sucesso, dinheiro e status que ela. Não trabalha e investe desde os quinze anos, como Whitney, não tem o MBA que ela conseguiu fazer à noite e nos fins de semana, enquanto ralava no trabalho. No entanto, é *ele* quem tem proximidade com a riqueza de verdade. Ela inveja como ele se encaixa naturalmente naquele escalão da sociedade, como foi criado para um mundo com o qual não quer ter muita relação. Jacob tem o privilégio de não precisar provar nada. Naquele mesmo espaço, Whitney estaria atuando. E menos à vontade do que gostaria de admitir.

"Você sabe o que vou dizer, Jacob. Não pode baixar o preço e entregar demais nesse seu mundo cheio de frescura. É tudo uma questão de hype. Você precisa se fazer de difícil no começo, ou ele vai perder o interesse."

Ela não se sente intimidada pelo intelecto de Jacob, porque não há nenhum poder em ser o centro das atenções enquanto se toma uma taça de vinho. O poder está na renda dela. Em sua segurança financeira. Em sua carteira de investimentos farta e em seu negócio florescente, com receita de oito dígitos. É a ambição dela que deu à família deles a vida que eles têm, que permite a Jacob ficar quatro dias em uma feira internacional de arte e retornar sem nada além de inspiração. É ela quem paga o sustento dos três filhos, a casa em terreno duplo, as várias viagens de férias por ano, a babá sob demanda, as obras de arte que ele escolheu para as paredes deles. Nada disso é ordinário, e graças a ela. Whitney gostaria que ele contribuísse mais. Para tirar um pouco da pressão de cima dela de vez em quando.

Ela sabe que a maior parte das pessoas se incomoda com a ideia de mulheres como ela, que buscam riqueza com o mesmo vigor com que os homens buscam o tempo todo. Mesmo que não admitam. Que é desconcertante quando uma mulher quer mais dinheiro do que a sociedade acha que ela vale.

"Meu conselho é: faça Pearse se comprometer com os trinta por cento primeiro. Você tem que ser firme. Muito mais firme", ela diz ao telefone.

Sua assistente, Grace, está em sua sala agora, sussurrando silenciosamente enquanto empilha cópias encadernadas da apresentação na mesa e cola um post-it em cima.

"Tenho que ir, mas me liga amanhã, tá? Se quiser falar mais a respeito. A reunião deve acabar ao meio-dia."

A reunião, claro, ele diz, não esqueceu disso. Mal pode esperar para ouvir como foi. Sabe que ela vai se sair bem.

Às vezes, no entanto, Whitney se pergunta se ele fica tão feliz com o sucesso dela quanto gostaria de ficar. Se já torceu, em um momento de fraqueza, para que ela fracassasse, ao menos uma vez. Há uma tensão em suas palavras às vezes, embora sejam exatamente as que ele deveria dizer.

"Tente sair em um horário razoável hoje", Jacob lhe diz.

Ela não diz nada.

"Talvez eu não devesse ter vindo", ele diz.

Whitney sente o corpo enrijecer e vira as costas para a porta aberta do escritório.

"Por que disse isso? O que está sugerindo?"

Jacob fica em silêncio.

Ele não sabe. Está longe demais. Tem saudade das crianças, está cansado. Não importa.

Whitney não gosta quando ele fica assim, fraco, ansioso. Ela dá uma olhada no post-it de Grace. Tem o nome e o telefone da professora de Xavier. Ela não comenta nada. Dobra o papel e o guarda no bolso da camisa. Não quer aquilo em seu campo de visão.

Ela lhe diz para não ser bobo. Que está tudo bem. As crianças vão ficar bem.

Espera que Jacob diga que sabe que ela tem razão, mas ele fica em silêncio. Então diz algo sobre o táxi e que precisa correr. Whitney diz que o ama. Jacob não diz nada, então uma porta de carro se fecha e ele se foi.

Uma mensagem aparece na tela do iPhone quando Whitney desliga.

Oi ☺ De pé hoje à noite? 23h?

Whitney se recosta na cadeira e abre um botão dourado de seu blazer branco. Tenta entender a inquietação de Jacob. Não está gostando nada disso. Ela bate o celular contra o queixo. Inspira fundo antes de responder e apaga a conversa.

14

REBECCA

Ela acabou de pegar a escada quando o código azul é acionado. Terceiro andar. Quarto 3103. Não está na equipe de resposta, então continua verificando seus e-mails enquanto sobe os degraus devagar, tomando cuidado para não tropeçar sem olhar. Então se dá conta — terceiro andar.

Quarto 3103.

Rebecca tenta se lembrar em que quarto Xavier está... 31... 31 alguma coisa, 3108, 3111? Ela movimenta os braços enquanto sobe correndo, falta só mais um lance para a saída do terceiro andar. O quarto 3103 é familiar demais, deve ser o dele. Rebecca quase tromba com o carrinho de emergência no corredor, mas dá um pulo para trás para deixá-lo passar e segue a equipe marchando firme pelo corredor à direita do posto de enfermagem. O corredor de Xavier.

Não, não, não. Rebecca torce para que parem. O quarto dele é quase o último do corredor, mas a equipe está trotando rápido demais, está quase à porta de Xavier, que agora ela consegue ver aberta. Rebecca imagina Whitney no canto do quarto, depois de terem lhe dito para sair, enquanto tentam reavivar seu coração. Dois médicos passam correndo por ela, um cotovelo atinge seu quadril, Rebecca para.

É o quarto ao lado, não o dele.

Ela se inclina para a frente, levando as mãos aos joelhos. Sente um nó na garganta. Procura se recuperar. Se não vai ajudar, é melhor sair do caminho. Pode voltar para ver Xavier depois.

Está fora de si.

Precisa de algumas horas de sono antes que cometa algum erro grave.

Em geral, está no contrafluxo quando vai e volta do hospital. Sua vida flui em um sentido diferente daquele da maioria das pessoas, ela se sentiu assim a vida toda. Gosta de observar os carros se acumulando no sentido contrário. Gosta de ir para casa dormir quando os outros estão começando o dia. Não precisaria pegar tantos plantões longos quanto pega, mas é uma maneira de se separar das rotinas que não pode ter. Assim, não precisa entrar pela porta da frente de casa para ter um jantar tranquilo apenas com Ben, em um banco estofado com tecido lavável e resistente a manchas. Do tipo feito para famílias com dedos grudentos.

As crianças do hospital são diferentes. Precisam dela, e Rebecca em geral pode ajudá-las. É não ser necessária quando sai do prédio que agora ela acha tão difícil.

Ben precisa dela de uma forma diferente nos últimos anos. Pode ser apenas o caminho usual do casamento, a maneira como o amor do início derrete devagar e se transforma em algo menos lascivo. Mas ela tem se sentido menos importante para ele desde que as perdas começaram a parecer algo mais forte que azar. Desde que eles descobriram que sofriam de uma falha mecânica definitiva. Que ela era uma máquina quebrada.

Rebecca é boa com estatísticas e probabilidades, com resultados que podem ser previstos em tratamentos. Mas esse tipo de raciocínio não funciona na biologia reprodutiva. Ela e Ben não estão na categoria da impossibilidade, mas as chances não parecem estar a seu favor. Abortos espontâneos recorrentes. Três anos. Esperma modelo. Óvulos de trinta e sete anos. Útero inóspito com um endométrio pouco avantajado. "É meio achatado", foi o que disseram. "Seria melhor que fosse mais fofo". O corpo dela não responde como deveria. A linguagem que usam é a linguagem do fracasso.

O problema não é do tipo que se possa resolver. "Não sabemos" é a resposta à maior parte de suas perguntas, como se aquele enorme buraco no conhecimento médico fosse aceitável. O único tratamento que ofereceram não chegava a ser um tratamento. Continuar tentando, caso tivessem disposição, caso pudessem suportar a decepção. Na última consulta, depois que a médica saiu, a enfermeira, uma jovem cujos ovários provavelmente fervilhavam de óvulos aderentes e de alta qualidade, cujo útero Rebecca imaginava tão maduro quanto uma fruta tropical, havia dito a palavra que ela menos queria ouvir: milagre. Que eles viam milagres todos os dias.

Mas Rebecca é uma cientista. Nunca acreditou na esperança como um poder com influência. Nunca acreditou em milagres.

Em seu primeiro ano na residência em pediatria, um médico lhe disse que a melhor coisa que poderia fazer para os pais no hospital era manter a menor distância possível entre suas expectativas e a realidade. Em outras palavras, ter esperança, que era o que todo mundo queria, não era algo necessariamente bom. Aquilo tinha feito todo o sentido do mundo para Rebecca. Ela havia sido treinada por treze anos para acreditar nas evidências. Para tomar decisões baseadas em seu conhecimento sobre como o corpo funciona. Em relação a seu corpo, agora mesmo, ela quase não tem esperanças.

Rebecca estaciona na rua, em frente à sua casa com quatro quatros, três banheiros e uma entrada com ganchos de cabide amarelos, a uma altura que braços infantis poderiam alcançar. Eles pagaram o adiantamento ao empreiteiro três meses e meio depois de o primeiro teste dar positivo. Na época, tinham o privilégio da certeza.

Lá dentro, Ben deve estar fazendo um sanduíche de almoço, passando um café fresco, tudo para ela. Ele tirou uma licença de um ano da escola, uma decisão que surpreendeu a todos, inclusive Rebecca. Ele sempre adorou lecionar. Sempre adorou crianças. Fazia anos que estava empregado em uma escola de ensino fundamental a dez minutos dali, um dos motivos pelos quais haviam comprado uma casa naquele bairro. Eles gostavam que misturasse pessoas de diferentes classes sociais, de diferentes etnias, mesmo que um grupo pequeno de pais privilegiados que se envolviam de maneira exagerada tomassem a dianteira.

Mas Ben passou a desejar um descanso da rotina diária, de ensinar o mesmo currículo ano após ano. Um amigo tinha aberto uma startup no ramo da tecnologia, um aplicativo para pais educarem os filhos em casa, e estava procurando um educador para ser consultor em tempo integral. Os dois ainda estavam pagando a dívida estudantil de Rebecca, e o novo trabalho pagava o dobro do que ele recebia na escola. Ben se animou com a ideia de experimentar algo novo, por isso aceitou um contrato de oito meses trabalhando na maior parte do tempo de casa. Ele também aceitou treinar o time de softbol de uma escola que ficava a alguns quarteirões de distância, como um favor a alguém que conhecia. Parecia aliviado com a mudança.

Ela se pergunta se no fundo ele saiu porque ficar com crianças o dia todo tinha se tornado difícil demais. Se o lembrete do que talvez nunca chegassem a ter tinha se tornado doloroso demais.

Quem sempre quis ter filhos era Ben.

Rebecca o conheceu em um encontro marcado na última hora por alguém do trabalho que achava que ela devia sair mais, vestir um jeans e salto alto para variar. Fazia quase um ano que seu último relacionamento — curto como todos costumavam ser — havia terminado. O cara trabalhava com cirurgia plástica pela grana e escondia o hábito de fumar cigarro eletrônico dela. Rebecca a princípio relutou, mas quando lhe garantiram que Ben era professor e gente boa de verdade, imaginou que não faria mal encontrá-lo para jantar. Ela ficou surpresa quando ele se levantou da mesa e lhe estendeu a mão. Ben era alto e estava em forma, como ela, e parecia mais sério do que na foto que Rebecca tinha visto, à beira de um lago e sem camisa.

Ela gostou dele na hora. Ficou encantada com a maneira como tocava o lábio superior com o nó do dedo ao rir. Ben falava sobre seus alunos do sétimo ano com um orgulho de pai, mas queria mesmo era falar de Rebecca. Do que ela gostava e não gostava, dos lugares que havia visitado e que ainda queria conhecer. De seu hábito de correr. Seu trabalho. Sua pesquisa. Sua infância, como foi crescer com uma mãe solo que se desdobrava e tinha feito todo o possível para garantir que a filha fosse bem-sucedida.

Quando os pratos já tinham sido recolhidos, quando eles já haviam rido tanto a ponto de irritar as pessoas ao lado, quando já tinham experimentado um punhado de momentos em que se encaravam sem dizer nada, Ben pediu uma última bebida. Então perguntou a ela: *Você quer ter filhos?*

Rebecca só notou que o vinho tinha acabado depois que levou a taça à boca. Então a devolveu à mesa, consciente de que os segundos passavam.

Sim, acho que sim. E então, para se reassegurar, tentou outra vez: *Sim. Quero ter filhos*.

Ben baixou os olhos, levou o nó do dedo à boca outra vez e sorriu. Aquela era a resposta que ele torcia para ouvir. Tudo entre os dois estava se desenrolando exatamente como ele queria, ela via aquilo.

Rebecca tinha trinta e três anos. Sempre se sentira segura do que queria e do que não queria, mas a maternidade parecia um assunto para outras pessoas, não para ela. Nada na ideia a empolgava. Tinha sido uma fonte de discussão entre ela e a mãe ao longo de anos, porque a mãe queria netos desesperadamente. Queria que Rebecca conhecesse o amor maternal que ela conhecia. E, embora Rebecca se sentisse em dívida com a mãe, embora não suportasse pensar em decepcioná-la, nunca havia imaginado sua vida com filhos.

Mas ela gostou da empolgação que sentiu no caminho de volta para casa aquela noite, depois de ter dito aquelas palavras a Ben. Algo havia começado a mudar. Algo começava a parecer maior que ela. Talvez, Rebecca pensou, o desejo materno já estivesse lá dentro, mas ela preferira não o ouvir. Sua ambição falava alto demais, a ciência a consumia. O conhecimento infinito que tentava absorver, as horas absurdas que precisava trabalhar. Ela não tinha como saber o que havia debaixo daquilo fazia tanto tempo.

Rebecca pensou na mãe, sozinha. Nos anos passando e em como Ben a havia beijado do lado de fora do restaurante, como se não tivesse a ver com o beijo em si, e sim com a possibilidade. Às vezes é assim que o amor começa. Ela ligou para ele para avisar que havia chegado, e os dois passaram mais duas horas conversando.

Um ano e meio depois, eles se casaram em uma pequena cerimônia para a família na fazenda onde Ben havia crescido com os dois irmãos e a irmã. A mãe de Rebecca a levou da varanda recém-pintada de branco da casa até o altar composto de fardos de feno e decorado com baldes de aço lotados de girassóis. Muito se falou depois sobre os bebês que um dia se juntariam às nove crianças da família. Rebecca ficou vendo os sobrinhos de Ben correndo uns atrás dos outros em meio à grama alta, sob o brilho alaranjado do fim de tarde de setembro, depois se virou para a mãe e percebeu que ela estava concentrada neles também. A mãe não tinha podido lhe dar tudo, mas a levara até ali, até aquele momento. Rebecca se sentia realizada, respeitada, segura. Tinha uma vida que a própria mãe nunca tivera.

Então Ben saiu para a varanda e se pôs ao lado da nova sogra. Passou seu braço forte sobre os ombros que haviam carregado mais peso do que qualquer um deles poderia compreender e sussurrou algo que a fez rir. Os dois voltaram a olhar para as crianças brincando. Ben piscou para Rebecca, que sorriu com as bochechas doloridas da alegria do dia. Ela teria tirado os sapatos de cetim e corrido com Ben pelos campos se ele pedisse, sujando de terra a barra do vestido enquanto apostava corrida contra o sol se pondo.

Em algum lugar entre aqueles começos e o agora, Rebecca trocou o desinteresse por uma obsessão que ela não consegue articular. Era cautelosa com a maternidade, até não ser mais. Não queria um bebê, até que um bebê se tornou a única coisa de que precisava.

No entanto, na maior parte do tempo, Rebecca fica furiosa consigo mesma por ser refém desse desejo. O desespero é sua maior fraqueza. Ela não consegue se disciplinar para escapar dele, não importa quanto se concentre em outras partes suas. Em qualquer outro pensamento.

* * *

Quando ela entra pela porta, vê o laptop dele aberto na mesa de jantar, com os fones largados ao lado. Ben a chama da cozinha.

Ele a puxa e passa o dedão na marca vermelha onde a touca cirúrgica apertou. É um gesto paterno, como limpar ketchup do canto de uma boca. Há uma energia silenciosa no casamento deles agora. Ben se preocupa com a falta de sono dela, sua dor no arco dos pés, se Rebecca come direito no trabalho. Agora ele desliza o prato pela mesa e se senta, esperando que ela faça o mesmo. Com o queixo na mão e o cotovelo na mesa.

"Como ele está?"

"Por enquanto ainda não houve melhora. Quanto mais tempo fica em coma, menor a chance de recuperação. Vão me mandar mensagem se algo mudar."

"Nossa." Ben balança a cabeça. Não consegue nem imaginar.

"Eu sei. Nem consegui acreditar que era ele hoje de manhã. Tipo, esse tipo de coisa acontece todo dia, mas bem do outro lado da rua, com uma família que conhecemos... É... terrível."

"Vou pegar água pra você."

Rebecca observa sua movimentação pela cozinha. A demonstração de preocupação, as tentativas constantes de cuidar dela. Como se Ben quisesse se convencer de que cuidar dela, e não do bebê, é o bastante para ele. Como se tentasse silenciar a amargura que um dia pode vir a ganhar.

Ela sabe que Ben quer amá-la. Mas o amor pode mudar. O amor se baseia em uma ideia de quem a outra pessoa é, e Rebecca já não é mais inteiramente a mesma ideia.

"Por que não sai pra correr um pouco?", ele sugere. Ela estava sempre correndo. Quilômetros depois de um longo plantão, para se livrar do que quer que restasse, de qualquer dúvida quanto ao seu desempenho em um caso, qualquer preocupação de ter mandado para casa uma criança que deveria ter ficado no hospital.

"Talvez", Rebecca diz, e leva a água aos lábios. Ben se vira para enxugar as mãos no pano de prato e leva um pouco mais de tempo que o necessário.

Agora ele pergunta sobre os dias de folga para irem ao Oregon. Ela promete que vai ver isso.

Ele pergunta por que ela não quer café.

Ela baixa os olhos para a caneca, que permanece intocada. Diz que já tomou café demais no hospital.

É capaz de fazer isso agora, mentir para ele tranquilamente. Como se as palavras não fossem suas. Como se aquela desonestidade não contasse, porque terá acontecido no Antes. E tudo será melhor no Depois. Ela só se importa com o Depois.

Ela sobe para ir dormir, mas antes se certifica de que o celular não está no mudo. Em menos de três horas precisará voltar, a menos que o residente precise dela antes. No quarto, tira a calça que está apertada demais na cintura. Depois presta atenção para confirmar se ainda consegue ouvir os passos dele no andar de baixo. Então levanta a camiseta e olha para a barriga no espelho atrás da porta. Nunca chegou a cento e vinte e nove dias. Talvez só tenha mais uma semana antes que a barriga fique grande demais para esconder.

Ele não suporta mais o fardo de tão pouca esperança. Mas ela não consegue viver sem isso.

15

WHITNEY

NO HOSPITAL

Ela coloca a ponta do indicador direito dele entre os dentes, rói a unha até que uma tira fina se solte e a mantém entre a língua e o céu da boca. Então toca a pele rosa da ponta do dedo, agora exposta, e se pergunta o que ele sente no momento. Seu toque? Sua presença? Ele a ouviu dizendo que sente muito?

Tudo nele aos dez anos de idade é muito familiar para ela. É uma parte dela. Mas os dois estão quase no momento em que isso começa a mudar. Ele tem se afastado dela desde o dia em que ela o pariu, e logo ela começará a sentir isso, fisicamente, na maneira como um filho deixa de buscar conforto no gesto de afeto de sua mãe. Logo ele vai amá-la menos do que antes. E depois ela vai começar a sentir que é irrelevante para ele. O filho vai ficar mais desconfortável quando ela está por perto do que quando não está. E então ele não vai mais pensar muito nela, ou pensar muito bem dela. Só vão se tocar em um oi rápido, um tapinha de despedida nos ombros fortes e amplos de um homem.

Não é assim que acontece com os filhos?

Isso se ele sobreviver. Se ele não se lembrar do que aconteceu.

Ela passa os dedos sob os olhos dele, como se houvesse

lágrimas a enxugar ali. Coloca a mão sobre o respirador que cobre sua boca. Imagina que é ela quem enche seus pulmões de ar, que é a única que pode salvá-lo.

A risada dele vem à sua mente. Ela imagina suas bochechas se erguendo, sua boca se abrindo, mas não ouve o som. Como é seu tom? Como é possível que ela não consiga lembrar como ele ri? Jacob lembraria? Louisa lembraria?

Ele ri quando está com ela?

Whitney não se lembra de rir muito quando era pequena. A única risada que recorda é a que vinha da televisão do apartamento ao lado. O pai batia na parede de tempos em tempos para que o vizinho baixasse o volume, e então a mãe reclamava que as batidas eram piores que o barulho da televisão, e o pai dizia que se ela não gostava daquilo era livre para ir embora, ainda que todos soubessem que ela nunca iria.

No entanto, Whitney sabia que a mãe guardava uma passagem de ônibus escondida no bolso de dentro do casaco. Uma passagem para uma viagem sem paradas até o terminal nacional, a três horas de distância, sem data marcada e sem prazo de validade. Ela é capaz de ouvir a troca entre os pais perfeitamente e recorda até uma sensação de conforto diante da previsibilidade daquilo tudo, com ele voltando a se jogar na poltrona e fazendo uma careta por conta da dor no quadril que o privava de seu sustento. E da habilidade que ele tinha de encurralar a mãe, cuspindo palavras. Ele costumava cantarolar um ou dois versos de Johnny Cash para se acalmar, não mais que isso. Whitney não conseguia se lembrar de nenhum deles rindo.

Então, não, talvez não haja muitas risadas na casa dos Loverly, pelo menos não quando Whitney está em casa. Quando ela está em casa, há muito celular e muito "você deveria", muitas lágrimas quando o comportamento não é como

Whitney gostaria que fosse. Não sobra espaço para a espontaneidade. E não sobra muito tempo.

Whitney tenta se lembrar da última vez que brincou com Xavier. Lego, um jogo de tabuleiro ou xadrez, uma daquelas coisinhas giratórias de plástico que ele coleciona e de cujo nome ela não consegue lembrar.

Ela não gosta de brincar. Na verdade, odeia. Não há produtividade na brincadeira. Whitney odeia as caixas de plástico cheias de brinquedos, odeia se sentar no chão. Odeia fazer barulho de carro e fingir ser um puma. Odeia a mundanidade daquilo tudo. Odeia tentar soar leve, animada e surpresa quando não se sente assim. Odeia fingir interesse por coisas que não são reais.

Quer brincar comigo? Quando vai brincar comigo? Podemos brincar depois do jantar? Quer construir alguma coisa comigo? Ela tem que fechar os olhos e se preparar para as lamúrias, o rebuliço, quando diz: *Desculpa, mas não posso agora. Tenho coisa para fazer.*

Ela sempre tem outra coisa para fazer ou será que sempre *encontra* outra coisa para fazer? Whitney pensa na agenda no celular, lotada, naquele calendário organizado por blocos de cores diferentes, pelo qual mata ou morre. Não há uma cor para Xavier ou para os gêmeos. Não há uma cor para brincar.

Eles já se deitaram juntos, ao sol, e ficaram olhando para as nuvens? Já inventaram histórias juntos, músicas simples, palavras bobas? Viveram o tipo de alegria única que se espera viver?

Ela não é esse tipo de mãe.

Uma mãe como Blair. Que fez escolhas diferentes das de Whitney.

Ela pega a mão de Xavier e volta a levar as unhas dele aos lábios. Uma vez ameaçou, sem pensar, esfregar cebola todo dia em seus dedos se ele continuasse roendo as unhas sem parar, como sua própria mãe costumava ameaçar. Xavier não retrucara com as desculpas de sempre. Só perguntou se ela poderia, por favor, parar de tocar no assunto. E explicou que roer as unhas às vezes era a única coisa que o fazia se sentir melhor.

Melhor em relação a quê? Mas ele não tinha resposta. Ela o deixou sozinho. Sabe como é, fazer algo que não se deve fazer porque proporciona aquilo de que você mais precisa. Uma sensação de alívio. Uma sensação de controle.

Tem um médico no quarto agora. Whitney não consegue ouvir esse homem, não consegue fingir que sabe o que ele está dizendo. Quer fazer "shh" para ele, tapar os ouvidos. *Vai embora, vai embora, vai embora.* Ela sente cheiro de álcool. Depois látex. Aperta a mão caída de Xavier, porque a sensação de saber que ele está ali é boa, que seus tecidos, músculos e ossos estão ali. Que ele não é uma memória.

Memória. O médico pronuncia essa palavra bem quando ela pensa nela. A memória de Xavier. Trauma. Algum tipo de exame. Inchaço. As palavras "chapa", "crânio" e "fornecimento de sangue". Uma confusão de números decimais.

Ela abre os olhos para vê-lo. Já ouviu outras mães dizerem que às vezes veem de relance como o filho ou a filha vão ficar quando forem mais velhos, que certa expressão faz sua imaginação viajar para o futuro. Isso às vezes acontece em relação aos gêmeos. Mas Whitney nunca pensa em Xavier dessa maneira. Com ele, nunca conseguiu ver além do dia, da hora, do menino que é naquele momento. Precisando, querendo, desafiando. Levando-a ao limite.

16

SETEMBRO, QUINTAL DOS LOVERLY

A sensação de aspereza em sua garganta é familiar, mas ela não consegue se livrar dela engolindo em seco — dessa vez é vergonha, azeda e densa. Whitney se levanta do chão do quarto e encara Xavier, que a encara também. Os dois olham para a janela aberta que dá para a festa no quintal. Ela leva as mãos aos seios como se tivesse sido exposta, como se alguém tivesse arrancado suas roupas e a deixado nua. Seu rosto está queimando, seu cérebro considera as opções que tem para melhorar a situação.

Whitney pode fingir que ele estava prestes a engolir algo venenoso.

Pode se trancar no banheiro pelo restante da tarde.

Pode se fazer de doente.

Ela sabe, no entanto, que precisa encarar o quintal cheio de gente que ouviu sua parte mais monstruosa ganhar vida. Todos terão arregalado os olhos, ouvido o próprio coração acelerar ao presenciar aquela demonstração da raiva de Whitney. Sentirão o calor da humilhação dela quando a virem. Por que fez aquilo? Por que perde a paciência tão fácil com o filho? Eram apenas biscoitos. Ele é só um menino.

Foi a bebida, ela pode dizer. Bebeu demais. Todos estavam com um copo na mão.

Mas não será o bastante para explicar o que ela fez.

Sua fúria dá lugar ao remorso. Ela põe as mãos espalmadas em cada bochecha do rosto perturbado de Xavier. Sente o enjoo de quando o familiar pico de raiva passa.

"Desculpa. Eu não quis gritar. Pode ficar aqui no seu quarto."

O que ela quer dizer é: não desça. Não piore tudo ainda mais.

Ela fecha a porta ao sair.

Sente as pernas fracas enquanto se dirige à cozinha. É melhor andar logo com isso. Você consegue, você consegue. Ela vai procurar Blair, que vai fingir que nada aconteceu. Blair agirá como se Whitney não tivesse motivo nenhum para se sentir mal. Ela sente Jacob vindo em sua direção, chocado, vermelho, e sorri, esforçando-se ao máximo. Toca seu braço e sente que ele está tenso. Whitney diz que está tudo bem e que eles conversam depois. Continua se dirigindo ao quintal, com o vestido de seda longo esvoaçando atrás de si com uma elegância que ela traiu.

Lá fora, Whitney sente os rostos desviando, os convidados evitando o desconforto de vê-la. As conversas foram retomadas devagar, mas parecem contidas. A vergonha que Whitney sente é avassaladora. Ela se encontra sobre o arco-íris que a filha de Blair desenhou no pátio, aparentemente incapaz de mover os pés. Sabe que deve dizer algo a alguém, mas não está vendo Blair. Precisa dela. Blair pode fazer com que ela se sinta melhor. Whitney se vira para três mães da escola, que forçam um sorriso. Seu rosto se contrai.

"Sinto muito por isso. Xavi está enfrentando desafios muito sérios. Com sua saúde mental. Não vou entrar em detalhes, mas estamos preocupados." Ela faz uma pausa. Precisa oferecer mais. "Ele está vendo um especialista comportamental."

Não é verdade, mas talvez faça o acesso de raiva parecer justificado. Necessário até, se elas pensarem no pior. Vão achar que ele tinha algo perigoso nas mãos. Vão achar que ia se machucar. Vão compreender a explosão, reenquadrá-la como preocupação, terão empatia por ela. Por favor, tenham empatia.

Parece que é o caso, quando todas falam ao mesmo tempo. Claro. Nós entendemos. Não precisa se desculpar.

Há um breve instante, mas a sensação é de que foram vários minutos. E então: "Estávamos falando sobre os planos da prefeitura de construir um parquinho novo. Você acha que...".

Agora, Blair a observa. Whitney dá uma olhadela em sua direção, como se pudesse sentir a amiga encarando. Blair ouviu a mentira sobre Xavier. Está agachada com as crianças, para esconder seu desconforto. Seus joelhos doem, mas ela não vai se levantar. Alisa o rabo de cavalo da filha, sobe os dedos correndo pelo braço de Sebastian para fazê-lo rir. Ela se visualiza subindo para ver como Xavier está, para animá--lo, mas Whitney não gostaria disso. Então se levanta e interrompe educadamente o grupo de mulheres se oferecendo para recolher os pratos e os copos de papel. Será que Whitney pode mostrar onde está a lixeira?

Whitney fica agradecida pela suspensão deliberada. Blair sabe exatamente onde fica a lixeira, debaixo da pia. Whitney se inclina para pegar Thea e a beija de modo divertido, três, cinco, sete vezes. Gira a menina uma vez e dá risada. Torce para que estejam todos olhando. Então faz de novo. Thea per-

120

gunta por Zags, que é como os gêmeos chamam Xavier. Ele está bem, Zags está lá em cima, ele está bem, Whitney diz, e a devolve ao chão. Whitney pergunta a Blair em voz baixa se ela e Aiden podem ficar mais um pouco depois que todo mundo for embora. Sabe que Aiden vai beber mais um pouco com ela e aliviar o clima. Talvez Blair não se anime muito, depois do que aconteceu, mas concorda. Claro, eles vão adorar ficar mais um pouco. Assim, elas fingem que o incidente foi irrelevante.

Mas as outras mulheres vão falar, como se nunca tivessem gritado com os próprios filhos.

Todas nós perdemos a paciência de vez em quando, claro, mas coitado do menino...

Em conversas particulares, elas vão reviver o incidente, falando como foi horrível, inesperado. Chegarão a usar a palavra "assustador". Porque Whitney é o tipo de mãe em quem as outras mulheres procuram falhas.

Ela sabe disso. O julgamento de suas prioridades é algo que em geral consegue ignorar, porque esse julgamento é contaminado pela inveja. Mas, nesta tarde, em seu lindo quintal, essa inveja se reduziu, e Whitney sentirá a humilhação de sua perda de controle toda vez que pensar a respeito.

Blair enxerga essa constatação no rosto de Whitney. Nunca a viu em uma posição tão enfraquecida, e isso faz com que se sinta fisicamente desconfortável. As outras mães da escola se afastam aos poucos, falam sobre ir atrás das crianças. Pegam o celular para ver que horas são. Blair quer facilitar as coisas para Whitney, para ambas, por isso comenta que o mágico era muito bom. Está sendo tão divertido para todos. Como os pratos de queijo ficaram lindos. Ela é capaz de fechar os olhos para as transgressões maternais da amiga com uma facilidade perturbadora. Desfaz-se em elogios e mantém a animação, talvez até tome outro drinque.

Mas os olhos de Whitney passam pelos convidados, catalogando cada pessoa que a ouviu perdendo o controle. Esses rostos vão consumi-la pelas próximas semanas, ou pelo tempo que for necessário para a vergonha se dissipar.

Whitney assente enquanto Blair fala, olhando para além dela, para Aiden, do outro lado do quintal, para a mulher rindo do que quer que ele esteja dizendo. Whitney olha para a cerca, para a silhueta de Mara passando por entre as frestas na madeira, depois olha para o quarto do filho, para a janela escancarada, por onde acha que ele acabou de olhar. Ela dá um pulo quando Jacob põe a mão em seu ombro.

Algo no modo como Whitney se encolheu ao toque do marido deixa Blair ansiosa. Então ela ouve a voz brincalhona de Aiden atrás de si. Suas bochechas ficam quentes enquanto ela tenta diagnosticar seu tom. Do outro lado da cerca, a porta dos fundos da casa de Mara bate com força demais, como se ela já tivesse ouvido o bastante. Whitney e Blair trocam um olhar. Depois da festa, esses poucos segundos de tensão passarão pela mente delas outra vez, sem que nenhuma das duas compreenda o motivo. Pelo menos não por muitos meses mais, até uma noite de quarta-feira em junho, quando tudo começará a implodir.

Duas horas depois, a multidão no quintal se dispersou, e a maior parte das crianças pequenas já foi arrastada para casa para ir para a cama. O decote do vestido de Whitney escorregou a ponto de Blair conseguir ver o vale entre seus seios. Ela tirou o sutiã em algum momento, e dá para ver seus mamilos duros sob a seda. Também está descalça, e as sandálias de tira se encontram jogadas na grama. Blair ajusta sua camisa branca de algodão. É nova, de modo que o branco ainda é vívido. Ela endireita a bainha do short verde-oliva plissado que comprou com a camisa. Agora, o conjunto a lembra de algo que sua mãe usaria. A tequila boa foi aberta e, embora não goste de beber tequila pura, Blair aceitou, porque foi Jacob quem lhe entregou o copo.

Aiden e Jacob se aproximam, e Whitney diz a Aiden para se sentar, para ficar e se divertir, e depois pede a Jacob que aumente a música. Quando ele volta, brindam com seus copos com sal na borda e os homens voltam a conversar sobre como o verão foi chuvoso, sobre o nível da água dos Grandes Lagos. Sem qualquer interesse naquilo, Whitney puxa Blair para dançar.

Blair diz que não quer, fica dura e resiste, está cansada da festa e ainda há gente demais ali. A ideia de dançar a deixa mais corada do que a tequila. Odeia dançar, e Whitney sabe. Odeia como faz com que se sinta incompetente e tola. Odeia se sentir uma estraga-prazeres por não querer se juntar aos outros. A vermelhidão sobe de seu peito para seu pescoço.

Mas é impossível dizer não a Whitney. A música é do tipo que tocaria em uma praia de Miami. Blair observa como Whitney se move e tenta não pensar demais no que seu próprio corpo faz. Começa a funcionar. Ela sente um tipo raro de liberdade, diverte-se de uma maneira que não lhe é familiar. Então sente algo parecido com orgulho. Fica aliviada por ter mais bebida e toma outro gole. Mantém as mãos erguidas como as outras pessoas estão fazendo, soltas, serpenteando, então vira a cabeça para um lado. E para o outro. Seus olhos perdem o foco. Ela ainda é capaz de se surpreender. Ainda é capaz de se sentir viva.

Jacob se levanta, e por um momento Blair acha que ele vai dançar também, o que a faz se sentir tola e começar a perder o ritmo. Então ele toca os quadris de Whitney e segue para a cozinha. Blair pega as mãos de Whitney e copia a maneira como ela se move, sentindo sua confiança retornar. Ela vira o rosto para onde Aiden está sentado, observando, de pernas cruzadas, com a mão no tornozelo. Ele vai gostar disso, sua esposa tensa se divertindo para variar um pouco. Vai ver que ela é capaz de relaxar. Que pode ser divertida. Talvez até fique um pouco excitado. Blair faz um leve biquinho. Pensa que poderiam fazer sexo naquela noite. Que ela poderia iniciar as coisas, uma vez na vida. Enfiar a mão dentro da cueca de Aiden quando ele estivesse escovando os dentes. Ela se sente inchar entre as pernas e se surpreende outra vez consigo mesma. Seus olhos procuram os dele.

Mas não é ela que o marido observa. Blair reconhece o olhar vidrado. O desejo. Ele está secando o corpo de Whitney, seus seios, as costas que o vestido deixa à mostra. Aiden passa a ponta da língua sobre o lábio inferior, devagar. Blair para de dançar. A tequila queima forte em seu peito. É como se ela não estivesse lá — como se nunca estivesse lá.

17

REBECCA

Ela acorda da soneca com o som da televisão na sala lá embaixo. Leva alguns segundos para registrar que é apenas o meio da tarde e ela continua de plantão. A imagem de Xavier no hospital lhe volta à mente. Ben está assistindo ao jogo de beisebol da noite anterior, batendo palmas e gritando, esquecendo, em sua empolgação com as bases sendo ocupadas, que ela dorme lá em cima.

"Vai, vai, BOA!"

Ele deve estar com o boné dos Yankees virado para atrás. E tomando uma cerveja light. Ela vai se sentar ao seu lado no sofá e apoiar a cabeça em suas pernas por vinte minutos antes de voltar para cumprir as últimas horas de seu turno no hospital.

Antes, ela pega o iPad ao seu lado no chão e clica no link do fórum que salvou nos favoritos. Ainda não se permitiu fazer isso, não nessa gravidez. Ela encontra a página do mês para o qual o bebê está previsto, outubro, o lindo e fresco mês de outubro, e começa a passar pelas mensagens. As selfies de calcinha e sutiã, registrando cada mudança no corpo, as perguntas sobre a cor, o cheiro e a textura da secreção vaginal, tudo a fascina, constrange e empolga, como todas as outras vezes em que se permitiu aquela indulgência. Rebecca não vai se autorizar a recair nos velhos hábitos, mas, só hoje, vai se conceder cinco minutos.

Ela ouve Ben batendo palmas de novo enquanto desce a escada. Ele dá um pulo quando Rebecca toca seu pescoço por trás do sofá.

"Você acordou. A tv está alta demais? Só mais uma jogada e vou voltar ao trabalho. Tenho algumas reuniões à tarde."

Ele estica os braços na direção dela, quer abraçá-la. Ela pensa em como seria passar um bebê alimentado e cansado para aqueles braços. Senta-se ao lado dele e apoia a cabeça em suas pernas sob o brilho forte da tela. Ele apoia as mãos no quadril dela, e Rebecca fica tensa — Ben pode escorregar a mão e sentir sua barriga quando a puxar para mais perto. Mas ele raramente a toca ali agora, com tudo o que aconteceu.

"Precisamos parar de tentar ter um bebê", ele disse, cinco meses e meio antes. Estavam sentados ao pé da cama. Ele segurou as mãos dela e mexeu nos anéis em seu dedo, os anéis que lhe dera. Havia exaustação em sua voz. Ele não queria pensar assim. Ela balançou a cabeça — não, não iam ter aquela conversa naquele momento. Não, não teriam aquela conversa nunca.

"Você está falando sério?"

"Acho que não consigo mais."

"O quê? Você quer isso, Ben! Você quer que a gente tenha um filho."

Eles deveriam querer as mesmas coisas. O mesmo futuro, a mesma casa, a mesma família. Rebecca levou a mão dele à sua boca, para se certificar de que Ben sentia que ela estava bem ali, ao seu lado, que aqueles eram os lábios da esposa que ele amava. Os olhos de Ben se mantinham fixos nos dedos dos pés dela. Não podia ter falado sério.

126

"É difícil demais. Para nós dois", ele disse, sem emoção na voz a princípio. "Precisamos aceitar que não vai rolar pra gente. Não podemos continuar engravidando e perdendo bebês assim. Essa história de querer e não conseguir, repetidamente... E por quanto tempo mais? Quando isso vai acabar, qual é o número? Seis? Dez? Quinze? Um de nós precisa tomar essa decisão, ou vamos nos destruir. Você não sente que isso já está acontecendo?"

"Você só está com medo, Ben. Quer desistir porque está com medo. E se esperarmos um pouco dessa vez? Podemos tirar um mês. Você vai se sentir melhor depois de um tempo."

Ela precisava que Ben ouvisse o desespero em sua voz. Ele ficou em silêncio por tempo demais, então balançou a cabeça devagar.

"Então você... desistiu? Não vamos ter um filho? Simples assim?"

Ele disse que sentia muito, que a amava. Que precisava que ela compreendesse. Ele ficou em silêncio enquanto ela deixou que a abraçasse, embora o odiasse.

Outra mulher talvez tivesse ficado aliviada. Ou socado o próprio peito. Ou gritado que a decisão não era dele. Talvez o convencesse de que ele não deveria perder a esperança. Talvez recitasse histórias dos fóruns, de mulheres que tentaram por anos e anos, que ouviram que era impossível, até que aconteceu. Por pura magia, era meio como magia mesmo, e se ela, entre todas as pessoas, podia se convencer a pensar assim, por que ele não podia? A palavra — milagre — estava em toda parte, pairando nos corredores do hospital, sussurrada na clínica de fertilidade. Todo mundo diz que milagres acontecem todo dia, então onde estava o dela?

Rebecca poderia implorar a ele. Parecia sua única opção. Mas ela se perguntou se ele queria dizer mais alguma coisa com "não vai rolar pra gente". "Pra gente." Se o que ele queria dizer era que não ia rolar por causa dela. Ben tinha que aceitar que havia escolhido uma vida incompleta. As sobrinhas e os sobrinhos que ele atravessava o país para ver quatro vezes por ano, o quarto do bebê que já havia sido pintado de um rosa-velho bem claro. Ele queria um filho mais do que ela a princípio. E agora estava desistindo? Agora era difícil demais ter esperança? Agora que a obsessão e o desespero acabavam com ela? Aquilo devia deixá-la furiosa, mas só a deixava assustada. Fica comigo, ela pensou. Não me manda embora. Tinha vergonha daqueles pensamentos, mas ali estavam eles.

Os dois se encontravam muito longe de irmãos correndo uns atrás dos outros na fazenda dos pais dele. De ter capas de chuva e galochas enlameadas na entrada de casa.

Assim, Rebecca concordou com palavras que mal conseguiu pôr para fora. Iam parar de tentar. Ele tinha motivos para dizer o que havia dito, e a parte racional dela, em que Rebecca confiava ora sim, ora não, podia aceitar aquilo. Mas ela tremia nos braços dele.

A derrota não foi um alívio, foi excruciante. Ela chorava sozinha no travesseiro sempre que se via sozinha no quarto. Mal conseguia se forçar a atender aos telefonemas da mãe. Arrastava-se no hospital, sentindo-se ainda mais infértil que antes, embora teoricamente nada tivesse mudado. Havia se apegado mais à esperança do que imaginava.

Ben foi especialmente carinhoso com ela nos dias que se seguiram. Apaixonado e gentil. Então ele pareceu encontrar certa leveza por um tempo. Alívio, provavelmente, até que as semanas passaram e o vazio voltou a se tornar palpável. Ela, no entanto, nunca sentiu nada próximo de alívio. Percebeu que se afastava quando ele se aproximava, indo para outro cômodo, colocando os fones de ouvido mesmo que não fosse ouvir nada. Rebecca voltou a correr para sair de casa, mas cada toque no asfalto parecia um soco, um lembrete do corpo defeituoso em que vivia.

Três semanas depois, quando sentiu a dorzinha incômoda que vinha exatamente a cada vinte e nove dias, quando seu ovário liberava um óvulo — o que era quase cruel —, Rebecca não conseguiu evitar. Procurou-o debaixo do cobertor, no sofá, enquanto os créditos passavam na tela. Agiu como se estivesse louca por ele outra vez. Por ele, e não por seu esperma, depois de muito tempo. Não haviam transado desde que ele dissera que não queria mais tentar engravidar.

"Não estou ovulando", ela sussurrou para reassegurá-lo. E arrematou com mais suavidade, de maneira mais convincente: "Só quero você. Preciso de você".

Rebecca puxou os quadris de Ben para si quando ele gozou.

Um dia antes de fazer o teste de gravidez para confirmar o que já sabia, ela lhe perguntou outra vez. Uma última tentativa que poderia mudar o que havia feito.

"Você ainda se sente da mesma maneira? Em relação a tentar?"

Ele a puxou e apoiou o queixo em seu ombro. Ela sentiu o peito dele afundar e todo o ar sair antes de ele falar.

"Não posso passar por isso de novo, Rebecca. Estou de luto por aquele futuro. Vou seguir em frente. E você precisa seguir em frente também."

Um barulho alto, outro *home run*, e ela é sacudida quando Ben bate palmas e fala com os jogadores como se estivesse no campo. Ele volta a se acomodar e enrola uma mecha de cabelo dela no indicador. Então se inclina para beijar sua cabeça e pula os comerciais.

Rebecca vai contar hoje à noite. Amanhã estará com cinco dias de gravidez a mais do que da primeira vez. Ela nunca teve que admitir uma mentira. E talvez seja um pouco mais do que isso. O resultado pode fazer com que se transforme em uma traição imperdoável, impensável.

Ela, a dra. Rebecca Parry, se separou da mulher irracional que vem escondendo a gravidez do marido há quatro meses. Que não contou a ele porque provavelmente logo seria uma mentira que não importava mais. Agora, no entanto, aquela outra mulher, que com toda a certeza ia perder o bebê, que só vinha escondendo algo do tamanho de uma ervilha, depois um mirtilo, depois uma uva, depois uma ameixa, finalmente tinha esperança outra vez, e a mentira deixou de ser inofensiva. Passou a ser um míssil. *Preciso te contar uma coisa, Ben. Preciso que me ouça. Talvez dessa vez dê certo. Talvez a gente possa ter tudo.*

Uma tacada certeira. Ele ergue o braço, dá um gole na cerveja. Então se recosta e fica quieto. Seu laptop está fechado na mesa. O sol está atrás da casa agora, e a sala, na sombra, fica fresca. Quando chega à tarde, ela o encontra com cada vez mais frequência ali, dormindo no sofá.

Sabe que ele não vai sobreviver a outra perda.

Mas não sabe se eles vão sobreviver sem um bebê.

Talvez tenha chegado a hora do milagre dela. Talvez Rebecca esteja salvando os dois.

Seu celular acende na mesa. Uma mensagem da UTI.

Xavier está piorando. A mãe ainda não fala. Você pode ajudar?

18

BLAIR

Ela anda de um lado para o outro da cozinha, tentando pensar no que deve levar para Whitney. Passou os últimos vinte minutos se sentindo empacada, desde que Rebecca ligou para perguntar se ela poderia ir ao hospital. Ela olha para o outro lado da rua, para a casa dos Loverly, mas não pode entrar para pegar as coisas de Whitney, não agora. Então sobe a escada e pega seu único suéter de caxemira, um presente de Whitney que sempre lhe pareceu bom demais para usar. Uma pasta de dente pequena. O carregador de celular extra.

Guarda cada item na mala pensando a mesma coisa: mentiram para ela. Fizeram-na de boba. Mas agora Whitney precisa dela. Blair liga outra vez, embora Whitney não tenha atendido o dia todo.

Xavier. Não parece possível que ele esteja inconsciente. Ela se senta na cama para abraçar a mala, com o peito doendo. Quer ver Chloe. Quer correr até a escola, tirá-la da aula e mantê-la a salvo de tudo. Ela se preocupa, está sempre preocupada, e esse é o motivo. Coisas ruins acontecem. Quando Blair estende o braço para proteger uma criança no carro, quando grita na rua para tomar cuidado, quando pergunta se o frango não está um pouco rosado demais, Whitney movimenta as mãos no ar como se silenciasse uma orquestra. *Para de se preocupar tanto*. Como se a preocupação de Blair fosse uma falha, e não o estado natural da maternidade. Um desperdício de emoção. Como se não servisse para nada.

Whitney não vai estar paralisada por pensamentos catastróficos no hospital, vai estar no comando. Exigindo que os médicos façam de tudo para salvar o filho, se recusando a aceitar qualquer coisa menos que isso. Whitney é forte, controladora, o tipo de pessoa que consegue exatamente o que quer, não importa o custo.

A última parte desse pensamento a perturba. Blair puxa o zíper da mala com os dedos trêmulos.

Precisa separar as coisas. Agora, deve fazer o que Rebecca pediu e ir ao hospital.

Quando sai de casa, Mara a chama de sua varanda.

"Desculpa, Mara, mas tenho que ir. Estou atrasada", Blair fala enquanto trota, mal virando a cabeça a caminho do carro estacionado na rua.

Whitney e Aiden trepando. Aquilo era quase inconcebível. Quase.

Para de pensar nisso, ela diz a si mesma, dando a partida. Não é hora disso. Para começo de conversa, ela não deveria ter bisbilhotado.

Não deveria ter visto a caneca de café quebrada no chão do quarto de Xavier.

Ou o frasco de medicação controlada, com tantos comprimidos faltando.

A festa em setembro não foi a única vez em que ela ouviu Whitney perder a paciência com Xavier. Podia ter havido uma discussão. Um erro de conduta. A imprudência da fúria.

O impulso de alguém para mentir quando há muito em jogo.

Mas, claro, acidentes acontecem.

Algumas semanas atrás, Blair foi buscar Chloe nos Loverly para jantar em casa. Whitney tinha acabado de chegar do escritório. As duas conversaram um pouco, Whitney com os sapatos de salto na mão. Blair gostava daquelas oportunidades de se envolver com o ritmo do dia dela.

Então perguntou sobre as férias que Whitney e Jacob estavam planejando passar em um lugar no Caribe de que ela nunca tinha ouvido falar, embora Whitney falasse da ilha como se fosse uma loja Target. Blair estava sedenta por mais detalhes do que Whitney havia compartilhado — quanto ia custar, em que tipo de quarto iam ficar. Se viajariam de executiva. Mas tomou o cuidado de conter a curiosidade. Não gostava de dar destaque às disparidades entre as duas.

Mantinha um ouvido ligado em Chloe, que estava brincando no andar de cima com Xavier. Os dois estavam pulando na cama, e seus gritinhos e risadinhas chegavam ao quintal.

A cama ficava bem à janela.

Blair queria interromper Whitney, pedir a ela que aguardasse um minuto para que pudesse gritar que Chloe tomasse cuidado com a janela aberta, mas de repente Chloe se debruçou para fora e gritou: "Mãe! Vem ver nossa apresentação de ginástica!".

"Ela quase consegue dar um mortal! É incrível!" A cabeça e os ombros de Xavi apareceram ao lado de Chloe.

"ENTREM JÁ! CUIDADO!"

No segundo seguinte, Blair ficou vermelha diante do pânico em sua voz, do movimento furioso de seu braço. Já havia tocado no assunto com Whitney várias vezes, sobre o perigo óbvio que era uma cama debaixo de uma janela de uma casa de três andares, sem rede de proteção. Whitney não via aquilo? Ela dizia que ia dar um jeito, que ia colocar uma trava, mas Blair nunca a tinha visto cuidar de nada na casa. As coisas simplesmente aconteciam ali. A ajuda estava sempre na ponta dos dedos. Jacob sempre encontrava a solução, enquanto Aiden nem via os problemas. Não havia listas, tardes indo de um lado a outro para manter tudo em funcionamento. Whitney era uma condutora, Blair era uma faz-tudo.

Whitney mal ergueu os olhos para a janela. "Fecha, Xavi!", ela disse, desinteressada. Até desdenhosa. "Não se preocupa, ele sabe que tem que tomar cuidado."

Então uma notificação chegou, e ela olhou o celular. Era um e-mail que estava esperando. Blair ficou olhando para o rosto de Whitney, concentrado na tela. Às vezes, era como se as crianças nem estivessem ali. Isso até que a irritassem o bastante para que lhes desse uma bronca.

Blair cerra a mandíbula. Não pode perguntar a Whitney sobre a chave agora. Talvez fosse justificado, no entanto, dadas as circunstâncias, se perguntar como um menino cai da janela do terceiro andar no meio da noite.

19

WHITNEY

NO HOSPITAL

Uma voz atrás dela dá a boa notícia: alguém finalmente está a caminho para acompanhá-la, vai chegar em dez minutos.

Ela ouve o nome de Blair. Nada nisso parece bom.

Durante todo o primeiro ano morando na Harlow Street, as duas não se aproximaram. Só trocavam cumprimentos apressados e casuais quando por acaso se encontravam na frente de casa ao mesmo tempo. Tinham se mudado com um mês de diferença, os Loverly para a linda casa nova que haviam levado um ano e meio para construir e os Park para uma casa geminada precisando de reparos. Xavier e Chloe eram novos demais para se apegar de verdade um ao outro.

Quando os gêmeos estavam com duas semanas, Jacob pegou uma gripe terrível e passou três dias de cama, mal conseguindo beber ou comer o que quer que fosse. Louisa não podia ajudar, porque na época morava com a avó, que tinha uma saúde frágil, de modo que não podia se arriscar a contaminá-la. Whitney estava se virando bem até então, recuperando-se da cesárea e trabalhando da cama, muitas vezes com um dos gêmeos no peito. Ela pretendia amamentar por seis semanas. Não poderia fazer outra vez como havia feito com Xavier, que pediu seu peito à noite por tempo demais. Queria voltar ao trabalho. Queria distância daquelas crianças que se multiplicavam. Tinha ficado em dúvida quanto a ter mais um filho, mas Jacob estava certo de que ter um irmão, *um* irmão, faria bem a Xavier e que daquela vez podiam se dar ao luxo de contar com mais ajuda.

Whitney tentara se desligar da ideia de gêmeos no segundo em que ficara sabendo; parecia mais um conceito do que duas crianças a mais. Depois, eles lhe ofereceram um alívio peculiar: ela podia ser uma mãe naturalmente dividida, compreensivelmente distraída, sem conseguir focar em um ou em outro da mesma maneira que tinham esperado que focasse em Xavier.

No meio de uma manhã depois de duas noites sem dormir, Whitney concluiu que havia algo de errado mesmo, porque os bebês não conseguiam mamar sem que os três sofressem terrivelmente. Os seios dela estavam enormes. Eram duas torneiras latejando e pingando. Parecia que fazia horas que os bebês gritavam, e Sebastian estava ligeiramente febril. Jacob havia levado Xavier para a escola e ido direto dormir em seu lado da cama, que estava empapado de suor.

Whitney ligou para Louisa para implorar que ela viesse, mas caiu direto na caixa postal.

A exaustão fazia seu rosto doer, sua mandíbula latejava. Três filhos era demais. Ela queria dar um. Queria empurrar o carrinho até os limites da cidade, onde o asfalto encontrava o lago profundo e sombrio. Mal conseguia andar sem fazer careta, com o corte ainda úmido que já deveria ter secado, mas ficar ao ar livre parecia ser a única coisa que acalmava os gêmeos por mais de quarenta segundos. Ela tinha contado os segundos. Whitney conseguiu colocar os gêmeos no carrinho duplo e juntos eles foram, devagar, de um lado a outro do mesmo trecho do quarteirão, de uma placa de pare a outra, enquanto seu corte ardia. Seu rosto se contorcia conforme a blusa roçava nos mamilos, que mais pareciam nervos expostos.

Whitney passou a agonia do tempo imaginando como seria dormir. Acordar na manhã seguinte e pensar apenas em si mesma. Estar livre. Ela poderia abandonar os filhos. Mas eles ainda existiriam. E a assombrariam como fantasmas. O fardo nunca iria embora, não importava quão rápido corresse, quantos dias, semanas ou anos levasse para voltar, se é que ia voltar.

Achou que ia vomitar ali mesmo, na calçada. Enxugar a boca com a manga e se deitar na rua para fechar os olhos, deixando a sujeira para um cachorro lamber.

Ela não notou a mulher vindo em sua direção do outro lado da rua até que ouviu seu nome uma, duas, três vezes.

"Desculpa, entendi seu nome errado?"

Whitney não se lembrava de ter dito seu nome. Uma menininha segurava a mão da mulher, parecendo tímida ao seu lado.

"O barulho deles está te incomodando?", Whitney perguntou. "Desculpa."

A mulher riu. "Nem um pouco! Eu me lembro dessa época. Eles não são fofos, Chloe? Ela estava animada para conhecer os bebês." A mulher pegou a filha no colo e Whitney baixou o cobertor de Thea para que vissem o rostinho dela gritando.

"Ah." A mulher olhou mais de perto. "Esse branco na língua. Estão com candidíase?"

Candidíase?, Whitney pensou. Bebês têm candidíase? Será que o cérebro dela estava derretido?

"É o mesmo que sapinho", ela disse. "Minha filha também teve. Você vai precisar de uma receita pra comprar antifúngico."

Elas veem o rosto dos bebês ficar mais e mais vermelho. Whitney não conseguia nem imaginar ter energia para entrar no carro e ir ao médico naquele momento. Não conseguia nem imaginar ter energia para voltar para casa.

"Meu nome é Blair, aliás. Posso?" Ela pôs a menina no chão, pegou a mantinha do carrinho e a colocou dobrada sobre o ombro. Então pegou Thea no colo. "Pronto, querida. Às vezes eles ficam melhor quando não sentem o cheiro da mãe. Viu, Chloe? Bebês gostam de ser balançados, assim."

Whitney não era do tipo que chorava. Mas levou a mão ao rosto naquele momento, sem um pingo de energia para impedir as lágrimas. Estava brava consigo mesma por ter se desesperado tão rápido. Era incompetente. Inútil. Deveria se sair melhor, já tinha um filho, era uma mulher de trinta e seis anos altamente funcional e enormemente privilegiada, com ajuda ao seu dispor. O problema não era que não soubesse o que fazer. Era que não queria fazer. Não queria mais os bebês.

"Quer saber?", Blair disse, com leveza. "Não temos nada planejado para hoje de manhã. Adoraríamos ajudar, se você concordar."

Blair fez Thea dormir e insistiu em ficar passeando com os bebês enquanto Whitney ia para casa descansar um pouco. Talvez fosse tolice confiar dois bebês recém-nascidos a uma desconhecida, deixá-la com a fórmula e duas mamadeiras limpas e dar as costas. Ela sabia que Jacob não ia gostar, mas aquela mulher era mãe, morava do outro lado da rua e parecia muito boazinha. Whitney não se encontrava em condições de se preocupar. Não queria saber se a mulher ia mandar os bebês para a lua. Estava cansada. Deitou-se no sofá da sala, de jaqueta e tênis. Só acordou quatro horas depois, quando ouviu a voz de Jacob perguntando onde os gêmeos estavam.

No dia seguinte, o constrangimento bateu. Whitney não

conseguia acreditar no que havia feito. Mandou um buquê de duzentos dólares para Blair, que apareceu à tarde para agradecer e ver como ela estava se saindo. Tinham acabado de confirmar que era candidíase mesmo. Blair lhe deu dicas de como fazer com que os bebês ingerissem a dose completa de medicamento mesmo contorcendo a língua. Whitney viu como ela avaliava os bebês, com genuíno interesse, com bondade nos olhos. Havia uma tranquilidade silenciosa nela, em sua franja sem corte, na jaqueta verde-militar, no tênis de lona branco. Blair falava com a filha com toda a paciência, fazia perguntas em frases completas, agachava-se para olhar em seus olhos, esperava para ouvir a resposta. Nada ali era retórico ou apressado. Whitney pensou que poderia tentar a mesma coisa com Xavier. Poderia parar para ouvir, poderia tentar se importar de verdade. Como sua nova amiga.

Ela nunca tivera amigas mães como outras mulheres tinham. Com Xavier, não lhe sobrara tempo. Sentia-se deixada de fora dessas conexões sociais quando saía para almoçar a trabalho e via um grupo de mães na mesa ao lado, tomando vinho e comendo uma salada enquanto os bebês, do tamanho de Xavier, dormiam no bebê conforto ao lado delas.

E agora ali estava Blair, parecendo ávida pela companhia de Whitney. Havia algo interessante em serem vizinhas. Parecia simples e saudável, como Blair parecia simples e saudável. Um lembrete, bem ali, do outro lado da rua, de como a maternidade podia ser. Whitney se animou com a ideia de serem amigas.

"Posso passar amanhã para ajudar? Não seria nenhum incômodo. Não tenho nada para fazer."

Mas Jacob estava começando a se sentir melhor e Louisa estaria de volta. "Por que não tomamos uma taça de vinho? Sua filha poderia vir brincar com meu filho depois da escola."

"Seria ótimo." Blair pegou Sebastian dos braços dela e se ajoelhou para que Chloe deixasse que ele pegasse seu dedo. "Sua mãe é muito legal, você é um menininho de sorte."

Whitney sorriu, depois virou as costas.

Ele não tinha nem um pouco de sorte.

20

BLAIR

Ela se encontra sozinha no átrio do hospital, com dois lattes na mão, esperando por Rebecca, que mandou uma mensagem dizendo que está indo para lá. Fica nervosa com a perspectiva de ver Whitney. Vai ter que deixar de lado o que descobriu pelo bem de Xavier. Sua ajuda é esperada, e ambos vão precisar dela.

Rebecca esfrega as mãos vigorosamente enquanto vira a esquina. Parece imponente em seu jaleco branco, com um crachá no pescoço. Vê-la fora da Harlow Street é estranho. Blair deixa os cafés de lado e as duas se abraçam.

"Eu deveria ter trazido um pra você também, não estou conseguindo pensar direito."

"Não, não, estou bem." Rebecca leva a mão ao ombro de Blair. "Sinto muito. Sei que as famílias de vocês são próximas. Parece que as coisas não estão melhorando. Acabaram de me dizer que a pressão dele está em um patamar preocupante. Xavier ainda não está respondendo."

"Você sabe mais alguma coisa sobre o que aconteceu?"

"Não, só sei que ele caiu entre oito, quando foi para a cama, e meia-noite, quando Whitney o encontrou."

"Nossa, é inimaginável, um acidente assim. Em casa", Blair diz, balançando a cabeça. Ela se pergunta se essa é a palavra que estão usando, "acidente". Fica esperando uma reação de Rebecca, que só assente, depois faz um sinal para que Blair a acompanhe. Ela fica em silêncio no elevador e a caminho da UTI, olhando para o celular. Então, sem levantar os olhos, diz: "Blair, sei que vocês são bem próximas, então queria te perguntar... Está tudo bem com Whitney? Digo, de modo geral. Tem alguma coisa te preocupando, alguma coisa acontecendo?".

Blair balança a cabeça e olha para o painel de luz acima delas. Um caso — um caso com o marido dela seria algo digno de preocupação. "Não consigo pensar em nada." Ela balança a cabeça outra vez. "Por quê?"

"Ela está bem fora de si, só isso. Não fala com ninguém." Rebecca olha para ela, depois passa o crachá para abrir as portas duplas. "Mas isso pode acontecer, esse tipo de choque. Acho que ter você aqui vai ajudar."

Rebecca fala em voz baixa com a pessoa na recepção que faz o cadastro de visitante. Blair segura os copos com tanta força que a espuma do café escapa pela tampa e escorre por suas mãos. Mais cedo, ela se convenceu de que Xavier ia ficar bem, de que se trata de uma crise temporária, mas agora tudo está ruindo. Blair olha para o corredor de portas fechadas enquanto Rebecca prende um crachá na bainha de seu moletom. Nada daquilo parece real. Estarem na UTI do hospital infantil. Xavier se encontrar em um dos quartos. Ela escolhe um lugar em uma fileira de cadeiras cor de canela e se senta para esperar.

Deve ter passado centenas de horas com os Loverly e seus filhos desde que se mudaram para a Harlow Street. O tempo ocioso que preenche a vida familiar, o vaivém diário que deixa um a par do ritmo da semana do outro. O que a outra família pede no dia da pizza, o toque de celular de cada um, como abrir o trinco da cerca. O pijama preferido das crianças. É isso que torna a amizade com Whitney tão especial — a familiaridade em relação ao mundano, o conforto de testemunhar a vida íntima uma da outra.

O que torna tudo ainda pior. Whitney e Aiden. Seus olhos lacrimejam.

Blair pega o celular e passa pelas fotos de Xavier e Chloe juntos. No chá que os dois organizaram para o aniversário dos gêmeos, sempre com a boca suja de suco de uva. A última vez que Xavier foi à casa dela, quando levou seu tabuleiro de xadrez. De novo, Blair notou que o brilho que ele tinha quando era menor estava se esvaindo. Ele tinha se tornado tão carrancudo, ela pensou enquanto o menino preparava o jogo.

"Você gosta de fazer isso comigo?"

O ceticismo em sua voz a derrubou. "Ah, Xavi, claro que sim! Estou me divertindo muito tendo você como professor."

Ele passou um momento considerando se ela estava sendo sincera e só sorriu depois que Blair sorriu. Ela se perguntou como Xavier se via. Como faziam com que se sentisse em geral. Ele dispôs o restante das peças com cuidado. Devagar. Estendendo seu tempo com ela.

O celular de Blair toca três vezes em sua mão.

Como ela tá?

Novidades do X?

Você tá bem?

Ela olha para a primeira mensagem de Aiden e suas entranhas se reviram. Precisa se ocupar com tarefas úteis para manter o foco.

Vai conferir a situação do voo de Jacob.

Vai se oferecer para ligar para avisar quem for preciso.

Vai pedir a alguém da enfermagem que arranje uma cama de armar para Whitney dormir um pouco.

Vai passar em casa para pegar um cobertor macio e um travesseiro de penas; deveria ter pensado nisso antes.

"Obrigada de novo por ter vindo", Rebecca diz, assustando-a.

"Claro, é o mínimo que posso fazer. Ben disse que foi você que ajudou Xavi quando ele chegou de ambulância."

Rebecca cruza os braços. "É. Foi um choque ver Xavi aqui."

"Deve estar sendo difícil para Ben também. Ele parece ter se apegado muito ao Xavi", Blair comenta. Rebecca fica confusa. "Todas aquelas horas lançando a bola no quintal..."

"Ah, sim." Mas não parece que Rebecca já soubesse disso. "Vem. Eu entro com você."

A parte de trás do cabelo de Whitney está estranha por causa da chuva do dia anterior. É a primeira coisa que Blair nota. Ela precisa de um momento para conseguir desviar os olhos da amiga e ver Xavier na cama.

A cabeça dele parece pequena e frágil em comparação com todo o equipamento médico que o cerca. Ele parece objeto de um experimento. Seu rosto está inchado e acinzentado, suas pálpebras brilham, seus lábios estão cheios de vaselina. Um esparadrapo marrom passa por cima da ponte de seu nariz e de um volume de tubos transparentes. O ar no quarto parece viciado e asséptico, e embora esteja escuro Xavier se encontra sob a luz suave da lâmpada acima dele. Um bipe constante soa. Partículas de fluido ficam presas no tubo. O quarto parece ao mesmo tempo calmo e caótico, com dezenas de tomadas, caixas de luvas, cartazes com avisos, sacos de líquido pendurados no suporte ao lado da cama. Há um carrinho com suprimentos, tubos e seringas com etiquetas, recipientes com água esterilizada, lenços, pinças. Linhas laranja e vermelhas rastejam pelo monitor, como as luzes dos carros no tráfego noturno.

Whitney não se move. Segura a mão do filho. Suas pernas estão cruzadas. Ela usa sandálias de tira larga, que deixam à mostra os dedos dos pés arroxeados. Blair sabe que a amiga odeia passar frio. Deveria ter trazido meias. Ela ouve Rebecca saindo do quarto.

"Whit", Blair diz, baixo, mas a outra não se move. Nem parece ouvi-la. "Whit", ela repete.

Blair toca as costas dela. Whitney está tremendo, talvez de frio. Blair coloca o casaquinho que trouxe sobre os ombros dela. Ajeita as mangas para que caiam bem. Como Whitney gostaria. Apoia as mãos nos ombros dela e se debruça, aproximando o rosto do dela. Suas bochechas se tocam. Whitney não está perfumada, não cheira a nada.

Quando Blair se afasta para olhar para o rosto dela, vê que seus lábios estão secos e rachados. Protetor labial, Blair pensa. Protetor labial e meias. É o que ela vai trazer amanhã. Protetor labial, meias e um travesseiro. Hidratante. O hidratante de rosto do armário do banheiro com cheiro de rosas.

Blair olha para o chão. O celular de Whitney está com a tela virada para baixo, sob a cadeira. Ela pensa nas mensagens não lidas que enviou pela manhã, perguntando onde Xavier estava. Em todos os e-mails do trabalho. Em todo mundo tentando entrar em contato.

Blair esperava encontrar outra mulher ali, no comando, exigindo uma segunda opinião, usando o celular para confirmar no Google tudo o que os médicos dizem. Ela parece oca.

Ouve-se um gorgolejo em algum ponto de Xavier, e Blair

arfa audivelmente antes que possa evitar. Mas Whitney nem se move. Blair nunca a viu tão em silêncio, tão parada. Está sempre em movimento, sempre envolvida com algo ou alguma coisa ou tendo uma ideia.

Blair se pergunta se a amiga está rezando. Se está implorando a uma entidade superior para salvar seu filho. Blair não é religiosa, mas estaria fazendo isso se fosse Chloe na cama. Ela pensa na dor que Whitney deve estar sentindo. Volta a pôr a mão em seu ombro.

Agora Whitney se encolhe. Inclina-se para a frente na cadeira, afastando-se de Blair, que prende o fôlego enquanto a outra balança a cabeça.

"Eu sei, Whit. Sinto muito pelo que aconteceu. Nem consigo acreditar." Suas palavras saem contidas. Ela não quer chorar outra vez.

Mas Whitney balança a cabeça de novo. "Não... não, você não pode ficar aqui."

Blair fica perplexa. Olha em volta...

"Você quer que eu... saia?"

Whitney leva as mãos ao rosto, protegendo-se de tudo que não é seu filho. Então assente. Funga através do catarro na garganta e solta o ar demoradamente pela boca. Não quer Blair ali. Nem olha para ela.

"Tudo bem." A voz de Blair sai trêmula. Não quer ceder. Não quer aceitar o que aquilo significa. "Mas se houver algo que eu possa fazer..."

"Por favor. Vai embora."

Blair se vira para a porta. São melhores amigas, amigas leais. Os rumores terríveis que se seguirão, as conclusões que todos tirarão quanto ao que aconteceu com Xavier. Whitney não precisa dela? Quem mais ela tem?

No entanto, em um momento como esse, deve ser difícil olhar nos olhos de Blair se está trepando com o marido dela. Se a mera presença de Blair a seu lado serve de lembrete da pessoa horrível que é. Indigna do milagre que precisa que aconteça.

Rebecca a chama do corredor quando Blair sai, mas ela anda cada vez mais rápido, até estar trotando na direção dos elevadores. Finge que não ouve. Fingir é o que faz de melhor.

21

WHITNEY

QUARTA-FEIRA

Ela está no escritório, na outra linha, quando a professora de Xavier liga para seu celular de novo. E de novo. A urgência a deixa desconfortável. Whitney deixa a ligação com o cliente na espera e atende, apressada.

"Não é nada sério, é melhor eu já ir dizendo. Mas Xavier não está numa semana boa."

Whitney se levanta; anda de um lado para o outro de sua sala enquanto a chuva começa a tamborilar em sua janela no décimo andar. Não está numa semana boa. O que seria uma semana boa? Ainda é quarta-feira. Ele teve prova de matemática no dia anterior. Estudou com Louisa. Parecia bem quando ela chegou em casa, normal — cansado do dia, rabugento. Não disse nada de preocupante. Louisa tampouco mencionou qualquer coisa.

"Ele anda cada vez mais quieto, muito retraído nas aulas. E houve um incidente no recreio hoje de manhã, com xingamentos por parte de outras crianças. O tipo de coisa que não toleramos, garanto a você."

Whitney pergunta que crianças. Está quente agora, seu estômago se revira. Ela afasta o blazer das axilas. A professora não quer dizer quem foi, mas garante a Whitney que já falaram com as crianças. Que lidaram com tudo.

"Como as férias de verão vão começar em algumas semanas, eu queria sugerir que vocês trabalhassem no fortalecimento das amizades de Xavier com as crianças com quem ele convive. Encontrem um ou dois amigos com quem ele possa brincar. Para começar o sexto ano socialmente bem. Posso mandar o nome de alguns pais..."

Mas não. Whitney não quer nomes de pais. Não quer a crítica mal velada da professora. Compreende perfeitamente o que a mulher tenta lhe dizer: Seu filho não tem amigos. Ele é excluído. Resta pouco tempo para mudar as coisas a seu favor. Será que ela acha que Whitney não sabe? Que Whitney não enxerga isso nele? É seu filho. Ela é a mãe.

Um nó surge em sua garganta. Whitney não quer soar emotiva. Jacob havia insistido naquela porcaria daquela escola pública, que ela sabia que não era boa o bastante. Uma escola que não tem resposta para nada. Xavier merece coisa melhor. Ela vai encontrar uma escola particular para o próximo ano letivo, com crianças melhores, vai começar a fazer ligações amanhã à tarde, vai cobrar todos os favores que pode, vai doar o que for preciso. O desempenho acadêmico de Xavier não será o bastante para lhe garantir uma vaga, mas ela vai dar um jeito.

Whitney agradece à professora. Diz que é muito grata pela ligação. Quer pegar o carro, ir até a escola e tirar o filho da classe, afastá-lo daquelas crianças dos infernos. Ela imagina as meninas na lanchonete, tirando sarro de Xavier por comer com a boca aberta — ele disse que elas faziam isso, que às vezes apontavam e sussurravam, embora ele não soubesse o motivo. Whitney pensa nos milhares de vezes que o lembrou de fechar a boca enquanto mastiga. Parte seu coração pensar que zombam assim dele. Que o fazem se sentir repulsivo.

O nome de alguns pais. Whitney pensa no churrasco em setembro. Em como quase não ouviu falar das mães do quinto ano desde então. Em como foi tirada de grupos de fofoca. Em como dói. Achou que receberia um convite em algum momento, que alguma delas entraria em contato. Mas não recebeu nada além de silêncio.

Então ela pensa no que Jacob disse ao telefone mais cedo. Que ele não deveria ter ido para Londres. Como se Whitney não fosse boa o bastante. O marido não expressa o que pensa dela com frequência, mas a julga mesmo assim. No silêncio calmo dele depois que ela perde a paciência com as crianças, em como as puxa para si, envolvendo sua cabecinha com os braços e olhando para além de Whitney, como se desejasse naqueles momentos que ela não estivesse ali.

Como se achasse que ela não é digna de confiança.

Whitney deveria cancelar seus planos hoje à noite, só para garantir.

Ela bate o telefone na mesa.

Do lado de fora da porta da sala, Grace ergue dois dedos. Dois minutos até a última reunião da tarde. Ela pega a agenda, o bloco de notas, o celular. Uma rachadura apareceu na tela, sobre uma foto que tirou no ano passado de Jacob com as três crianças na praia. Todos de roupa de banho listrada combinando. Com os cachos cheios de sal. Ela deixa o aparelho na mesa. Não vai mais pensar na família agora.

22

MARA

Mara ficou boa em ler lábios. É uma habilidade desenvolvida pelos solitários. Mas Ben estava de costas enquanto falava com Blair mais cedo, assim que a mulher saiu da casa dos Loverly. E a mão de Blair estava na frente da boca. Em choque, aparentemente. Tem algo acontecendo na casa ao lado, e ela fica satisfeita com a constatação de que vinha sentindo aquilo a manhã toda. Fica irritada por ter perdido Rebecca saindo de carro enquanto fazia um lanche para Albert — era sua chance de se inteirar.

Ela deveria sair um pouco, para esvaziar a cabeça, ou passará o dia consumida por isso. Pegar batatas para o jantar e dar uma esticada nas pernas. Só que, se ela sair, pode perder alguma coisa, e não é como se fossem aparecer mais tarde para lhe dizer o que está acontecendo. É melhor ficar por perto. Vai terminar de lavar a roupa no porão e depois vai para a varanda, para ver quando todos voltarem para casa.

Enquanto dobra a roupa limpa, Mara se recorda de um momento em sua vida em que se sentia presa à casa de uma maneira diferente. Por causa da família que precisava dela lá dentro. Durante anos, Mara foi a árbitra em uma luta de boxe entre adversários bastante desiguais. Só um deles sabia dar socos, embora seus socos nunca fossem físicos. De alguma maneira, isso só piorava as coisas. Proteger o filho das palavras de Albert era muito mais difícil. De como o pai fazia com que ele se sentisse. Mas ela tentava.

Agora, Mara não consegue lembrar da sensação de ser sufocada por tamanha responsabilidade. Pela obrigação sem fim. Ela toca o próprio pescoço, pensando em como era difícil respirar às vezes. Em como seu peito doía. Puxa a pele mole que nem parece ser sua.

Mara também se sentava lá fora naquela época, quando se sentia sufocada. No meio da noite, enquanto os dois dormiam, ela vestia o roupão e acendia um dos cigarros de Albert. Havia algo na primeira tragada que parecia lhe dar permissão. Ela podia ceder à parte mais feia de si mesma, a parte que era incapaz de encarar quando o hálito doce do filho fazia cócegas em sua orelha ou quando sentia cheiro da torta de creme incrustado nos cantos de sua boca. Mara nunca mentia quando falava para os outros que era uma bênção ter o filho que tinha. Que ele a iluminava por dentro. Ele fazia com que ela se sentisse completa.

Mas havia outra verdade, uma verdade que ardia no meio de todos aqueles anos, uma verdade que ela nunca externou. Mara tinha raiva. E ressentimento. Por ter um filho que precisava dela daquela forma. Pelo tipo de mãe que ele precisava que ela fosse. Só de pensar nisso agora ela perde o ar. A exaustação de carregar aquilo todo dia, consumindo a resiliência de que dependia para sobreviver, enquanto ela dava, amava e ouvia desesperadamente sua voz, como o vento soprando entre as árvores.

Foi naquela época que Mara parou de olhar nos olhos de Albert. Morria de medo de que ele pudesse reconhecer aquilo nela. Ao contrário do marido, Mara não podia se dar ao luxo de endurecer.

O amor que ela sentia por Marcus podia deixá-la de joelhos. E deixava, algumas noites, bem ali, na varanda, sobre as tábuas de madeira envernizadas. Algumas noites, o amor, a raiva e a injustiça de tudo aquilo doíam tanto que Mara podia jurar que as mãos de alguém agarravam seu pescoço. Ela tateava à procura delas. Nunca se permitia o alívio das lágrimas.

Agora, Mara sobe a escada do porão com o cesto de roupas dobradas apoiado no quadril dolorido. Depois o põe sobre a bancada da cozinha, perto da escada, e nota que o bule não está na cafeteira, mas sente um cheiro forte de café. Então se vira. Albert está deitado no piso de linóleo, com as calças encharcadas do líquido marrom.

Ela se agacha e segura a cabeça dele. Albert está consciente, mas seus olhos estão focados além dela. Mara bate em suas bochechas, sem saber muito bem o que fazer. A metade superior do corpo dele parece tensa. Ela tenta pegar alguma coisa, fazer alguma coisa, mas não consegue pensar em nada. Corre até o telefone, no outro cômodo.

"Uma ambulância, para o meu marido. Está no chão da cozinha e não consegue falar."

Ela mal compreende o que a pessoa na linha lhe diz, algo sobre ficar com ele, verificar sua respiração. O pânico toma conta, ela não sabe o que fazer a seguir. Apoia o fone na mesinha lateral e volta para o marido.

"Albert? Consegue me ouvir? A ambulância está vindo. Não sei mais o que fazer."

Ela molha um pano de prato e enxuga o suor da testa dele. Ajoelha-se ao seu lado, apesar da artrite que faz suas juntas queimarem, e apoia a cabeça dele em suas pernas. Consegue ouvir a voz ao telefone no outro cômodo, mas baixo demais para que entenda o que está falando. Mara pensa se faz minutos ou apenas segundos que ligou para a emergência, pensa em quando vai começar a ouvir a sirene, se a porta da frente está destrancada. Será que vão conseguir passar uma maca pela escada, pelo marco da porta? Será que é estreita o bastante? Vão conseguir carregá-lo para fora?

As pálpebras de Albert estão mais baixas agora. Ela leva a mão à boca dele, depois coloca o dedo sob o nariz, mas não tem certeza se sente alguma coisa. Não dá para saber.

Sua mente passa do ruído de estática do telefone para o peso da cabeça dele em seu colo e então para o cheiro de café. Ela nunca mais vai fazer café. Fecha os olhos e não volta a abri-los até ouvir a sirene. Olha para a porta e espera que algo aconteça. Alguém bate antes de abrir, e o piso chacoalha com o peso dos passos, as botas pretas enormes que se aproximam. Ela recua, vai para longe de Albert, arrasta-se como uma lesma até o canto. Não sabe como responder às perguntas. Cortam a camisa dele com uma tesoura e colocam pás em sua pele. Mara pensa em transformar a camisa em pano de chão, como sempre faz com as roupas em más condições. Pensa nos quadrados de flanela absorvendo o líquido derramado.

Ela sente que eles ficam horas debruçados sobre Albert. Depois minutos. Há uma calmaria na cozinha que ela não compreende, muito pouco rebuliço. É tudo quase rotineiro. Eles se afastam. Um socorrista lhe pergunta se há outra pessoa na casa. Mara balança a cabeça. Não tem mais ninguém ali.

"Você tem alguém que possa te ajudar? Filhos ou...?"

"Não", Mara diz. "Nenhuma família."

"Vizinhos, talvez?"

Ela balança a cabeça outra vez.

Eles se aproximam um do outro, para que ela não os ouça falando. Um deles parece estar tentando convencer o outro do que fazer a seguir, aponta para Mara no chão, olha para a cozinha. De repente, ela se sente constrangida, como se eles pudessem sentir sua solidão. Como se pudessem ver a miséria de sua vida juntos na bancada manchada, na mesa com duas cadeiras apenas, na porta da geladeira vazia. Sem fotos. Sem ímãs. O outro sai, falando no rádio que carrega no peito. O primeiro socorrista se ajoelha onde Mara está caída contra as gavetas do armário.

"Não há mais nada que possamos fazer. Sinto muito." Ele continua usando as luvas azuis. Enxuga a testa com o antebraço. Mara assente. Ele a ajuda a se sentar na cadeira. "Podemos chamar o médico-legista, depois a senhora pode tratar com a funerária de sua preferência. Eles virão buscar seu marido. Mas pode levar algum tempo. Provavelmente o dia todo." Ele volta a olhar para a cozinha, para a sujeira no chão. "Ou podemos levar seu marido para um hospital, como o Sinai. Eles podem lidar com tudo lá. Não deveríamos fazer transferências nessa situação... mas se for ajudar a senhora."

O médico-legista. Albert, molhado, com a roupa manchada, ficando gelado no chão da cozinha. Ela se pergunta se vão cobri-lo com algo caso o deixem ali. Se ele vai voltar à vida. Se começará a cheirar mal. Se tudo isso realmente aconteceu.

Mara diz que é melhor o levarem para o hospital.

Ele pergunta se ela quer ir junto, se quer pegar suas coisas antes.

"Acho que vou ficar."

O outro paramédico volta com a maca, que passa facilmente pela porta, e os dois logo estão mexendo em correias e alavancas. Mara não fica vendo eles o levarem embora. Ela continua sentada à mesa da cozinha, esperando ouvir a sirene outra vez, mas os socorristas não a ligam para ir embora. Ele estava ali, estava vivo. Trinta e cinco, quarenta minutos atrás. A janela da cozinha está aberta, e os ecos da cidade entram. Albert se foi, e ela é a única testemunha de seu fim, mas tudo parece impossivelmente corriqueiro.

Muito diferente do dia em que ela perdeu o filho.

23

REBECCA

Ela fica do lado de fora da porta do quarto de Xavier e observa Whitney com o filho, perguntando-se por que Blair saiu com tanta pressa. Um enfermeiro, Leo, que costuma trabalhar com ela no pronto-socorro, está ajudando na UTI esta semana. Rebecca gosta dele. Leo percebeu sozinho sua primeira gravidez, porque ela começou a deixar os cafés que ele lhe levava esfriarem intocados.

Quando Rebecca voltou ao trabalho, dois dias após a primeira perda, com absorventes nos seios vazando, ele a cumprimentou da maneira que vinha fazendo: *Como você e o bebê estão se sentindo?* Rebecca só conseguiu balançar a cabeça enquanto olhava para os próprios dedos digitando sua senha de login. Não, por favor, não me faça essa pergunta. O bebê não está mais aqui.

Ela tentou não franzir a testa. Tinha pensado que estava bem. Ele compreendeu na hora. Apoiou a mão com delicadeza no meio de suas costas e garantiu que Rebecca não precisasse mencionar o que havia acontecido a mais ninguém. Ninguém disse nada a ela. Leo tinha a melhor das intenções.

Os colegas talvez tivessem notado as outras vezes em que Rebecca engravidou, mas ninguém comentou nada, e o que ela poderia dizer? *Como foi meu dia? Bom. Só que ontem eu estava grávida e agora não estou mais. E o seu?* Por causa da regra dos três meses de silêncio, não há palavras para esse tipo de perda. As gravidezes teoricamente não importam, não o bastante para justificar o desconforto de todos à sua volta.

Agora, do lado de fora da porta de Xavier, Leo diz a Rebecca que ficou sabendo que o avião de Jacob logo vai pousar.

"Acham que ele pode ter pulado?"

A última palavra saiu um pouco mais baixa. Pulado. Caído. Perdido o equilíbrio. Rebecca não tem certeza do que estão considerando. Não está mais na equipe que cuida dele, por isso manteve distância, mas também fez questão de não saber mais. Sim, é um menino de dez anos, e acidentes devastadores envolvendo crianças acontecem com mais frequência do que as pessoas gostariam de pensar. Mas pais também mentem. Eles se protegem, porque acham que aprenderam a lição e não vão deixar acontecer de novo.

Os gritos que ela ouviu vindo da casa. Jacob fora aquela noite. Rebecca se pergunta se a polícia teria concordado em voltar mais tarde quando estavam no pronto-socorro se a mãe branca com a cabeça nas mãos tivesse outra aparência. Uma aparência de alguém que não tem todo tipo de privilégio. No entanto, foi Rebecca quem ergueu um dedo moderado para o enfermeiro, que fez uma cara simpática para que os policiais apenas assentissem e se afastassem pelo corredor. Decidissem que sim, que podiam esperar, não tinha problema.

"Acho que foi só um acidente", ela diz a Leo. "Um menino que não conseguia pegar no sono testando os limites da gravidade." E provavelmente foi exatamente isso. Ela não tem um motivo real para especular.

Rebecca liga para Ben enquanto volta para o pronto-socorro. Nenhuma melhora, ela diz. Não ouviu nada de positivo da equipe. Whitney ainda não disse nada. Como se já estivesse de luto. Mais de uma década trabalhando com isso e ainda é difícil entender como os pais conseguem.

"Ben? Você está aí?" Ela se pergunta se a ligação caiu. Ele não disse mais nada.

"Sim. Sim, estou aqui."

Ela está pensando na mesma coisa, no fato de que eles não têm filhos. Sempre está. Nunca perguntou a Ben: *Isso passa pela sua cabeça todo dia? Você desvia o rosto quando passa pelos balanços no parque? Ouve meu choro toda manhã, enquanto espera a água do chuveiro esquentar?*

Ben diz que a ama.

Ela diz que precisa desligar.

24

BLAIR

A voz estrondosa de Aiden chama Chloe da porta da frente. Ela pulou da cadeira assim que ouviu a maçaneta girar. Blair esquenta o prato dele, tentando não se irritar com a consistência do molho. Há coisas mais importantes acontecendo que um jantar catastrófico. Ela tem olhado o celular a cada poucos minutos, ansiosa para receber notícias de Xavier. Ou uma mensagem de Whitney pedindo desculpa — oferecendo uma explicação para tê-la mandado embora, uma explicação diferente daquela que vem consumindo os pensamentos de Blair.

A chave está lá em cima, na gaveta, e Blair sente seu peso.

Como Chloe está ali, ela precisa deixar aquilo de lado por algumas horas. É especialista em conflitos internos velados, em funcionar no piloto automático enquanto pensa o pior de Aiden. Está contando que tudo voltará ao normal mesmo depois da visita dele à loja aquela manhã. Aiden costuma deixar as coisas passarem facilmente.

Mas ele mal faz contato visual com Blair. Está totalmente concentrado em Chloe. Os dois concordaram em não contar à menina onde Xavier estava hoje, pelo menos até amanhã de manhã, quando esperam ter mais informações. Aiden enche Chloe de perguntas sobre o dia dela. Eles amam essa energia que um fornece ao outro. *E aí... e aí...* Chloe sempre tem mais a contar ao pai. E ele adora receber sua exuberância sem fim. Adora as partes fáceis.

Chloe começa a tossir, e Aiden afasta a cadeira da mesa. "Vou pegar uma água pra você. Deixa com o papai", ele diz.

Blair está ao lado da pia. Sente ele se movendo à sua volta, passando o copo de plástico de uma mão para a outra, abrindo a torneira. Ele espera a água ficar gelada, como Chloe gosta.

Em março, eles foram para o México. Não conseguiram três assentos juntos no avião, por isso Blair se sentou com Chloe na fileira atrás de Aiden.

Ela a distraiu por duas horas com jogos de cartas e "O que é, o que é". Quando faltava meia hora, Chloe perguntou se podia se sentar com Aiden. Eles trocaram de lugar e Blair finalmente fechou os olhos. Um pouco depois, acordou ouvindo a voz animada de Aiden atrás de si: "Pronto, querida. Papai cuida de tudo, não é?".

Blair pensou no comissário de bordo esquentando uma pizzinha no micro-ondas. Levando-a até a poltrona deles, passando o cartão de Aiden na maquininha. Ela queria enfiar a cabeça entre os assentos. *Não. Você não cuida de tudo. Você tirou uma soneca, jogou pôquer no celular e fez só a sua mala de mão. Você não cuida dela. Eu cuido! Sou eu quem faz tudo. Você só pediu uma porcaria de pizza do cardápio do avião!*

Em vez disso, ela ficou olhando para seu próprio reflexo na tela preta nas costas da poltrona diante dela. Não fazia sentido. Eles tinham seis dias de férias pela frente. Blair ouviu uma vez uma terapeuta dizer em um podcast que a pessoa com quem você se relaciona deveria ter um efeito calmante sobre seu sistema nervoso. Aquilo tinha ficado em sua cabeça — a mera presença de Aiden já a fazia perder o ar.

* * *

Agora, Chloe bebe sua água em temperatura ambiente na mesa da cozinha. Blair coloca o prato de Aiden no jogo americano à sua frente.

"Não vai dar oi pro papai, mãe?" O tom de voz de Chloe mudou.

Blair sente que foi repreendida. Por anos, viu a mãe largando pratos de frango frio na frente do pai. Ela tinha que suportar aquela tensão toda noite.

"Claro!" Ela sorri. Inclina-se para beijar os lábios rígidos de Aiden. "Como foi seu dia, querido?"

"Excelente." Ele não olha para Blair. Aproxima a cadeira da mesa e sorri para Chloe, cujos olhos estão fixos na mãe. Então os dois voltam ao que estavam fazendo. Blair limpa a bancada e fica ouvindo.

Ela não quer uma vida em que não ouça os dois interagindo. Chloe ri diferente quando Aiden está em casa. Canta mais. É mais bobinha.

Blair se vê em uma cena que poderia ser seu futuro. A malinha que prepararia para Chloe passar a noite fora. O som da batida na porta do apartamento quando Aiden chegasse para buscá-la. Ter que ver as roupas novas dele, o novo corte de cabelo dele. Ter que confrontar a felicidade que ele encontrou sem ela, bem ali, no batente do apartamentinho triste dela. Com o tipo de tranca que as mulheres põem quando sentem que não há ninguém para protegê-las. A repetição esmagadora da solidão crônica, o silêncio ensurdecedor de horas e horas sozinha quando não quer ficar sozinha. A roupa lavada de Chloe com um cheiro diferente quando ela volta da casa do pai. As respostas cuidadosas da menina a suas perguntas curiosas. O que as pessoas vão pensar dela. Como ela vai se sentir diminuída.

Blair não tem certeza de que sentiria menos raiva do que sente agora.

Eles a estão chamando. Querem lhe contar uma piada que inventaram. E depois Chloe pede sorvete com granulado colorido.

Ela passa a colher de sorvete na água quente enquanto ouve os dois negociarem quantas rodadas de forca vão jogar antes que Chloe vá para a cama. O vapor embaça a janela acima da pia. Blair coloca uma bola de sorvete na casquinha. Polvilha granulado colorido por cima.

A boca do marido no mamilo de Whitney. O tesão que ele sentiria olhando para o buraco escuro do cu dela enquanto a come por trás. Um não querendo deixar o outro, mas tendo que ir para casa. Sentindo mais pena que culpa quando veem Blair, com seu jeans apertado. Os seios caídos sob a camisa. Sem fazer ideia.

Ela entrega a casquinha a Chloe, depois faz outra para Aiden.

Quando devolve o sorvete ao congelador, Blair nota o celular de Aiden na bancada da cozinha. Ela vira as costas para os dois.

Seu coração acelera sempre que Blair insere a senha dele. A sensação de fazer isso nunca é boa. A colisão de medo e ansiedade. Ela não quer descobrir nada que não possa esquecer. Não quer que aquele seja o último segundo do antes da vida dos dois. É assustador e viciante ao mesmo tempo, e Blair nunca consegue se convencer a não ir em frente.

Ela passa rapidamente pelas mensagens de texto enviadas, à procura do nome de Whitney, depois verifica o e-mail, o aplicativo de mensagens e as ligações recentes. Aiden ligaria para Whitney, mandaria uma mensagem para ver como ela está. Mas não há nada além de conversas inofensivas com amigos.

Ela devolve o celular à bancada e puxa as cavas da blusa, para afastá-la das axilas úmidas. Por enquanto, o alívio é um anestésico.

Chloe a chama. Blair precisa ir até eles. É sua vez na brincadeira.

Ela tenta outra vez. Fica de pé atrás de Aiden e apoia as mãos em seus ombros. Ele a puxa para si, de modo que suas cabeças ficam próximas. Aiden roça o rosto no dela, e Blair sente os pelos que despontaram ao longo do dia arranhar sua bochecha, sente o cheiro da loção pós-barba dele. Aiden leva o sorvete a sua boca, oferecendo-o. Ela sente os olhos de Chloe nos dois. Quase desconfiada. Blair lambe o sorvete.

Será que Chloe sente que a fundação sob seus pés está rachando? Vai acordar um dia e não se sentir mais segura, como se sentiu nos últimos sete anos? Blair pensa no coração imaculado e impressionável da menina. Não pode fazer isso com ela. Está desesperada para não fazer. Deve mais à filha, e assumirá o custo que for.

As duas coisas podem existir ao mesmo tempo: o ressentimento e o conforto. O desespero e todo aquele amor. Ela dá um beijinho no canto da boca de Aiden. E dá mais um. Vê a satisfação no rosto da filha, depois baixa os olhos para a forca.

25

REBECCA

Ainda são sete da manhã, mas ela precisa encontrar um lugar onde se deitar. Só passou algumas horas de pé, mas já sente a tensão nas costas. A menor das dores já a deixa nervosa agora. *Passa, passa*. Ela diz ao residente que volta em vinte minutos, então vai para uma sala de descanso.

Às vezes, consegue vê-la quando fecha os olhos. A primeira. Segundo o aplicativo, tinha o tamanho de uma romã na semana em que a deixou, embora tivesse parecido maior em suas mãos. No útero, fazem a medição do topo da cabeça ao bumbum, como se as perninhas finas do bebê, plenamente formadas, com todos os ossos e dez dedinhos dos pés, ainda não contassem. Rebecca pensa na toalha de rosto com que a envolveu, suja da maquiagem que havia tirado algumas horas antes, ao fim de um turno de dezenove horas. Pensa em como foi para a bebê sair dela. Na sensação física daquela protuberância passando por ela. Não consegue esquecer aquela sensação.

Eles ainda não tinham escolhido o nome. Nenhum pareceu certo depois que ela a viu. É difícil escolher um nome que se ama e nunca poder mencioná-lo.

Rebecca não quer pensar nisso agora, não no meio do plantão.

Mas essa é a questão do aborto espontâneo. Não se trata de um evento, de algo que aconteceu uma vez e se encerrou. Ele vai e vem, segue a mulher ao longo dos dias, em seus sonhos. Há frações de segundos abençoadas em que ela esquece, em que seu cérebro ainda sente a satisfação de ter o bebê, até que ela se lembra de que o bebê não é mais seu, e isso já faz dias ou até semanas. Haverá sangue ensopando o lençol e um cheiro que ela não reconhece. Consultas em que a cutucam para se certificar de que mandou tudo embora, caso contrário, resquícios daquela vida podem matá-la. Ela pensará em si mesma como um recipiente que só expele, que nunca encontrará prazer novamente em ser penetrado.

Na primeira vez que aconteceu, Rebecca se deitou em sua cama e só conseguiu sentir a raiva ardendo. Tinham lhe roubado o que acreditava que era seu fazia quase dezoito semanas. Não sabia o quanto queria a criança até que não pôde mais tê-la. E não havia ninguém com quem gritar, ninguém a convencer a devolver o que era dela. Quando a fúria deu lugar à tristeza, Rebecca só conseguia pensar na mãe. Em como seria insuportavelmente difícil contar a ela que não havia mais bebê.

Ben ficou arrasado, mas foi otimista. Da primeira vez, disse, de maneira quase casual, que tinha sido falta de sorte. Vamos tentar de novo. Teriam outra chance.

O segundo feto havia aterrissado no vaso sanitário junto com uma massa de tecidos. Rebecca estava sonhando com os membros do bebê saindo dela no corredor escuro da maternidade quando contrações a acordaram. Elas foram ficando cada vez mais fortes com o passar das horas, até que Rebecca se agachou no chuveiro, ainda de camisola, e sentiu que era hora.

Depois ela se deitou, molhada, no piso frio do banheiro, até que Ben entrou e a levou de volta para a cama. Rebecca lhe pediu que não puxasse a descarga, e ele balançou a cabeça, confirmando que não puxaria.

Quando Ben pegou no sono, ela retirou o feto da água rosada do vaso. Era como um peixinho dourado em sua palma. Rebecca o tocou com o dedo, o começo viscoso da vida. Então o colocou em um saco com fecho hermético e o enfiou debaixo da pia do banheiro, sobre os rolos de papel higiênico. Ela voltou para a cama e ficou esperando acordada que a manhã chegasse. Estava trabalhando de dia aquela semana. Tomou um banho e se vestiu. Quando o sol estava saindo, levou o saco ao quintal vazio da casa nova, o quintal que esperavam encher de triciclos e brinquedos. Abriu o buraco mais fundo que conseguiu perto da cerca, a madeira de pinho ainda clara e fresca, cheirando a floresta, e colocou o saco com o feto ali. Então o cobriu com terra, apertando bem, e foi de carro para o trabalho, segurando firme o volante do Prius com as mãos sujas. Ao chegar, Rebecca as lavou na pia de aço de uma sala cirúrgica vazia.

O terceiro a deixou no banheiro dos funcionários, durante um turno movimentado, no mesmo ponto da gravidez que o segundo. Foi rápido, como fazer cocô, como se seu corpo estivesse se acostumando a se livrar de qualquer vida que não fosse a dela. Havia saído um pouco de sangue no dia anterior, mas as contrações eram tão leves que ela se convenceu de que eram só as costas, uma tensão muscular. Por duas horas, talvez três, foi capaz de acreditar que o desconforto não passava daquilo.

Rebecca colocou a massa embrulhada em papel higiênico em um saco de amostras do armário de suprimentos e o enfiou no bolso do jaleco branco. Então se dirigiu ao posto de enfermagem para perguntar onde era necessária. Quarto 11. Ela foi para lá, mas não conseguiu sorrir.

"Me conta", ela disse, colocando um lado do estetoscópio no ouvido, "quando foi que a febre começou?"

Quando estava voltando para casa, parou em uma clínica de fertilidade e esperou no estacionamento até que abrisse. Poderiam examinar o feto lá. O resultado não acusou nenhuma anormalidade genética. A vida tinha uma chance, mas não dentro dela. Em casa, Rebecca foi direto para o quintal e ficou olhando para o local onde havia enterrado o outro.

Ben a viu entrar pela porta dos fundos e perguntou o que ela estava fazendo lá fora. Rebecca nem respondeu. Foi até a geladeira, tirou um pão e pegou o primeiro utensílio que viu. Enquanto tentava passar manteiga de amêndoa nele com um garfo, fazia contas mentalmente, para ver quando poderia engravidar outra vez. Em quinze dias já poderia estar ovulando, teoricamente era possível. Faria testes diários com seu kit de ovulação. Os dias entre as perdas e o começo de uma nova tentativa eram longos e vazios. Não significavam nada para ela.

De novo, Ben lhe perguntou o que ela estava fazendo lá fora. Rebecca só balançou a cabeça. Depois balançou outra vez. Queria se livrar das datas que se permitira marcar novamente no calendário, como uma tola: fim de setembro, quando o bebê nasceria e o clima estaria fresco o bastante para passeios. Dezembro, quando eles ficariam na fazenda para as festas de fim de ano e caminhariam na neve com as outras crianças, o bebê no sling. Fevereiro, quando ela começaria a voltar lentamente ao trabalho, três dias por semana, talvez quatro. Julho, quando fariam sua primeira viagem em família para o litoral, com a mãe dela. Longas sonecas sob o guarda-sol, junto da vovó. Os pezinhos gordos na água.

Ben a puxou e tirou o garfo de sua mão.

"É o bebê?"

Rebecca não conseguiu responder, mas ele entendeu. Ben chorou em silêncio no pescoço dela, mas Rebecca não foi capaz de chorar com ele. Não conseguia encontrar suas emoções.

Quando ela engravidou pela quarta vez e mostrou o teste a Ben, ele só assentiu. Não parecia mais um milagre feliz. Todo dia parecia perigoso, como se vivesse no fio da navalha. Ela implorava que o tempo passasse mais rápido.

Faltavam doze dias para chegar ao marco das dezoito semanas quando ela viu a mancha no papel higiênico. A dilatação e a curetagem foram agendadas para quase uma semana depois, a vaga mais próxima disponível, e naqueles cinco dias seus seios doeram e a fadiga da gravidez a consumiu. Seu corpo estava confuso, ou talvez não conseguisse se convencer a aceitar.

Rebecca queria aquilo fora dela. Era tudo em que conseguia pensar ao longo dos dias. Estava ansiosa pelo acesso intravenoso em sua mão, por apagar na sala de cirurgia. Pela visão dos olhos indistinguíveis entre touca e máscara, das ferramentas frias de aço, das luzes cegantes, pelo cheiro penetrante de iodo. Pela raspagem de cada célula inviável. Pelo alívio de, naquela vez, não precisar ver o que tinha crescido dentro de si.

"Você parece tão calma", Ben lhe dissera, baixo, ajeitando-se em sua cadeira na sala de espera. O que ele queria dizer era que Rebecca não estava chorando, como deveria. Como a mulher duas fileiras à frente deles. "Imagino que esteja acostumada com essas coisas, sendo médica."

Mas não. Era porque ela havia passado por tantas decepções que agora estava preparada. Já tinha vivido o momento em que se encontravam agora.

Ela só assentiu. Sim. Meu coração frio, clínico, está acostumado com isso.

Rebecca não queria falar a respeito, só queria gritar. Mas não tinha aonde ir, não havia um espaço vazio no qual enfiar aquele tipo de raiva.

Nos dias seguintes às perdas, Ben sempre ficava muito quieto. Ele nunca lhe perguntou o que acontecia com os bebês que a deixavam. Assim, não precisava manter a contagem mental que ela mantinha: um no quintal de casa, dois no lixo do hospital, um na gaveta de baixo da cômoda, no saco plástico pequeno do crematório.

Os fetos se foram. Junto, foi-se o modo como ela começara a compreender a si mesma enquanto cresciam dentro dela. Como uma mãe. Como alguém novo. Rebecca adorava aquela mulher — queria ser aquela mulher.

26

SETEMBRO, QUINTAL DOS LOVERLY

Os olhos de Aiden vão dos seios de Whitney, que continua dançando, para o balde de gelo que Jacob coloca na mesa. Blair acusa o golpe. Move-se devagar enquanto o ar deixa seu corpo. Foge para o sofá do pátio e pigarreia. Odeia isso no marido, o fato de que está sempre olhando para mulheres atraentes como costumava olhar para ela, provavelmente imaginando-as nuas. É nojento. Blair estica o pescoço à procura de Chloe e Xavier, para ganhar tempo até que a humilhação não esteja mais estampada em seu rosto. Lágrimas se acumulam em seus olhos.

Aiden parece sentir a mudança no humor dela. Vai atrás — vem, senta no meu colo. Como se fossem adolescentes. Como se estivessem apaixonados. Como se fosse com Blair que ele quisesse foder. Vai *se* foder, ela quer lhe dizer. Mas Jacob e Whitney os observam agora, por isso Blair faz o que ele sugeriu. Envolve seu pescoço com um braço rígido e fica pensando no quanto o odeia, enquanto torce para as lágrimas não escorrerem.

Então uma mulher que Blair notou antes, alta e magra, com óculos escuros tão grandes que chegam a ser cômicos e um short que mais parece uma calcinha, aborda Whitney e Jacob para perguntar sobre o bufê. Aiden pareceu ter registrado a presença da mulher quando ela chegou à festa, como um cachorro que sente o cheiro de algo no ar — o queixo erguido, a cabeça ligeiramente inclinada para a esquerda, a atenção desviada. Será que os outros também veem a sede que ela sempre identifica em seu rosto?

Era assim que Blair vivia quando se tratava de seu casamento. Em alerta. Ela se treinou para identificar o perigo onde quer que olhasse. *Você está exagerando*, ele lhe dizia. *Não seja louca.*

Não sou o seu pai.

Whitney, tentando compensar, é toda simpática com a mulher, namorada de um amigo de faculdade de Jacob. Eles não moram por perto, e isso incomoda Blair, sua participação em um churrasco entre as pessoas do bairro, assim como o fato de terem ficado até tão tarde. A namorada é jovem, tem um corpo bonito e fala alto. Sua maquiagem é brilhosa demais, talvez esteja usando glitter. É o tipo de maquiagem que Chloe escolheria. Blair se sente superior a ela, que parece deixar Jacob desconfortável também, porque ele lhe deu as costas. Blair gosta dessa afinidade com Jacob, do fato de que ele se incomoda com o tipo de vibe espalhafatosa que ela não suporta.

Blair fica ouvindo, mas isso não é o bastante para distraí-la da raiva que sente do homem no colo do qual está sentada. Sua garganta queima. Seus olhos ardem. Ela quer dar um soco na cara de Aiden, em suas bochechas lisas cheirando a loção pós-barba. Quer enfiar o pé no saco dele, várias e várias e várias e várias vezes.

Aiden leva a mão às costas dela, que se arqueiam para escapar ao toque.

"Não."

Ele não pergunta o que há de errado.

Blair volta a procurar por Chloe. A menina está perto da cerca com Xavier, que finalmente desceu do quarto. Os dois conversam com Mara, que passa violetas por entre as frestas na madeira para que Chloe as coloque no cabelo. Normalmente, Blair interromperia, entraria na conversa, deixaria clara sua onisciência quando se trata das crianças. Mas ela se segura.

Pensa no que Rebecca disse duas horas atrás, logo antes de ir embora. Rebecca apontara para o jardim de Mara, aproximara-se delas e dissera em voz baixa:

"Ela não vem?"

"O nosso lado da cerca é um pouco demais para ela, com as crianças, o barulho... E a diversão", Whitney dissera. Blair gargalhara. "Quanto tempo acham que vai demorar para ela vender a casa?"

Rebecca só retorceu os lábios, desviou o rosto e terminou de beber seu copo de água. Mais cedo, Blair a notara observando os grupinhos de mães, enquanto os garçons lhe davam mais e mais vinho.

"Não sei o que vocês sabem a respeito de Mara, mas ela e Albert tinham um filho. Os dois o criaram nessa casa. Ele morreu bem jovem, pelo que sei." Rebecca faz uma pausa, depois acrescenta: "Era só um adolescente".

Blair olhou para Whitney. Elas não sabiam. Whitney ficou quieta, mas Blair notou a mudança em seus olhos voltados para o quintal de Mara. "Sabe como aconteceu?"

Rebecca fez que não. "Ela nunca contou."

"Nossa", Blair sussurrou. "E eles nunca quiseram voltar para Portugal?"

"Perguntei se ela pensava em ir embora. Os dois foram os únicos de suas famílias a vir pra cá", Rebecca disse. "Poderiam viver confortavelmente lá pelo preço que conseguiriam por esse imóvel. Mas acho que as lembranças do filho estão ligadas demais à casa. Deve ser difícil deixar isso pra trás."

Whitney, que tinha resposta para tudo, que estava a todo vapor aquela tarde, só levou a mão ao pescoço. Blair tocou o próprio ombro.

"A gente acaba vendo Mara de um jeito diferente, né?", Rebecca disse. Blair se perguntou se era julgamento que ouvia na voz dela — claro que tinham empatia por Mara, ainda que não se sentassem para conversar com ela na varanda, como Rebecca fazia. Ela e Whitney eram mães, Blair pensou. Rebecca não tinha como entender aquilo tanto quanto as duas.

Agora, Mara se afastou da cerca e Chloe está sentada na grama, amarrando as flores pelo caule para fazer uma coroa. Blair sai do colo de Aiden e a observa, imaginando se deveria ter se aproximado para cumprimentar a vizinha. No mínimo.

"Ei, você está bem?" Whitney põe um copo na mão de Blair, que não aguenta mais beber. Vai jogar o conteúdo na pia do banheiro para que a amiga não veja. Também vai procurar o controle dos alto-falantes externos e baixar o volume daquela maldita música; os gêmeos já deveriam estar na cama. Blair adoraria que Whitney vestisse um sutiã. Odeia estar com saudades de casa mesmo a dezessete passos de sua porta. Quer Aiden fora daquele quintal. Quer que ele conserte o ralo da lavanderia, limpe a churrasqueira e depois ajude Chloe a terminar a lição de casa. Quer voltar a ver algo de bom nele. Quer algo que a tranquilize.

Ela não respondeu à pergunta de Whitney, que nem parece notar. Blair se vira para procurar a mulher, a namorada com bochechas cintilantes, porque quer ter a sensação de domínio a que sente que tem direito naquele território. Antes, no entanto, vê Jacob e Aiden juntos, os dois olhando para aquela mulher. Eles a observam passar um dedo por baixo da bainha do short curto e puxar o jeans entrando em sua bunda firme e redonda. O dedo fica ali, dentro do short, por um segundo a mais, uns dois centímetros a mais que tornam a situação impossível de não notar. Aiden se vira ligeiramente, de modo que Blair não consegue ler seus lábios, mas Jacob está sorrindo diante de qualquer que seja o comentário impróprio que ele fez.

Blair desvia o olhar. Algo naquele momento lhe diz, de maneira calma e racional, que seu casamento vai terminar. Então ela pensa em como se sentiria se Aiden morresse. No alívio que seria se ele a deixasse de verdade, e não apenas a deixasse de lado.

27

MARA

A porta da frente continua aberta desde que os socorristas chegaram, e da varanda ela consegue ouvir o telefone tocando na sala de estar. A claridade parece embotada, o sol está cada vez mais baixo. Estão ligando o dia todo. Do hospital, Mara imagina, ou do necrotério. Vão querer que ela tome decisões e provavelmente pague alguma coisa. Ela pensa na carteira de Albert, no banco, no que fazer em seguida. Vão querer que ela busque sua roupa molhada. Seu relógio. Quanto tempo pode esperar? O que eles fazem quando não há para quem ligar?

Faz horas que ela está lá fora, tentando decidir qual é a sensação de estar só. Só nota Ben quando ele já está na sua frente.

"Tudo bem com a senhora?", Ben pergunta, mas não espera pela resposta. "Deve estar se perguntando o que aconteceu." *Com o corpo do meu marido?*, ela pensa. *Com sua alma? Ainda acredito nos portões perolados do céu?* Mas não, ele está falando do que aconteceu na casa ao lado. Do menino. Diz que houve um acidente ontem à noite. Que Rebecca estava no trabalho e algo sobre o pai ter pegado um voo de Londres e uma cirurgia no cérebro. Ele não faz ideia de que Albert morreu. De que uma ambulância o levou embora hoje. Aquela fração mínima de tempo pode ser apagada em uma passada da borracha na ponta de um lápis. Mara só assente. Está pensando em como sua cozinha parecia pequena com a maca dentro, tal qual uma casa de boneca. E então é como se Ben estivesse flutuando para longe, para fora da varanda, indo para sua própria casa. Ela não se lembra do que disse a ele.

O pobre menino.

Então ela se dá conta de que se esqueceu de verificar se havia aviõezinhos de papel em seu quintal aquela manhã, que podem estar molhados da chuva da noite anterior. Não pode se esquecer de verificar. São importantes para ela.

Mara segura as mãos à frente do corpo. Estão trêmulas.

Quer ir lá para baixo, para o porão. Para o antigo quarto de Marcus.

Puxa a cordinha do abajur na mesa de cabeceira. Ele sempre o deixou ligado à noite, por mais que ela lhe dissesse para desligar em nome da conta de luz. Mas ela gostava de descer depois que ele pegava no sono, de estudar seu rosto enquanto dormia. Às vezes, ela dorme ali, quando está inquieta à noite, sem conseguir parar de pensar nele. Ela imagina como seria ver os sessenta e um anos no rosto dele ao seu lado.

Arrumou o quarto no porão quando Marcus fez treze anos. Esperava que uma distância física maior de Albert em casa o deixasse menos ansioso. O marido nunca nem viu o quarto. Só pisava forte lá em cima, seus passos como a batida de um tambor que fazia a frequência cardíaca do filho acelerar enquanto ele lia gibis debaixo das cobertas. Os aviõezinhos continuam na cômoda, as paredes continuam azuis como o céu. Ela nunca esvaziou as gavetas. No armário, tem uma caixa com as coisas preferidas dele: bugigangas, uma bola de elásticos, um livro dos irmãos Hardy — *O mistério do aeroporto*. Um aviãozinho de metal fundido passou anos na caixa, mas foi a única coisa que ela acabou decidindo doar.

Ele adorava aviões quando pequeno e perguntava a Mara todo dia quando poderia andar em um. Quando o menino estava com dez anos, Mara decidiu que pegariam um avião para Portugal, mesmo que fosse absurdamente caro. Fazia anos que vinha considerando a possibilidade, mas se iam gastar todo aquele dinheiro queria ter certeza de que o filho tivesse idade suficiente para recordar. Ela decidiu apenas comunicar a Albert, em vez de pedir. Os pais de ambos estavam ficando velhos, a mãe dele tinha um câncer que nunca sumia de vez, por isso Mara sabia que ele concordaria, ainda que com relutância.

Ela deixou o papel da agência de viagens na mesa da cozinha uma noite, ao lado de seu prato de presunto glaceado, com o número para o qual ligar na manhã seguinte para tratar do pagamento. Albert dobrou o papel, guardou no bolso de trás e disse que cuidaria daquilo.

Mara encheu uma mala inteira com presentes para a família. Encomendou um blazer bonito para Albert no alfaiate da rua, sabendo que ele gostaria de ficar elegante para a família. Mas Albert nem quis provar. Ela sabia que ele estava relutante e sabia que aquilo não tinha nada a ver com o custo das passagens. Deveria ser fácil para ele descrever para os outros como o filho era diferente: Marcus é como os meninos de sua idade, mas não fala com ninguém além da mãe. Sofre de ansiedade. Não havia nada de errado com ele, nada que precisasse ser consertado, curado ou escondido.

Uma vez, ela ouviu Albert usar a palavra "lento" falando baixinho ao telefone com a irmã mais velha. Mara não sabia se tinha sido ele que pensara naquilo ou se alguém colocara a palavra em sua boca, mas de qualquer maneira a definição não era nem um pouco precisa. Aquela palavra descrevia o trânsito na hora do rush, e não seu filho sensível e perceptivo. Ninguém mais ouvia as coisas que ele lhe sussurrava, por isso ninguém mais o conhecia. Ninguém fazia ideia.

Só que Mara não se importava mais com o que Albert pensava de Marcus. Não se importava com o que ninguém pensava dele. Mal podia esperar para colocá-lo em um avião. Marcus nunca esperara nada com tanta animação, e ela adorava ver aquela parte do filho ganhando vida.

Na manhã do sábado em que viajariam, ela acordou cedo para lavar e colocar bobes no cabelo. Embrulhou um presentinho que havia comprado para o filho: um modelo em metal fundido com American Airlines escrito na lateral. Marcus ia adorar. Ela o colocou ao lado da tigela de cereal dele e se vestiu enquanto Albert ainda dormia. Quando eram quase nove, sacudiu o ombro do marido dizendo que era hora de se levantar para fazer a barba; o táxi chegaria em meia hora e ele ainda não tinha feito sua mala, ela já ia acordar Marcus para tomar café. Ele só se virou na cama e mandou que ela fechasse a cortina.

"Mas temos que estar no aeroporto às..."

Assim que as palavras começaram a sair de sua boca, Mara se deu conta de que eles não iam pegar o avião. Não sabia nem se Albert havia comprado as passagens. Ele tinha mudado de ideia. Não podia ir adiante com a visita.

Quando Albert se levantou, uma hora depois, ela estava tomando café na mesa da cozinha, à sua espera. O filho estava no outro cômodo, brincando com o aviãozinho, mas emburrado. Chorara quando ela disse que a viagem tinha sido cancelada, perguntara se havia algum problema com os motores, porque não conseguia imaginar outra razão para não embarcarem.

"Você liga pra todo mundo, Albert", ela sibilou. "Você explica por que não vamos mais."

Ele nem inventou uma mentira. Nem se dignou a dar uma desculpa.

Mais tarde aquele dia, Albert entrou cambaleando pela porta da frente, seu cotovelo passou direto pela tela da janela. Mara não lhe perguntou onde estava. Nunca o tinha visto tão bêbado. Marcus estava no chão da sala, montando um quebra-cabeça. Ela se levantou para ir até ele, para levá-lo para o quarto, cuja porta poderia fechar. Tinha um pressentimento ruim. Albert a segurou e se adiantou a ela.

Ele gritou palavras odiosas na cara do filho, com o nariz vermelho de raiva tocando a bochecha macia de Marcus, seu cuspe fedido molhando o pescoço fino do menino. Palavras que Mara não queria ouvir nunca mais. Palavras que não lhe davam escolha a não ser convencer a si mesma de que não haviam sido ditas.

Ela levou o menino para o quarto e o segurou com toda a força que tinha para que parasse de tremer. Albert os seguiu e parou à porta. Ela tapou os ouvidos do filho e implorou ao marido que saísse dali.

"Olha só para vocês, duas menininhas sussurrando no ouvido uma da outra o dia inteiro. Você o deixou assim, Mara. Você acabou com ele."

Na manhã seguinte, o filho não falava com Mara de jeito nenhum. Ela levava a orelha à boca de Marcus, acariciava suas costas, perguntava o que ele queria de café. "Ele já saiu, estamos só nos dois aqui. Fala pra mamãe: você está bem?"

Mas ela sabia que ele não estava, não mais. Não se permitira pensar na possibilidade de que aquele dia chegaria. Soube, na mesma hora, que o tinha ouvido falar pela última vez. Marcus só balançou a cabeça. Não sussurrou nenhuma palavra para ela, nunca mais.

28

WHITNEY

QUARTA-FEIRA

Ela já ligou para Jacob três vezes no caminho de volta depois do trabalho, com a chuva parando. Sabe que ele está acordado, embora não atenda. Entra na garagem. Está prestes a abrir a porta do carro quando vê pelo retrovisor Blair jogando o saco de lixo da cozinha na lata ao lado de sua casa. Mas Blair não levanta os olhos, não nota as lanternas traseiras acesas do carro de Whitney.

Esta noite, ela fica aliviada por Blair não a ver antes de entrar em casa. Tem coisa demais na cabeça. A reunião de amanhã de manhã. As preocupações da escola em relação a Xavier. Blair deixou a porta da frente aberta, o que significa que deve estar pegando o lixo reciclável também. Whitney aguarda.

O tempo que passa com Blair costuma ser um alívio bem-vindo. A amiga a reconforta. Como leite morno. Ajuda Whitney a cumprir o número de horas que precisa passar pensando como uma mãe. Às vezes, no entanto, ficar com Blair desperta uma inveja inominável em Whitney. Aquele jeito dela. A facilidade com que gosta de Chloe, o amor sinérgico das duas. Tem vezes que Xavier é como um presente que alguém que não a conhece direito lhe deu, algo que é para ela, mas que não tem nada a ver com ela. Seu coração dói por causa disso às vezes, por não ser compreendida.

Whitney desliga o motor e fica olhando para a casa de Blair pelo retrovisor, esperando que a amiga termine com o lixo e entre de vez. Ela pensa na conversa que tiveram na semana anterior. Sobre Aiden e como os dois têm se visto pouco. Blair parece lançar seu casamento como assunto tal qual uma isca, querendo falar a respeito, mas não muito. Um exercício inútil. Mas Whitney em geral consente, para que a outra não desconfie de nada.

Sabe que Blair fala em meias-verdades, testando o conforto que encontra ao compartilhar os problemas em seu casamento até recuar, como sempre faz. Isso parece satisfazê-la em algum nível, a proximidade de ser quase sincera com Whitney sem ter do que se arrepender. Quer que as duas sejam confidentes. Mas não quer que Whitney a veja de verdade.

A porta da frente se abre mais um pouco e Blair aparece com o lixo reciclável. Abre a tampa da lata e pressiona os sacos para caber. Whitney toma cuidado para se manter parada, porque não quer que as luzes com sensor de movimento se acendam.

Blair mudou ao longo dos quatro anos que se conhecem. As duas logo ficaram próximas, mais próximas do que Whitney é de qualquer amiga desde a faculdade, mais próxima que o círculo de mulheres bem-vestidas com quem se relaciona profissionalmente. Desde setembro, ela não teve mais contato com as mães da escola. Nesses quatro anos, no entanto, ela viu Blair se encolher. Percebe como a outra olha para sua casa bem equipada, como consome vorazmente as trocas entre Whitney e Jacob. E, sendo sincera, essa dinâmica de poder entre as duas é algo que Whitney não quer perder. Ela é a superior na amizade, como na maior parte de sua vida. Não sente nenhum orgulho em precisar disso, mas precisa.

Outro tipo de amiga pressionaria Blair a se abrir. *Tem certeza de que não está preocupada com nada? Tudo bem com Aiden?* Outro tipo de amiga colocaria a mão no joelho de Blair e diria que ela pode contar o que quiser. Diria que todas elas — mulheres de sua idade — em determinado momento se dão conta de que não querem mais o que queriam, mas acaba sendo tarde demais. Quer admitam ou não.

Mas Whitney não tem espaço para esse tipo de obrigação na operação apertada que é sua vida.

E há outras questões arriscadas.

Questões que a própria Whitney complicou.

Ela se ajeita no banco. Liga para Jacob outra vez. Cai na caixa. Manda uma mensagem. Quer que ele saiba que ela chegou. Quer terminar o dia bem. Tranquilizá-lo.

Blair empurra o lixo mais algumas vezes. Depois entra e fecha a porta, e Whitney está a salvo.

Ao entrar, ela pendura o casaco e tenta ouvir onde as crianças e Louisa estão. Já está mais do que na hora de se prepararem para ir para a cama, principalmente os gêmeos. Ela quer silêncio, quer espaço para pensar. Quer as crianças cansadas e de pijama. Mas em segundos elas a cercam, e há mãos em sua perna, massinha em seu rosto e relatos de joelhos machucados, mas que parecem perfeitamente bem. Louisa chama as crianças, mas elas não querem obedecê-la nesta noite, querem que Whitney se entregue a elas, querem ouvir coisas como: "Ah, muito bem!", "Você é mesmo uma criança corajosa!" e "Sim, é igualzinho a um tetradáctilo!". Mas Whitney está pensando em como seria a sensação de uma casa vazia. Na reunião do dia seguinte. Em seus planos para mais tarde. Ela deveria cancelar tudo. Deveria mesmo.

Xavier entra na cozinha arrastando os pés com as meias saindo do pé.

"Essas meias estão imundas. Tira, por favor."

Ele a ignora. Whitney se abaixa para puxá-las, mas o menino não levanta os pés. Quando ela agarra seu tornozelo, ele solta um ruído que parece animal, um choramingo, como se estivesse ferido. Whitney arranca as meias dele. Tem um buraco no dedão, o que a faz jogá-las direto no lixo.

"O que você tá fazendo? A meia é minha!"

Ela sente o peito apertar. "Como foi a escola?"

"Você sabia que sua tela está quebrada?"

Whitney tira o aparelho das mãos dele e vê que a última mensagem que mandou para Jacob foi lida. Mas ele não respondeu. E não ligou. Ela deixa o celular na bancada, com a tela virada para baixo. Tira o plástico do prato que Louisa lhe deixou. Consegue ver os gêmeos de canto de olho, no tapete branco da sala, onde não deveriam estar, com suas mãozinhas cheias de massinha azul.

"Quer conversar sobre alguma coisa que aconteceu na escola hoje?"

Ele pega o celular dela outra vez e enfia a unha na rachadura na tela. "Podemos jogar xadrez antes de dormir?"

Ela se pergunta onde Louisa está. "Hoje, não. Sinto muito."

"Por favor."

"Xavier. Já é tarde."

"Quando o papai vai voltar? Estou com saudade."

"Só daqui a dois dias."

"Tá, então Lou joga."

"Eu disse que é tarde. Já está na hora de se preparar para dormir."

"Mas *ela* disse que quer jogar xadrez comigo."

"Xavier."

"Ela disse que quer *muito* jogar."

"Louisa só estava sendo educada."

"Não é verdade."

"É verdade, sim."

"Pelo menos ela é legal comigo."

"Eu também sou. Mas está tarde."

"Não é, não. Você não é legal comigo." Sua voz falha. Whitney levanta os olhos e percebe que ele está tentando não chorar. "Você não gosta muito de mim."

Ela preferiria que Xavier tivesse gritado que a odiava, sem qualquer consideração. Preferiria que tivesse feito birra, como aos três anos. É a brandura no rosto dele ao dizer aquelas palavras — *Você não gosta muito de mim* — que faz um buraco surgir em seu estômago. Whitney pensa na conversa que teve ao telefone com a professora dele. Em como uma criança muda para sempre de acordo com o tratamento que recebe.

"Xavi, meu bem, vem aqui." Whitney põe a mão atrás da cabeça dele para puxá-lo para seu peito.

As mãos dele empurram sua barriga, ele a afasta. Ele a empurra para longe, para a porta da geladeira. Então ele se vira e varre a ilha da cozinha com o braço. A fruteira de vidro é atirada no chão, as laranjas rolam como bolinhas de gude. Ele chuta uma banana, e a fruta escapa pela rachadura na casca. Pisoteia forte com o pé descalço e um pedaço vai parar na perna da calça de Whitney.

Whitney estende os braços para pegá-lo, seu instinto inflamável como gás. Ele se esquiva. "Vem aqui AGORA!" Whitney tenta pegar o braço de Xavier, mas ele é rápido demais para ela e de repente está do outro lado da ilha. Ela sente que está perdendo a paciência. "ESTOU TE AVISANDO!"

Agora Sebastian está aos pés dela, e o medo é visível em seu choro. O menino abraça a perna suja de banana da mãe. Ela o pega e o abraça apertado contra o coração acelerado. Passa a mão em seu cabelo. Beija o filho.

"Não gosto quando você grita com o Zags", Sebastian choraminga em seu ouvido. "Papai disse que chega de gritar."

Xavier olha feio para ela e sai da cozinha, chamando por Louisa. Ela deve ter ouvido tudo do outro cômodo, deve estar pensando que Whitney acabou de chegar em casa, depois de ter passado horas sem as crianças, e ainda não conquistou o direito de se sentir sufocada pela presença delas. O ressentimento faz um nó de tensão em suas costas que vai subindo e envolvendo seu pescoço. Ela não consegue ser diferente com os filhos. Não nesta noite. Larga Sebastian no chão, embora ele se agarre a ela, cada membro e cada dedo parecendo um gancho. Whitney o solta e deixa o menino chorando. Thea a chama de novo enquanto ela sai. Whitney sobe para o quarto com o laptop, afastando-se deles.

29

BLAIR

Aiden enfia a cabeça no quarto de Chloe quando Blair está lendo uma história para ela dormir.

"Vou dar uma saidinha, tá?"

Blair tira os olhos da página. Tudo dentro dela se aguça, como se houvesse uma ameaça no quarto, e não seu marido.

"Aonde você vai, papai?"

"Vou encontrar uns caras do trabalho, querida. Foi o último dia do Lin hoje."

Chloe se aconchega de novo no abraço da mãe. Espera que ela volte a ler, mas Blair não consegue. Como ele pode sair naquela noite, com o filho dos amigos na UTI? Ela pensa no banho que Aiden acabou de tomar, no cheiro de loção pós-barba que está sentindo. Talvez ele não vá simplesmente sair. Ela se pergunta se Jacob já chegou ao hospital. Ou se Whitney está sozinha, esperando que Aiden a encontre lá.

Blair sente que está maluca. Ou será um sussurro que está falando com ela? Imagina-se revendo aquele momento com vergonha, sentindo-se uma idiota.

Ele não sai do batente da porta de Chloe. Fica esperando que Blair diga: *Divirta-se. Não chega muito tarde, tá?* Mas ela só é capaz de formular as palavras que estão na página à sua frente, até que ele a interrompe.

"Você vai ficar bem? Desculpa, não é uma boa hora, já que..." Ele aponta com o queixo para Chloe. "Me liga se tiver alguma notícia, tá?"

Blair fica olhando para o livro.

Depois que ouvem a porta da frente se fechar, Chloe olha para ela. "Você está brava com o papai?"

"Brava? Claro que não. Por quê?"

"Você está sempre brava com o papai. Não gosta mais dele."

Blair abre bem a boca, fingindo estar chocada. "Chloe! Isso não é nem um pouco verdade, você sabe muito bem. Amo muito o papai. Ele é a pessoa de quem mais gosto no mundo, além de você."

Chloe desvia o rosto e volta a se concentrar na página. "Tá. Se você diz..."

"Filha. Está tudo perfeitamente bem. Não precisa se preocupar."

Mas há certo ceticismo no rostinho de Chloe. Ela sabe. E Blair acabou de lhe dizer que ela está errada. Que sua intuição não é válida, não quando envolve algo desconfortável. Não, querida, nós fingimos. A vida da mulher é assim.

Blair engole em seco e encontra o ponto da página em que parou.

Essas decisões que ela tomou — esse casamento, essa filha, essa vida — foram tomadas da mesma maneira que todo mundo toma. Com compromisso. Com a crença de que ela era um tipo de mulher diferente da mãe. De que seria feliz o bastante.

No verão de seus onze anos, Blair foi à casa dos avós com o pai num sábado. A mãe não quis ir junto, mas Blair não se importava; gostava de sair só com o pai. Quando partiram, a mãe estava na cozinha, tirando as peças do fogão e deixando--as de molho na pia. Blair percebeu que ela enxugava os olhos na manga, porque as mãos estavam dentro de luvas amarelas de borracha que supostamente tinham cheiro de limão. As marcas escuras em sua blusa poderiam ser do carvão endurecido sob as bobinas. Ou talvez ela estivesse chorando. Blair passou correndo pela mãe e se despediu da porta da frente.

Não muito longe do pequeno bangalô dos avós, já a caminho de casa, o pai parou a perua diante de um predinho residencial de três andares com tijolinhos mostarda. Uma mulher gritou de uma janelinha quadrada que já estava descendo. O pai deixou o motor ligado e disse a Blair para não tocar em nada. A mulher abriu a porta do prédio e o pai entrou.

Blair roeu todas as unhas enquanto o esperava. Tirou o cinto de segurança e se deitou no banco traseiro de vinil, fingindo que estava nua, na cabine de um veleiro. Com Ian Mackenzie, da escola, que parecia ter a habilidade sobre--humana de ver através dela. Blair pressionou a mão entre as pernas e se apertou sobre a calcinha.

O carro todo tremeu quando o pai voltou a entrar. Pelo retrovisor, ela o viu pegar o acendedor do carro e depois soprar fumaça no próprio rosto.

"Pode sentar na frente, se quiser."

O pai nunca a deixava ir na frente. Ele estava cheirando ao spray de cabelo da tia dela, embora aquele não fosse o apartamento da tia.

Meia hora depois, Blair ficou com vontade de fazer xixi, mas não queria pedir que ele parasse para ela ir ao banheiro. O pai não havia dito nada desde que tinham saído da frente do apartamento, mas então falou:

"Sua mãe é uma boa mulher. Você sabe disso, não?" Sua

voz soava diferente. Ela precisou olhar para seus lábios para ter certeza de que as palavras vinham dele. "Ela aguenta bastante coisa. Bem mais do que deveria."

Ele fungou. Então ela fungou também, para que parecesse que não era importante. Que as pessoas fungavam o tempo todo. Que ela não havia percebido que o pai estava chorando.

Blair estava com calor, com calor demais, e abriu a janela. Queria estar em casa, com a mãe. Aquela boa mulher. Queria estar comendo queijo quente na mesa da cozinha, enquanto a mãe fazia um ensopado e ouvia a reprise de *The Young and the Restless* que passava na sala. Queria se deitar no tapete do quarto de hóspedes e ficar vendo o pé direito da mãe no pedal sob a máquina de costura.

Quando eles voltaram, no entanto, estar perto da mãe não foi como ela queria. Blair não teve vontade de ser legal com ela. Não queria o cheiro do spray de cabelo de outra mulher em seu nariz.

"Por que você não foi hoje? Na casa da vovó?", ela perguntou.

A mãe suspirou. Fechou a porta do forno. "Ah, não sei."

Ela se virou de costas. Deixou as luvas de forno na bancada e ficou parada ali até ouvir a descarga ser apertada mais adiante no corredor. O pai de Blair entrou na cozinha, afivelando o cinto. Levou a boca ao pescoço da mãe e segurou seus ombros com firmeza. Meu docinho, era como ele costumava chamá-la, embora ela odiasse doce. O pai disse que o jantar estava com um cheiro ótimo. Disse que estava com fome. Blair notou a mãe ficando rígida. Viu quando ela virou o rosto, para longe dele, e fechou os olhos devagar.

A boa mulher.

30

WHITNEY

NO HOSPITAL

É um Jacob mais jovem que tenta silenciar o detector de fumaça no sonho dela. Ele está empoleirado em uma cadeira equilibrada em uma só perna, como em um número de circo, na cozinha da primeira casa dos dois, atrapalhando-se com os botões em sua tentativa de fazer o barulho parar antes que o bebê acorde de sua soneca cedo demais. Ela sibila que Jacob se apresse. Ainda tem um monte de coisas para fazer, um monte de coisas para terminar antes que o bebê esteja sobre ela outra vez, sugando-a, testando-a. Whitney sacode a cadeira em que o marido se encontra. Sente cheiro de pasta de dente.

E então acorda.

Abre os olhos e, da cadeira do hospital, nota que não há halo de luz em volta da persiana fechada. Deve ser noite. Uma pessoa da enfermagem está limpando a boca de Xavier com uma esponja verde-clara, enquanto outra troca a medicação intravenosa em um aparelho que bipa. Ou aparelhos. Podem ser três, podem ser dez, podem ser cinquenta. Whitney nem olha para eles. Finge que não tem ninguém do hospital ali e se concentra na mão de Xavier. A pele dele está quente por causa dos fluidos que correm por sua veia. Tem um esparadrapo marrom sobre a agulha, e o cheiro a lembra dos que colocavam nela na escola quando pequena e que deixavam sua pele grudenta por semanas.

Ele estava certo na quarta-feira à noite, antes de jogar a fruteira no chão. Às vezes, ela não gostava dele. Às vezes, desejava que ele fosse outro tipo de criança. É difícil dizer exatamente como, ou o que gostaria que mudasse nele, ou quando havia começado a sentir aquilo. Mas ele sabia.

Há um casaco na cadeira à frente de Whitney que não estava ali antes.

Ela se dá conta de que é o casaco do marido. Ele chegou.

Whitney põe a cabeça entre as pernas. Alguém coloca uma bandeja de plástico logo abaixo de seu rosto e ela cospe ácido estomacal por alguns minutos, até que finalmente parece vomitar. Mas não sai nada. Levam-lhe um pano úmido cheirando a antisséptico para limpar seu queixo.

Ela sente Jacob entrar no quarto e fecha os olhos quando ele toca sua nuca. Falhou com ele, pensa. Sempre soube que falharia.

"Você acordou."

Ela está muito cansada. Ergue a cabeça e, sustentada pela familiaridade da voz dele, sente pela primeira vez que pode sobreviver àquilo. Mas a sensação passa tão rápido quanto veio. Ela espera que ele a repreenda. Que bata com alguma coisa em sua cabeça, como ela merece. Que chute seu crânio. Para que ele rache e sangue escorra por sua testa, entre seus olhos, um rio ao longo da ponte do nariz. Whitney quer que ele seja violento com ela, só dessa vez. Quer sentir como é.

Em silêncio, ela implora.

Mas ele nunca a machucaria, claro. Ele a adora. Precisa dela. Jacob é cuidadoso ao abraçá-la, tratando-a com tamanha delicadeza que é como se fosse ela a pessoa à beira da morte ali, e não o filho. E, sim, talvez seja mesmo. Ela sente o hálito quente do marido na nuca, o cheiro de café, e de repente tem muco e lágrimas em seu pescoço, e o peito dele treme em suas costas. Whitney ergue a mão para tocar o cabelo de Jacob e acha que consegue sentir o cheiro do ar estagnado do avião na camisa dele.

Depois que para de chorar, Jacob segue devagar para a outra cadeira e se senta à frente dela. Sua aliança de casamento bate na proteção da cama quando ele estica a mão para tocar Xavier, e o barulho a assusta — ela olha para o próprio dedo, onde os anéis de diamante que Jacob lhe deu há treze anos deveriam estar refletindo as luzes das máquinas na pele pálida do menino.

Ela sempre dorme com os anéis. Mas os tirou na quarta-feira à noite.

Não tivera nem um segundo para pensar em algo tão óbvio antes de sair para o hospital para confirmar que o filho ainda estava vivo.

Ela se pergunta se o marido vai notar.

Ela se pergunta se ele está pensando na janela do quarto. Se houve pelo menos um breve momento em que acreditou que se tratara de algo tão inocente quanto um vidro destrancado, um menino inquieto e insone, o infortúnio absoluto de um acidente bizarro.

Ele já pediu que ela não gritasse tanto. Já lhe disse: *Whitney, você ouve a si mesma? Imagina como soa para as crianças?* Mas ele é mais cuidadoso com ela do que deveria ser, como se fosse o único a enxergar sua fragilidade. Quão perto ela chega de passar do ponto.

Ela se pergunta o que o marido vai perguntar, do que vai acusá-la, e então ele fala: "Desculpa". Sua cabeça cai, seu queixo junto ao peito, como se ele também quisesse desaparecer. "Não paro de pensar que se eu estivesse em casa..."

Se ele estivesse em casa, nada teria acontecido. Xavier estaria a salvo. Ele não diz isso exatamente. Mas é fato que ela estava lá e ele não. Também é fato que o filho deles está definhando em uma cama de hospital. Que o fim é uma questão de horas, não de meses, não de décadas.

Ela pensa no que Xavier escreveu na parede.

Pensa no que aconteceu antes que o filho caísse da janela.

Então a ânsia de vômito volta.

31

REBECCA

Rebecca não é a mesma com os últimos pacientes que atende. Está com a energia baixa. Tem algo de errado.

"Desculpa, pode repetir que remédios ela toma?"

"Pode repassar o histórico médico dele, por favor?"

É Xavier, é Whitney, é Blair, que foi embora tão chateada, mas é principalmente a conversa que vai ter com Ben quando chegar em casa. Ela poderia esperar, adiar por mais alguns dias. No entanto, sabe que tem algo naquela tragédia capaz de mudar a perspectiva de uma pessoa. Talvez no meio de uma crise Ben consiga encontrar dentro de si o perdão para o que ela fez. Rebecca já passou das dezoito semanas. O bebê está a seis semanas de ser viável o bastante para que os médicos lutem para salvá-lo. Finalmente há motivo para ter esperança. E até para ser grata. Ela vai lembrá-lo de que os vizinhos estão rezando para que seu filho viva.

Ela compra um par de chinelos da lojinha antes que feche. A dra. Menlo, que está supervisionando o caso de Xavier, está saindo do quarto quando Rebecca chega para entregar os chinelos a Whitney. Ela comenta com Rebecca que está preocupada com a profundidade do coma. Diz que os danos cerebrais podem ser piores do que haviam pensado inicialmente. Que as chances de recuperação diminuem hora a hora, sem nenhum indicador positivo. Vão aguardar para ver se há melhora durante a noite, então provavelmente optarão por cirurgia.

Rebecca abre a porta do quarto de Xavier. Ela e Jacob se abraçam.

"Sinto muito. Sinto muito mesmo", ela diz.

Jacob diz que sua cabeça está girando. Lembrou de algo que quer perguntar à dra. Menlo e pede a Rebecca que faça companhia a Whitney enquanto ele vai atrás dela.

Whitney continua na cadeira onde se sentou naquela manhã. Rebecca coloca os chinelos no chão, perto dos pés dela, e se senta na cadeira do outro lado de Xavier. Pensa naquela distância de que o médico havia lhe falado quando ela era residente, o espaço entre as expectativas e a realidade. Essa distância fica cada vez menor quando tudo o que a mãe ou o pai pode fazer é esperar. Logo não restará espaço nenhum para a esperança.

Um bipe começa a soar — foi o antibiótico que terminou. Rebecca silencia a máquina e sente um tremor na barriga. "Estou grávida."

Não quer dizer isso para uma mãe que está perdendo o filho, mas as palavras saem antes que possa impedir. A confissão é uma troca de vulnerabilidades. Ela tem participado de algo tão íntimo naquele quarto.

"Fiz o exame de sangue outro dia, e a enfermeira que estava preenchendo meu formulário me perguntou se eu já havia engravidado e quantas vezes. Levantei a mão. Mostrei cinco dedos. Cinco." Rebecca faz uma pausa. Ela se inclina para a frente, com os olhos em Xavier. "Então ela me perguntou quantos filhos eu tinha. Fiquei vendo a mulher anotar zero e pensei: *Nossa. Aí está, o placar final. Cinco a zero.*"

Ela vê Whitney amassar os nós dos dedos do filho como se fossem argila.

"As pessoas adoram dizer que há muitas maneiras de ser mãe. Como se fosse algum tipo de consolação para uma mulher como eu." Rebecca se levanta. Toca o pé de Xavier por cima do cobertor. "Você me perguntou mais cedo por que eu não tenho filhos. Só queria que soubesse."

Ela ouve Whitney puxar o ar, de maneira lenta e constante, e então dizer: "Rebecca". Depois de um momento, Whitney finalmente levanta o rosto. "Sinto muito."

É a única vez em três anos que alguém diz isso, e só isso, a Rebecca: *Sinto muito*. Sem dar nenhum conselho, sem apelar para banalidades. Rebecca se surpreende que a simplicidade dessa validação a comova como comove. Ela pigarreia e aponta para Xavier. "Espero que corra tudo bem esta noite. Ligo amanhã para ver como estão as coisas."

Jacob volta para o quarto e faz sinal para que Rebecca saia com ele um pouquinho, então pergunta se ela pode acompanhá-lo até a lanchonete. Quer comprar algo para Whitney, para ver se ela finalmente come.

No caminho, Rebecca reitera o que sabe que a dra. Menlo já disse a ele, e nada mais. Jacob parece ter compreendido, mas quer ouvir tudo de novo dela. Ele pede que Rebecca se repita, como se não conseguisse guardar nada. Ele toca a armação dos óculos, reflete, faz perguntas sobre as probabilidades que ela não se sente confortável em responder. Pede um bagel para Whitney e um café para si mesmo, e os dois se sentam em um banco no átrio.

"Ele não dorme muito bem. Às vezes acorda durante a noite. Teve um episódio de sonambulismo uma vez, aos cinco ou seis anos."

Jacob tenta racionalizar o que não pode ser racionalizado. Rebecca nota que o átrio começa a esvaziar. Os funcionários vão para casa, voltam para suas famílias. Mães e pais de chinelo vagam sem apetite para a lanchonete, onde vão passar um tempo olhando para as opções só para depois subir de mãos vazias.

"Me fizeram algumas perguntas assim que cheguei", Jacob diz, atordoado. "Sobre Xavier. Sobre como a janela abre." Ele faz um gesto com a mão, como se a estivesse abrindo, como se precisasse se lembrar. "Uma assistente social apareceu. Ela disse que é o protocolo. Que só precisa se certificar de que não há motivo de preocupação com a segurança de Xavier em casa." Seu dedo cutuca a tampa de plástico do café. "A mera sugestão, envolvendo minha esposa... me deixa enojado. Claro que ele estava seguro com ela. Conosco."

"Claro", Rebecca repete. Talvez ele só esteja pensando na janela, na altura em relação ao chão, no cadeado que nunca colocaram.

"E agora, vamos entrar em algum tipo de sistema de alerta de que não vamos sair mais? É assim que funciona? Os ferimentos devem mostrar que ele só se desequilibrou e caiu, talvez a chuva de ontem tenha molhado o quarto e deixado tudo meio escorregadio. Dá para ver o impacto no crânio e medir a altura e tudo mais, não é? Os médicos deviam ser capazes de dizer esse tipo de coisa, é uma questão de física. Não há motivo para questionar nada. Foi o que eu disse. Somos uma boa família, boas pessoas."

Rebecca assente. Ela se pergunta se ele pensou na possibilidade de Xavier acordar e se lembrar do que aconteceu. Lesões na cabeça e oxigenação insuficiente podem levar à perda da memória de curto prazo, mas a memória pode voltar depois. Jacob fica olhando para o chão. Abre a boca. Quer dizer mais alguma coisa, só que hesita. Rebecca poderia ajudar. *Jacob, se tem alguma coisa que você precisa compartilhar sobre o ocorrido, estou aqui.* Ela engole em seco, pigarreia. Mas ele levanta o saco marrom, apático, e diz:

"Acho que é melhor eu voltar para o quarto. E tentar fazer Whitney comer isto aqui. Ela não sai do lado dele, simplesmente se recusa. Não sei nem se chegou a ir ao banheiro."

O dois entram no fluxo do tráfego de pessoas. Jacob fica em silêncio. Rebecca chama o elevador para ele. "Como estão os gêmeos?"

"Eu disse que íamos passar alguns dias viajando com Xavier. Pedi que Louisa ficasse com os dois no apartamento dela até o fim de semana. Imagino que a polícia possa aparecer lá em casa. Visualizei aquela fita amarela de isolamento..." Jacob para de falar. Vira o rosto para o outro lado, dando as costas para Rebecca. "Fico me torturando, ensaiando o que vou dizer se precisarmos contar aos dois que Zags se foi, se as coisas..."

"É melhor se concentrar no presente", ela diz, tocando o braço dele. "Se houver algo que Ben e eu possamos fazer para ajudar, é só dizer."

Rebecca fica vendo Jacob subir no elevador panorâmico, inquieta. Pensando em como ele visualizou uma cena de crime. Mas ele está em choque, não está pensando direito. Nem ela. Quer voltar para casa. Para Ben. Ele mandou uma mensagem quando ela estava fazendo companhia para Whitney. Queria saber se havia alguma novidade. Rebecca liga para ele enquanto vai pegar suas coisas no pronto-socorro.

"Está bem inchado. Não vão fazer muita coisa esta noite. Agora é esperar, mas não sei..."

"Nossa."

Ela passa o crachá para entrar. "Jacob chegou. Pegou um voo de Londres mais cedo."

"E Whitney?"

"Não fala nada, não come nada. Não saiu do lado de Xavier nem um segundo. Bom, ela o encontrou inconsciente no quintal. Está traumatizada."

Rebecca se despede. Pensa no que Blair disse mais cedo, sobre Ben brincar de jogar bola com Xavier. Ele evita qualquer referência a crianças perto dela, porque não quer lembrá-la do quanto gostaria de passar o tempo com seu próprio filho. Não quer lembrá-la de tudo o que está abrindo mão continuando casado com ela.

Ela precisa contar esta noite.

Enquanto passa pelas portas duplas e se despede da pessoa na recepção, pegando o pager para apagar as mensagens, Rebecca pensa outra vez no desalento de Whitney, que não sai de sua cabeça. Então, de repente, ela compreende, consegue ver: o vidro quebrando, os milhões de cacos que ainda não chegaram ao chão, e aquilo é tão familiar a ela, esse lugar onde Whitney se encontra, tentando desesperadamente se segurar antes do inevitável.

32

REBECCA

Ela ergue a cabeça do volante e Ben está ali, sob a luz amarela do poste de rua, olhando pela janela do carro, que está sempre empoeirado do estacionamento subterrâneo do hospital. Ele sorri. Rebecca está em casa, tem as próximas quarenta e oito horas de folga, e ele não sabe o que ela está prestes a lhe contar. Ben abre a porta e puxa a mulher para si.

"Você está bem?"

Rebecca faz que sim. Na cozinha, vê que ele fez comida para ela, mas não tem vontade de comer. Em vez disso, liga o chuveiro e deixa a água esquentar ao máximo antes de entrar no banho. Acabou de se molhar quando ouve Ben bater, sente o vapor no ar se deslocar para a porta se abrindo. A silhueta dele se move do outro lado do vidro embaçado.

"Posso entrar também?"

"Já estou saindo." Ela vira de costas para o vidro do boxe.

"Você deve estar cansada."

A adrenalina toma conta dela. Rebecca não pode deixar que ele veja a mudança em seus mamilos, a obviedade em seu corpo.

"Contei a Mara o que aconteceu. Ela passou o dia na varanda."

"Perguntou se ela ouviu alguma coisa ontem à noite?"

"Ela pareceu chocada. Não sabia de nada", ele diz. Rebecca observa o corpo dele se aproximando do chuveiro e se vira.

"Quais acha que são as chances de Xavier ficar bem?"

"Bom, precisa haver alguma melhora logo, ou vai ser difícil ele se recuperar totalmente." Ela não alivia a verdade com lugares-comuns, como outros talvez fizessem. Mas tudo pode acontecer. Mas crianças são resilientes. Mas vemos milagres diariamente na pediatria. "Parece que fizeram algumas perguntas a eles."

"A polícia?"

"Coisa de rotina. Na verdade, eles esperam para ver se a criança morre. Aí o tratamento muda..." Ela enxágua o cabelo, ainda de costas para ele. Olha para o próprio corpo, perguntando-se o que Ben diria se a visse agora. Se ela saísse do banho e pusesse a mão dele em sua barriga quente e molhada e a segurasse ali. Se ele esconderia o desejo que ela sabe que ainda tem. Que esconde, por causa dela. "Blair comentou alguma coisa hoje sobre você e Xavier brincarem de jogar bola."

"Fizemos uns lançamentos uma ou duas vezes."

Ela desliga a água. Do modo como Blair falou, parecia algo que acontecia com certa regularidade, mas a maioria das pessoas é assim, fala em cima de ideias em vez de fatos. Rebecca precisa da toalha para se cobrir. Mas ele vai esperar que ela saia e que continuem conversando, como costumam fazer, enquanto ela seca o corpo, passa hidratante, seca o cabelo com a toalha.

Rebecca estende a mão. A outra segura a porta do boxe com firmeza. Ela se pergunta se ele vai fazer alguma brincadeira. *Por que essa timidez toda hoje?* Continua falando. Sobre os dois jogarem bola. "Você acha que eu ficaria chateada de saber que você brinca assim com um menino?"

Ben fica em silêncio. Depois diz:

"Ele queria fazer o teste para entrar no time de softbol, então dei algumas dicas. No fim, ele não apareceu no teste, acho que sabia que não estava pronto. Me senti um pouco mal, mas cortar Xavier teria sido pior." Ele suspira. "Mas não foi nada."

Ela guarda a luvinha de beisebol no fundo do armário. Foi à loja em que Blair trabalha, minutos antes de fechar, para comprar um presente para o bebê de alguém da equipe de enfermagem. Seus braços estavam cheios de coisas práticas, como macacões e sacos de dormir, quando ela viu uma cesta com luvinhas, cada uma delas com uma bolinha de beisebol bordada no meio. Fizera o teste de gravidez no dia anterior. Ainda não havia pensado em uma maneira de contar para Ben. Blair embrulhou a luva em papel de seda com cuidado, junto com os outros presentes, mas quando Rebecca chegou em casa a pegou e colocou no travesseiro de Ben. Naquela noite, ela deixou que ele entrasse no quarto primeiro. Ben pegou a luva e olhou para ela.

É sério? Ele a puxou, e os dois riram de uma maneira que não riam desde então. Fazia só três anos, mas, na mente dela, eram ambos adolescentes. Viçosos, felizes, com tesão.

Quando ela sai do chuveiro, ele não está mais no banheiro.

33

REBECCA

Ela passa uma hora se revirando na cama, até que decide se levantar, tomando cuidado para não acordar Ben. São três da manhã. A casa está quente demais. No andar de baixo, Rebecca ajusta a temperatura do aquecedor e se serve um copo de água no escuro. Xavier não sai de sua cabeça. Ela tira a jaqueta de Ben do gancho da porta da frente e enfia os pés nos tênis de corrida dele.

O carro de Jacob está na garagem. Ela fecha bem a jaqueta e atravessa a rua a passos rápidos até a lateral da casa dos Loverly, arrastando os cadarços de Ben no chão. Rebecca levanta o trinco do portão e faz uma careta diante do barulho do metal. O portão é mais pesado do que imaginava, e ela o segura antes que bata na cerca.

Rebecca segue devagar pela lateral da casa e entra no quintal.

Não sabe bem o que está procurando, por que está invadindo a casa assim. Parece mais intrusivo do que pensava. Ela passa os olhos pela grama escura, mas a lua está encoberta por nuvens. Liga a lanterna do celular, como se assim pudesse encontrar a marca do corpo de Xavier na grama. Linhas tênues lembram trilhos no chão, talvez de rodas, talvez da maca. Tem uma bola de futebol perto da cerca. Um cone laranja pequeno. Um aviãozinho de papel molhado. E no pátio, perto da porta dos fundos, uma taça caída.

Rebecca a pega e leva ao nariz, sabendo o cheiro que vai sentir.

Ela recua alguns passos e olha para o terceiro andar, para a janela do quarto. Sem mover os olhos, desloca-se ligeiramente para a direita, posicionando-se onde acha que Xavier teria aterrissado. De onde ela se encontra, a altura da janela parece impressionante.

Será que uma criança de dez anos tem ideia do que é fatal para seu corpo? Será que tem a capacidade de compreender o que seu eu físico é e não é capaz de fazer? Será que alguém tem? Como a forma física humana pode criar outra vida, regenerar dez milhões de suas próprias células em segundos, e ainda assim ser tão precariamente frágil? Como ela passou décadas tocando a vida e o trabalho sem deixar que aquela discrepância a consumisse, como consome agora?

Rebecca baixa o rosto e olha para as portas de vidro da cozinha escura. Vê seu reflexo ali, suas mãos junto ao peito, a jaqueta esvoaçando um pouco. Seus olhos baixam para onde uma vida cresce dentro de seu corpo. Ela sente uma conexão com Whitney. Talvez seja algo maternal. O que a levou até ali?

Ela ouve vozes na rua, depois uma porta de carro batendo e o carro indo embora. Sai do quintal de capuz e cabeça baixa. Vê a porta da casa de Blair se fechar e uma luz se acender. Na fresta entre as cortinas, observa Aiden na sala. Ele está olhando para o celular, digitando. Então tira a camisa e se joga no sofá.

Quando volta ao quarto, Rebecca sente que Ben está acordado. Ela entra debaixo das cobertas e se aproxima dele.

"Ouvi a porta da frente", Ben diz.

"Fui até o outro lado da rua, ao quintal deles. Ver onde Xavier caiu."

Ela espera que Ben pergunte por quê, mas ele não diz nada.

"Acho que Xavier podia estar tentando se machucar. Talvez para passar um recado. Ou talvez não quisesse mais viver. Não acho que tenha sido um acidente bizarro." Rebecca parece concluir isso enquanto fala. Tem uma intuição. Ela leva a mão à barriga, por baixo das cobertas. "Não tenho nenhuma prova, nenhuma explicação, e você sabe que não sou assim. É mais algo que sinto quando estou com ela e Xavier no quarto. Uma... tristeza profunda nela, como se houvesse algo que não tem coragem de dizer. Mais que culpa, mais que arrependimento." Rebecca esfrega a testa e se sente exausta. "Não sei se estou fazendo algum sentido."

Ben vira de barriga para cima, e ela faz o mesmo. Procura a mão dele e beija os nós de seus dedos. Ben deita em cima dela e beija seu pescoço, sente seu gosto, chupa sua pele fria. Ela já o sente duro. Faz bastante tempo que os dois não se desejam assim, com o passar dos calendários, dos testes, do sangue.

Esta noite, algo mudou. Ela permite que ele a possua, com seu corpo escondido no escuro. Começa a sair de sua mente cíclica, mas volta a pensar na grama onde Xavier ficou caído. Na mão de Whitney tremendo na sua. Em seu próprio útero defeituoso. Em suas mentiras. Nos cento e vinte e nove dias que vai completar amanhã. Na sensação do sangue entre as pernas. Nele dentro dela agora, preenchendo-a. Rebecca pensa nos aparelhos que enfiam nela na clínica, em quão longe chegam. Na dor que faz suas costas arquearem sobre a mesa de exame, nos protestos que ela precisa reprimir. Então sente uma umidade, uma umidade de verdade, e o pânico retorna. Mas as mãos dele seguram seus ombros e ela o ouve sibilar entre dentes. Rebecca perde o ar toda vez que ele a penetra, muito mais forte do que fazia antes. Como se ele sentisse raiva. Ela só consegue pensar no pênis sujo de sangue, nos lençóis empapados e vermelhos sob os dois. No que tal visão fará com ela.

Rebecca apoia as mãos no peito dele e o empurra. Ben sai de cima dela.

"Está tudo bem?" Ele tenta recuperar o fôlego.

Ela se encolhe quando uma gota de suor dele cai em seu rosto.

Suas mãos sentem a umidade entre suas coxas. Rebecca leva o dedo ao nariz na escuridão, procurando pelo cheiro metálico que lhe é familiar. Ela sente Ben se deitar a seu lado.

Ela está bem. Está bem. Não há sangue. Rebecca vira para ele, e os dois encontram um a mão do outro e seguram firme. A mente dela estava viajando, mas a dele também.

Rebecca tem que acreditar que eles vão ficar bem.

Ele vira de lado, e ela se aproxima. Quer sentir o calor das costas dele em sua barriga crescente, quer acreditar no que estão se tornando.

34

WHITNEY

SETE MESES ANTES

Whitney se senta à mesa e lê o relatório de progresso de Xavier na escola referente ao mês de outubro. Louisa o encontrou na mochila dele e mandou uma foto para ela.

Abaixo da média. Abaixo da média. Abaixo da média. Em quase todos os quesitos. Precisa de ajuda significativa para fazer as tarefas. Precisa de lembretes diários. Não está atendendo às expectativas. E talvez o pior de tudo: falta de motivação. Não se orgulha de seu trabalho.

Nada disso a surpreende. Já contrataram alguém para ajudá-lo. Concordaram em deixar que entrasse para o clube de xadrez com os alunos mais velhos, como uma maneira de aumentar sua confiança. Ele é bom em matemática, raciocínio abstrato, reconhecimento de padrões. Em todo o resto, tem dificuldade.

Ela sabe disso, mas fica enjoada ao ver aqueles fracassos no papel. Precisa ser mais dura com ele, não importa o que Jacob ache. Ele o defende. Fica preocupado que ela rebaixe Xavier demais, que fale dele de maneira muito crítica para os outros. E talvez Jacob esteja certo, talvez ela exagere as deficiências do filho, porque isso a ajuda a controlar suas expectativas em relação a quem ele é. Mas veja. Esse relatório. Essa prova. Ela sente que o tempo que tem para mudar Xavier da criança que ele é para a criança que quer que ele seja está se acabando.

Whitney está prestes a sair quando Grace entra e pergunta se ela viu o e-mail. Ela não viu, mas pelo modo como Grace baixa a voz e fica segurando a porta sabe que não vai gostar de ver.

E não gosta mesmo. É um e-mail curto e formal, que ela recebeu em cópia oculta. Seu contato na empresa de telecomunicações que é sua cliente foi mandado embora. E, se seu contato foi mandado embora, a firma de Whitney será a próxima. Há uma proposta de estratégia de engajamento de funcionários de meio milhão de dólares na mesa desse contato, que disse a Whitney que a assinaria até o fim do ano. Whitney já sabia que aquela demora sinalizava algo. Nos últimos quatro anos, a empresa de telecomunicações era o nome mais impressionante em sua lista de clientes. Era o que pagava o salário de toda a equipe de contabilidade, que é muito boa e necessária para Whitney.

Ela fica olhando para o e-mail enquanto se pergunta para quem mais pode ligar dentro da empresa, com quem tem um relacionamento bom o bastante para isso. Quem deverá assumir. Talvez ainda haja uma chance, se Whitney for rápida. Ela pode pedir uma reunião e reforçar tudo o que fez pela empresa, apresentar uma proposta alterada e reduzir seus honorários. Revira os e-mails atrás da última troca que teve com alguém da diretoria em um jantar beneficente, um homem mal-educado e muito desagradável de cujo nome ela não consegue lembrar quando seu contato na empresa lhe manda um e-mail, dessa vez só para ela.

A mulher pede desculpa. Diz que gostaria que as coisas terminassem de outra maneira para a empresa de Whitney, mas foi comunicada de que todos os contratos de consultoria serão encerrados. Alguém vai entrar em contato. Vamos sair para almoçar depois das festas de fim de ano, ela sugere.

Vai se foder. É tudo em que Whitney consegue pensar, e ela diz isso para a tela, sabendo que deveria ser mais elegante, que deveria responder com empatia, dizendo que a mulher vai encontrar algo melhor, agradecendo pelas centenas de milhares de dólares em honorários que recebeu. Mas, no momento, ela permite que a raiva vença.

Essas frustrações — o filho se saindo pessimamente na escola, a perda do cliente mais lucrativo — são as desculpas que ela dará depois, no breve momento em que sentir a necessidade.

Ela envia as fotos do relatório da escola a Jacob, que vai passar a noite em Manhattan, para ir à abertura de uma galeria. Não acrescenta nada à mensagem.

Quando estaciona em casa, vê as crianças pelas janelas altas. Os gêmeos estão perseguindo Xavier pela sala, pulando a mesa de vidro caríssima, e tem algo escuro, talvez um brownie, na mão de Thea. Ela se pergunta se Louisa simplesmente desistiu. Deveria entrar, deixar que a babá vá para casa mais cedo. Mas há algo de muito desconfortável crescendo em sua espinha, em seu pescoço, que é a antecipação: *Mamãe, desce! Estou com fome! Sebastian me bateu! Preciso de um lenço! Zags não quer me dar!*

Ela não consegue. Prefere ficar sentada no carro, mexendo no celular. Deixa o carro no ponto morto, então vê uma figura pelo retrovisor — Blair. Blair, que pode fazer o trabalho desaparecer. Blair, que acha que seu filho desafiador e com péssimo desempenho é especial. Blair, que com certeza vai topar uma taça de vinho, ou duas. Ela se ilumina na hora. Sai do carro, diz que estava pensando em Blair. Chloe está atrás da mãe, procurando por Xavier.

"Pode entrar e ir atrás dele, Chloe. Estão todos correndo pela casa com Louisa." Whitney nunca vai à casa de Blair. Mas hoje ela olha para o outro lado da rua, pensa no caos atrás de sua própria porta e diz: "Se importa se ficarmos na sua casa hoje?".

Elas abrem uma garrafa de uma vinícola local de que Whitney nunca ouviu falar. Não está gelada, mas é a única bebida que Blair tem em casa. Whitney olha em volta e não consegue se lembrar da última vez que esteve ali. Há algo de pitoresco e reconfortante na casa de Blair. No sofá com capa e na poltrona combinando. Na televisão sobre um banco velho de madeira que Blair pintou de branco sozinha. O algodão leve das cortinas, que lembram lençóis de criança, translúcidas de tão finas.

Whitney vai até a estante de livros que Blair organizou pela cor da lombada, um arranjo cuidadoso de fotografias em porta-retratos ouro-rosé, vasinhos de suculentas. Pega uma foto de Chloe, Aiden e Blair, provavelmente tirada no último verão. Blair e Chloe têm as mesmas sardas, estão igualmente fofas. Com as cabeças encostadas, o cabelo das duas se mistura e se confunde, não dá para saber onde começa um e termina o outro. Aiden está atrás delas, bronzeado, sorrindo. Parece dez, quinze anos mais novo. Tem algo nele que chama sua atenção. Whitney não consegue evitar pensar que Aiden não parece pertencer. A elas, ao momento na foto.

"Coloquei gelo." Blair está ao lado dela agora, passando-lhe a taça, olhando para a mesma fotografia, e não só de relance. Não diz nada. Volta a se afastar e pede desculpa pela bagunça, embora não haja bagunça. Whitney garante que está tudo bem, que a casa está ótima. Pega outro porta-retratos, com uma foto dos pais de Blair, e tenta encontrar os traços dela no nariz deles, no contorno dos rostos, na postura dos dois, cada um com uma mão no pescoço de um cavalo que encara a câmera.

"Você não fala muito sobre sua mãe", Whitney diz. "Como ela é?"

"Minha mãe? Deixa eu ver." Blair olha para o ponto onde a parede encontra o teto, como se nunca tivesse pensado a respeito. "Ela é muito simples. Gosta de costurar. Vê bastante novela."

Whitney não segura o riso. "Só isso? Nossa, espero que algo melhor venha à mente dos meus filhos no futuro. Que tipo de mulher ela é? O que mexe com ela?"

Blair leva as mãos ao rosto e ri também. "Ah, ela é só meio... não sei. Vazia." Não há mais risada. Ela toma um gole de vinho.

"Vazia como?"

"Algo mudou nela quando eu tinha oito ou nove anos, acho. Antes ela era mais leve. Mais feliz. Fazíamos cócegas uma na outra, esse tipo de coisa. Até que uma hora ela e meu pai pararam de falar um com o outro e as coisas ficaram... tensas." Blair desvia o olhar. "Acho que meu pai tinha alguém..." Ela para de falar e balança a cabeça. "Não sei. Talvez não." Blair pigarreia e se senta. Whitney aguarda, mas a amiga parece rígida. Não vai dizer mais nada.

"Acho que minha mãe pensava em deixar a gente quando éramos novos. Em deixar meu pai com certeza, mas também em deixar os filhos", Whitney diz, passando o dedo pela borda da taça. Nunca contou isso a ninguém.

"Sinto muito."

"Não, eu... às vezes eu queria que ela tivesse deixado, pra ser sincera."

"Mas, Whit, imagina o trauma. Teria mudado sua vida inteira."

"E a vida dela. Agora ela tem setenta anos e mal se aguenta. Parece vinte anos mais velha do que é. Você acredita que ela ainda vive no mesmo apartamento triste em que nos criou? Não sai de lá. Provavelmente está esperando meu pai morrer."

"Tá, mas olha só quem você se tornou. E a vida que tem, em comparação com sua infância. Sei que sua mãe não tinha muito, mas lhe deu alguma coisa ao ficar, não acha? Esse tipo de estabilidade molda os filhos."

Whitney balança a cabeça. Não quer contar a Blair como o pai costumava falar com a mãe. Às vezes, ela se perguntava se a mãe preferia que ele estivesse com dor e sem trabalhar, porque assim não podia segui-la o tempo todo, sussurrando em seu ouvido. Ele mal se aguentava de pé.

"Não, ela se sentia presa, só seguia o fluxo", Whitney disse. "Eu sempre soube. Andou com uma passagem de ônibus escondida no bolso por anos, como se qualquer dia pudesse sair para fazer compras e continuar andando até o terminal."

"Nunca vou entender querer deixar a família assim."

"Mas o sacrifício da maternidade não é para todo mundo, você não acha? Muda quem você é para o mundo. É uma decisão irreversível, que te altera profundamente. Sei que ela amava a gente. Dava pra sentir. Mas acho que sonhava acordada com quem poderia ser livre do nosso peso. Não é fácil pra todo mundo. Mesmo que a gente pense que era o que queria."

Blair ergue as sobrancelhas. Olha em volta. "Eu entendo. Mas a gente entra na maternidade sabendo que envolve abnegação, né? Eles vêm primeiro, mesmo quando é difícil.

Tentamos tomar as decisões certas, independentemente das circunstâncias. E eles acabam se mostrando pessoas felizes e prósperas, que fazem bem para o mundo. No fim, é isso que importa. É tudo o que eu quero."

Está de brincadeira?, Whitney pensa. *Vamos mesmo entrar nisso?* Como se querer qualquer outra coisa para si fosse exagero. Como se devessem cumprir sua cota de abnegação para só então, depois de acomodar tudo, depois de agradar a todos, poder ser qualquer outra coisa.

"Claro que toda mãe quer que os filhos sejam felizes. O que estou dizendo é que é quase impossível para uma mulher não se perder no processo. É meio que... uma morte voluntária, em certo sentido."

Blair não diz nada. Então o silêncio parece pesado demais.

"Bom, de qualquer maneira, porra, não é pras fracas, né?" Whitney dá um gole exagerado, querendo que a tensão se dissipe. A tentativa de Blair de rir é gutural e insincera; ela pega a garrafa para encher as taças. Whitney sabe que a amiga vai mudar de assunto em seguida. Vai falar sobre os planos para a véspera de Natal, o fondue que vão fazer com as crianças, as pantufas iguais que encomendou para todos.

No entanto, Blair continua em silêncio. Ela se senta em cima das pernas.

"E o relatório de Chloe?" Whitney sabe que ela vai gostar que pergunte a respeito.

"Está tudo bom", ela diz, controlando-se. Chloe se sobressai em tudo na escola. "E Xavi?"

"Não tão bom. Já contratamos ajuda, mas... não sei."

"Vai demorar, mas as aulas extras vão ajudar. Ele vai chegar lá, com o apoio de que precisa. E um pouco de paciência. Xavier é capaz. É um menino tão bom."

Ela fala como se fosse uma especialista. Como se Whitney precisasse ser convencida do potencial do próprio filho. Como se Blair pudesse fazer por ele o que ela não pode.

Whitney quer ir embora. O vinho está subindo e ela tem fome. Também quer verificar o celular, que deixou na bolsa. "Bom, falando nisso, tenho que liberar Louisa. Eu mando Chloe de volta."

"É, Aiden deve chegar logo mais."

As duas se abraçam. Whitney se afasta, mas pega a mão de Blair.

"Está tudo bem?"

"Claro", Blair diz, depois de um momento.

Mas Whitney se pergunta se não deveria ficar. Poderia dizer que compreende a outra mais do que ela imagina. Que gostaria que Blair tivesse sua própria passagem de ônibus, escondida em algum bolso. Uma opção. Mas Blair nunca nem compraria a passagem. Nunca nem consideraria a possibilidade.

Há liberdade na verdade, ela pensa na porta da frente, observando Blair lavar as taças sem parar na pia. E há sofrimento na mentira.

Whitney vai embora com os sapatos de salto na mão, sentindo o piso frio através das meias de náilon. Então ouve a porta de um carro se fechando atrás dela.

"Ouvi dizer que você não deixa seu filho sair de casa sem sapatos."

Ela se vira e vê que ele está sorrindo.

Apesar do entorpecimento do álcool, Whitney ainda é capaz de reconhecer. Podem seguir em duas direções a partir dali. O momento beira a canalhice, mas não chega a ser incriminador. Palavras, é apenas uma troca de palavras. Segundos. Ela não precisa se sentir culpada. Não é nada que uma mãe não deveria fazer.

"Nunca tomamos aquele drinque, não é? Deveríamos tomar, quando, sei lá, der certo."

A olhadela para a casa dela. Para a casa dele.

Poderia ter sido só isso, algo que alguém diz sem nunca ir em frente. Uma proposta, uma possibilidade, como a passagem de ônibus no bolso do casaco da mãe.

35

BLAIR

SEXTA-FEIRA

São quinze para as sete da manhã do dia seguinte ao acidente de Xavier, mas o menino não é a primeira coisa em que Blair pensa ao acordar. Ela bate as portas do armário e faz barulho com a louça na pia. Está sendo bastante paciente. Faz uma hora que fervilha. Chloe levanta os olhos do caça-palavras que está fazendo na mesa da cozinha enquanto termina o café da manhã. Blair fecha a próxima porta de armário com delicadeza.

Chloe chama o pai na sala de estar, onde ele continua no sofá.

"Pai? A mamãe quer que você acorde."

Aiden vai devagar para a cozinha e se serve um copo de água.

"Bom dia, meus amores." Ele bagunça o cabelo de Chloe e aponta para uma palavra no jogo. "Irado. I-R-A-D-O."

"Onde?" Chloe olha mais de perto enquanto ele abre um sorriso para Blair, que lhe dá as costas. Aiden se aproxima por trás e apoia a mão no ombro dela. Quer acalmá-la. Ela sente o cheiro de bebida enquanto ele pega café.

Aiden ainda não havia chegado quando ela pegou no sono, às duas da manhã. Blair mandou sete mensagens. Cadê você? Está tarde. Cadê você? O carro de Jacob estava em casa às onze, portanto Whitney devia ter ficado sozinha no hospital. Ela se torturou especulando a respeito. Enfiou a cabeça debaixo do travesseiro e implorou que seu cérebro parasse de girar.

Ela não aguenta mais.

"Lá em cima." É tudo o que consegue dizer a ele.

Blair se senta na beira da cama e o aguarda. Aiden está esperando que ela aja como a esposa irracional, que cuspa a raiva que reserva apenas para ele. Ela pensa no quanto dizer. Em quão longe ir. Não tem nada além de um pedacinho de embalagem e uma chave. E horas e horas presumindo o pior. É tudo o que ela tem.

Blair não tem plano. Não tem ideia do que vai fazer se ele disser: *Sim. Dei a ela a chave do meu escritório, que é onde trepamos. É um pedaço da embalagem da camisinha que eu usei. Não tenho como continuar mentindo pra você. Terminamos aqui?*

Ele se deita na cama, ao lado dela, e apoia a mão em sua lombar.

"Você quer que eu peça desculpa, e tenho que pedir mesmo. Desculpa por ter chegado tão tarde."

"Onde você estava?"

"Eu deveria ter ligado. Fomos pra casa do Lin depois do bar e jogamos pôquer. Não me dei conta de que já era tarde." Ele faz um leve carinho nela.

"Você não respondeu minhas mensagens."

"Eu não estava com o celular, só vi na hora de ir embora. Desculpa."

Blair olha para as mãos de Aiden, que descansam sobre seu peito como se ele fosse tirar uma soneca. Ela pensa em quem aquelas mãos tocaram. Em como mentir é fácil para algumas pessoas.

Blair desce para a sala e pega a calça que ele deixou à porta. Revira os bolsos. Os cartões de crédito, a chave do carro, o celular. Nada de recibo do bar. Ela destrava o celular e passa os olhos pelas mensagens. Nada da noite anterior. Nem mesmo as mensagens frenéticas que ela mandou. Ele apagou tudo.

Ele nunca apagou as mensagens dela. A troca entre os dois era como um apêndice de seu casamento. Um registro de seus dias. Blair estava sempre lá, no topo da tela. A primeira coisa que ele via.

Aiden parece estar dormindo quando ela volta ao quarto.

"Por que você apagou todas as minhas mensagens?"

"O que você está fazendo?"

"Responde."

"Não tenho ideia. Só apaguei."

"Pra que ninguém visse?"

"Não eram exatamente mensagens agradáveis. A última mandava eu me foder. Achou que eu ia querer guardar?"

Ela vai até a cômoda e pega a chave. Coloca-a na palma da mão e a aproxima do rosto dele.

"Essa chave é minha. Onde você encontrou?"

Ele tenta pegá-la, mas Blair fecha a mão antes. Tem algo na voz dele, uma paciência distinta que ela não estava esperando, um esforço para se manter calmo. Blair alerta a si mesma outra vez. Não vai poder voltar atrás. Pensa em Chloe lá embaixo, fazendo o caça-palavras. Pode acompanhá-la até a escola e depois separar a roupa para lavar por cor. Pode tirar a carne do congelador para fazer o jantar. O dia pode prosseguir com tudo intacto.

"Estava com Whitney", ela prefere dizer.

"Whitney? Por quê?" Ele está apoiado no cotovelo agora. Passa a mão na barba por fazer. A parte branca de seus olhos está rosada.

"Me diz você."

Aiden dá risada. Volta a deitar. Riu da preocupação dela. Blair deveria se sentir uma boba agora.

"Talvez ela tenha encontrado na academia. Achei que talvez tivesse perdido lá. Não sei, a detetive é você. Pergunta pra ela."

O coração de Blair acelera quando ele tenta sair do quarto. "Ela não vai mais naquela academia. E por que não devolveria a você se tivesse encontrado?"

"Não sei aonde está querendo chegar, Blair. Talvez ela tenha esquecido. É a chave da porta dos fundos do escritório. Mas não serve pra nada agora. Tiveram que trocar a fechadura quando a perdi."

Ele entra no banheiro e liga o chuveiro.

Ela o segue. Quer sair correndo daquela casa e deixá-lo ali com Chloe, com a louça do café, com a geladeira vazia, as pilhas de roupa para lavar, o tédio, a rotina. Com o embrulho no estômago que ela sente há semanas, desde que encontrou a ponta da embalagem de camisinha. Blair quer que ele sinta como é se afogar naquilo tudo. Quer privá-lo da tranquilidade com que leva a vida, da calma que encontra com tanta facilidade. Quer arrancar a cortina do chuveiro de seus frágeis ganchos de plástico, quer aumentar a temperatura da água para escaldante, quer levar a mão a seus pelos pubianos e arrancá-los.

Ela abre a cortina com tudo. "Você está tendo um caso?"

Seu corpo todo pulsa, à espera. À espera.

36

REBECCA

Ela acorda de manhã, sentindo o colchão se mover ao seu lado. Tem dois dias de folga. Espera na cama até sentir o cheiro do café que Ben está fazendo. Lá embaixo, fecha o robe, vai até a bancada e observa enquanto ele tira as coisas da geladeira para fazer o café da manhã. Rebecca se pergunta se Ben está pensando na noite anterior, no que a fez empurrá-lo de cima dela. Ele achou que ela estava protegendo alguma coisa? Ficou encucado?

"Ben."

Ele levanta a cabeça e sorri para ela. Pergunta como quer seus ovos.

"Estou grávida."

Os olhos de Ben não deixam a bandeja de ovos que acabou de abrir.

Cada segundo de silêncio é como se ele estivesse se afastando mais e mais dela. Ele não se move. Ela preferiria que ele esmagasse um ovo. A bandeja inteira. Que dissesse que ela é louca. Qualquer coisa seria melhor que silêncio.

"Faz mais de dezoito semanas. Cinco dias a mais que o máximo que fiquei antes."

Ele olha para um ponto no chão da cozinha. Ela quer lhe dizer que também está assustada. Que às vezes se sente um monstro atirando fetos contra a parede para ver se algum gruda, mas ali estão eles — daquela vez está dando certo. Ela quer lhe dizer que sente muito, mas que teve que fazer aquilo.

"Você disse que estava controlando seu ciclo, que não precisávamos de camisinha." Ele apoia a ponta dos dedos na beira da bancada. "Não foi..."

"Preciso que você queira isso tanto quanto eu."

"Não é uma questão do que eu quero." A aspereza dele a assusta. "É uma questão do que aguentamos. E você não está aceitando isso! Está contando com algum milagre. Você... você não é mais a mesma pessoa."

"Há uma chance. Há esperança."

O fato de que sua voz falha quando ela diz "esperança" faz com que se sinta vulnerável como não se sente há muito tempo com ele. Mais que durante as horas juntos nas salas de espera, as noites nos azulejos frios do piso, o sangue que ele ajudou a limpar. Rebecca está cansada de ser resiliente. De ser racional, como uma médica deve ser. Fodam-se as estatísticas de que se tornou parte. Fodam-se as probabilidades. Sim, é ciência, é biologia, são células. Seu corpo ou é fisicamente capaz de sustentar uma vida ou não é. Mas ela também é uma mulher que quer sentir o peso de seu recém-nascido no peito nu. Quer saber qual é a sensação de ser freneticamente consumida. Quer se perceber nos gestos de seu filho um dia e ficar atônita com o fato de que aquela criatura primorosa pertence a ela. Rebecca sente que merece essa chance, não importa quão racional, sã ou provável seja.

Ben solta o ar devagar e firme, e ela não quer mais estar no mesmo cômodo que ele, não se ele não for capaz de levantar a cabeça e dizer o que Rebecca precisa ouvir. Ela aguarda.

Então vira as costas, sobe devagar, entra no quarto que ele pintou três anos antes, com todo o cuidado, todo o amor, enquanto imaginava como a filha deles seria. Rebecca sente falta dela, da primeira bebê que segurou, embora não saiba quem ela é. Não conheceu a voz da filha ou a sensação de ser vista por ela. Ou amada por ela. Ela permanece indefinida. Etérea. O quarto está vazio, à espera. Rebecca se deita no meio dele, sobre o piso de madeira, e fica observando a luz da manhã alterar a cor das paredes.

37

BLAIR

Aiden não abre os olhos. Só inclina a cabeça para o fluxo fraco do chuveiro antigo deles. Perdeu a paciência para essa conversa. Prefere ignorá-la. Não vai nem se dignar a negar o que Blair disse.

"Você me ouviu?"

"Ouvi! E é claro que a resposta é não. Caralho, essa pergunta é uma ofensa." Ele fecha a cortina do chuveiro. Ela fica olhando para as manchas de mofo que não conseguiu tirar. Espera que Aiden diga: *Não sou o seu pai. Não faria o que ele fez.* Mas ele não diz.

Ela vai para o quarto de Chloe. Estica as cobertas, pega a camisola do chão. Seu peito dói, seu rosto arde. Está cansada de tudo, de cada sentimento, de cada pensamento. De quem se tornou. Ouve a torneira fechando, os pés molhados dele no piso de azulejo limpo do banheiro. Quer que ele vá atrás dela. Que abra os braços para que ela se aninhe nele. Que negue outra vez e faça o que tiver que fazer para que ela se sinta melhor.

Blair pensa em como as mãos de Aiden tremiam no altar. Em quando colheram mirtilos no fim da alameda em que os pais dele moravam quando Chloe estava com três anos, nas manchas que permaneceram por dias em seus dedos. Na umidade que toma conta do andar de cima quando Aiden toma banho com a porta aberta, em como faz as pontas do cabelo dele cachearem. No cheiro de sua pele nos travesseiros, mesmo depois que ela troca as fronhas. Em como era doce o café que ele fazia para ela toda manhã, com açúcar demais, creme demais. No fluxo pouco perceptível de uma vida confiável juntos, uma vida que no passado pareceu suficiente.

Ela não consegue decidir o que significa tê-lo confrontado afinal. Ter liberado um roedor cruel de sua jaula, uma ameaça que, embora não esteja mais em suas mãos, continua, continua viva em algum lugar. E vai voltar.

Blair precisa que tudo seja explicado. De maneira irrefutável. Mas não pode perguntar a Whitney no momento.

"Por que você está chorando?"

Blair não ouviu os passos da filha. Dá as costas para Chloe, à porta, porque não quer que ela veja seu rosto. "Vai lá pra baixo", Blair solta.

"Eu estava só..."

"Preciso de um minuto, Chloe! Vai lá, por favor."

Mas a menina não vai. Abraça a cintura da mãe e a aperta. Blair pensa na primeira vez que viu sua mãe pequena. Triste. Fraca.

"Por que você tá chorando, mamãe?"

"Não estou chorando, estou bem. Estou ótima. Agora vamos terminar o caça-palavras antes de ir pra escola." Blair enxuga o rosto e sorri. Joga uma almofada de arco-íris na cama e dá um tapinha na bunda de Chloe. Puxa o próprio cabelo para trás, prende-o com um elástico e diz, o mais animada que consegue: "Pronta? Vamos lá".

Mas, enquanto desce, sente que Chloe para no alto da escada e a observa.

* * *

Aiden entra na cozinha enquanto Blair ajuda a filha a encontrar a palavra CHANUKÁ. Ela evita os olhos do marido enquanto lava a colher que ele usou mais cedo, fecha o creme que ele deixou aberto, limpa o que ele derramou na bancada por descuido.

De volta à mesa, ela põe Chloe em seu colo. Precisam contar sobre Xavier antes que ela vá para a escola e os rumores comecem a circular. Blair leva a mão ao peito de Chloe para sentir seu coração batendo e cheira o suor que resta em sua nuca depois da ida ao parquinho no dia anterior. Ela se lembra da cabeça com cabelos sedosos na palma de sua mão, tão pesada quanto uma toranja, do conforto e da promessa que uma vida recém-nascida ainda guarda em si. Então Chloe se afasta.

Graças a Deus não foi com ela.

"Podem me dizer o que está acontecendo? Com Xavi?"

Aiden se senta e acaricia a bochecha dela. "Xavi sofreu um acidente", ele diz. "Caiu da janela do quarto ontem à noite. Vai ter que passar um tempinho no hospital até melhorar."

"Ah." Chloe fica em silêncio. Olha para Blair. "Mas como foi que ele caiu?"

"Não sabemos direito. Já era tarde. Ninguém viu acontecer."

"Ah", ela diz outra vez. Então baixa a cabeça e fica olhando para as próprias pernas. Blair a puxa para si. Não queria contar a Chloe. Não queria que ela ficasse preocupada.

"Xavi vai ficar bem, depois que os médicos tratarem ele?"

"Claro, querida. Tudo vai ficar bem, tá?" Blair beija a cabeça dela enquanto Aiden a observa. Ela olha para ele como que dizendo que esse é o fim da conversa.

"Era por isso que você estava chorando lá em cima?"

Blair não olha para Aiden. Só assente.

"Podemos mandar um cartão e levar aquele aviãozinho velho que Xavi esqueceu aqui? É o preferido dele. Xavi provavelmente vai querer brincar com ele no hospital."

"Você é uma boa amiga, Chloe." Blair dá um beijo nela. "Por que não vai se trocar e compramos um cartão pra ele antes da escola? Dá tempo, se sairmos agora."

Aiden solta um suspiro alto quando Chloe sai. Blair se levanta e vai para o outro lado da cozinha.

"Teve mais alguma notícia?", ele pergunta, com uma tranquilidade que parece estranha a Blair, considerando que ela acabou de confrontá-lo.

"Não."

Blair não contou a ele sobre a reação de Whitney no hospital no dia anterior. Disse apenas que ela estava lidando com tudo como esperado. Que havia levado comida para ela. Aiden folheia o jornal, mas não escolhe um caderno, como costuma fazer. Só o afasta na mesa e toma um gole de café. Blair se recosta na bancada e fica observando. Imaginando.

Ele se aproxima e lhe dá um beijo na cabeça, envolve seu pescoço em um abraço. Deixa seus lábios naquele ponto por um momento. "Vamos esquecer o absurdo de antes", Aiden lhe diz. Parece sempre pronto a fazer isso: perdoar.

Mas esta manhã está diferente. Ela observa seus movimentos, estuda seu peito subindo e descendo depressa. Ele serve mais café para ela, depois para si mesmo, e o silêncio pesa. Aiden coça o queixo, o queixo que ela conhece tão bem. Ele massageia o pescoço, o pescoço que ela tantas vezes abraçou. Há partes físicas dele que parecem quase partes físicas dela, e embora Blair não consiga mais sentir a mesma atração que sentia, embora nem goste dele na maior parte dos dias, sente certa possessividade. Aquele queixo é dela. Aquele pescoço. Aquele marido assoviando.

Talvez eles só estejam no meio de um casamento caído, ambivalente.

Ele sobe para se arrumar para o trabalho. Ela espera por Chloe e dá uma olhada em volta, na mesa que ninguém tirou, nas almofadas amassadas do sofá onde Aiden dormiu.

Blair pensa em uma noite no início do relacionamento dos dois. Eles saíram para jantar depois do trabalho. Ainda encontravam coisas sobre as quais conversar, histórias, suas coisas preferidas, lugares aonde queriam ir juntos. Ela se lembra de pensar, enquanto ele falava, que não sabia mais o que era se sentir solitária. Tinha perdido a inveja das amigas de trinta e poucos anos que uma a uma haviam se fechado em seus relacionamentos, relacionamentos que sabiam que tinham futuro. Blair finalmente havia encontrado um futuro para si mesma. Ela não precisava mais temer a possibilidade de nunca ter todas as coisas que desejava desesperadamente: um filho; uma boa casa; uma boa vida. Sua carreira já estava estabelecida e ela não precisaria abrir mão dela. Tinha atingido a maioridade nos anos noventa, a época do *girl power*, da mulher com direito a ter tudo, a ser tudo. E estava determinada a ter tudo e ser tudo, ao contrário da mãe.

Quando o garçom recolheu os pratos deles, Aiden procurou o joelho dela embaixo da mesa. Ela pensou na depilação dolorida que havia feito no dia anterior. No sexo que fariam naquela noite. Tinha escolhido um prato leve para o jantar. Blair pegou a mão dele por baixo da mesa, e os dois tocaram as unhas um do outro, os nós dos dedos um do outro. Aiden perguntou o que ela queria fazer no dia seguinte.

"Ah, não sei. Preciso ir ao mercado. Talvez faça uma aula de ioga e depois tire o atraso no trabalho."

"O que acha de ver alguns lugares?", ele perguntou.

"Lugares?"

"Uma casa. Juntos."

Ele riu de como Blair ficou encantada, surpresa. Ergueu o copo na direção dela, que ergueu o seu para tocar o dele. Ela sentiu como se tivesse ganhado alguma coisa. Ele? Uma vida que tinha a cara das vidas felizes? De repente, ela entendeu por que ele havia pedido champanhe. Sentiu-se extasiada. E apaixonada. E aliviada. Então começou a raspar com o garfo a musse de chocolate que estava na mesa entre eles.

Ela refletiu em voz alta sobre os bairros em que poderiam morar, considerando o salário de ambos. O número de quartos necessários. Aiden assentia enquanto ela falava, e quando Blair levantou os olhos ele parecia agradavelmente concentrado em algo atrás dela. Blair lambeu o chocolate do garfo e o segurou à sua frente, olhando para os dentes, com o rosto de Aiden desfocado ao fundo. Ela não queria se virar para ver o que ele estava olhando. Mas tinha que fazer isso. Era uma mulher, que parecia estar achando graça. Falava com uma amiga por trás da mão e, quando levantou os olhos para ele outra vez, deu com os de Blair. Blair voltou a se virar para Aiden. Ele pigarreou. Matou a sobremesa e disse a ela: "Então, amanhã. Marquei a primeira casa às dez".

Naquele momento, Blair compreendeu algo sobre ele que preferiria que não fosse verdade. Mas as pessoas precisam correr riscos quando querem muito algo. E aprendem a ignorar algumas coisas. Foi só um olhar. Ela o amava. Ele era o cara, ou pelo menos o cara que Blair havia escolhido. Ela já estava decidida a ter uma vida com ele. Já havia chegado até ali.

38

BLAIR

Ao sair, ela vê Mara de camisola na varanda. Chloe acena ao passar de patinete, mas Blair se pergunta por que a mulher ainda não está vestida, como de costume. Ela pede para a filha esperar, atravessa a rua em um trote e abre o portão enferrujado.

"A senhora e Albert ficaram sabendo do que aconteceu na casa dos Loverly? Na quarta à noite?" O sol da manhã bate em seus olhos de tal modo que ela precisa protegê-los para ver Mara.

"Fiquei sabendo", Mara diz. Blair espera que ela prossiga, como sempre faz. Ela segue os olhos de Mara até a entrada da casa dos Loverly. O carro de Jacob está lá, as cortinas estão fechadas, o lugar continua sem vida. Os lábios de Mara parecem tensos.

"Bom, então..." Blair recua alguns passos. Pela primeira vez, Mara não faz nada para manter a conversa rolando. "A gente avisa quando tiver notícias."

Ela caminha depressa para alcançar Chloe no patinete, atravessando a Harlow Street para ir à farmácia. É o tipo de dia de primavera que deixa todo mundo se sentindo leve e otimista, mas Blair parece ter cimento no estômago. Por causa de Xavier. Mas também por causa da chave sobre a qual não pode falar com Whitney. E algo na maneira como Aiden deixou tudo para lá um pouco rápido demais aquela manhã.

Blair não está convencida de nada.

As duas param no farol. As palavras saem de sua boca antes que ela possa se impedir.

"Chloe, preciso te perguntar uma coisa. Você viu Whitney ficar brava com Xavi algum dia em que eu não estava? Tipo, brava de verdade?"

Parece uma traição. É a melhor amiga dela. Blair não tem como voltar atrás em sua decisão. Em meio à culpa, há uma pontada de desejo de ouvir algo que a condene. Algo que Blair seria obrigada a passar adiante.

Ela fica olhando para a calçada enquanto Chloe pensa.

"Não sei."

"Você não sabe ou não quer me contar?"

Chloe bate a ponta de borracha do tênis na calçada. Pensa um pouco mais. "Nunca vi a mãe de Xavi brava de verdade. Só aquela vez, na festa no quintal. E no dia dos biscoitos."

Eles tinham passado nos Loverly na véspera de Natal com uma lata de biscoitos recém-saídos do forno. Chloe queria deixá-los na mesa da entrada, para surpreendê-los. Tinha escrito um bilhete assinado pelos elfos do Papai Noel e grudado na tampa. Ela deu um único passo para entrar e se virou para a mãe, com os olhos arregalados. Blair também havia ouvido. Uma criança gritando em algum lugar, o rosnado de Whitney. Baques surdos. Uma batida. Depois choro.

Blair puxou Chloe para fora, fechando a porta sem fazer barulho e deixando os biscoitos no capacho. Tinha sentido o mesmo medo enervante do dia do churrasco, por testemunhar algo íntimo demais. Queria não ter ouvido aquilo. Em casa, se sentou no sofá e puxou Chloe para perto. Disse a ela que às vezes os adultos perdiam a paciência. *Você não perde*, a menina respondeu. *Você nunca me assusta.* Então Blair disse algo sobre todo mundo ter dias ruins. E se convenceu da mesma coisa.

Agora, os olhos de Chloe estão fixos na calçada. Blair sabe que a filha não está sendo sincera. Tem uma compreensão íntima dela, de cada expressão, cada maneirismo, e tem certeza de que Chloe está escondendo alguma coisa. De que está fazendo o que acha que uma boa menina faria.

Na farmácia, ela deixa Chloe olhando as fileiras de cartões de melhoras e vai atrás das camisinhas, nos fundos, perto do balcão. Tem mais opções do que ela se lembrava. Diferentes lubrificantes, texturas e sensibilidades. É um mundo que não tem mais utilidade para ela. Blair imagina alguém desenrolando a camisinha de borracha no pau de Aiden.

Ela tira o pedacinho de embalagem do bolso. Abre as caixas da marca que Aiden costumava usar, uma a uma. Procura pelo mesmo tom de verde, a mesma borda ondulada, mas só consegue encontrar um tom perolado em ameixa. Blair tira as camisinhas da caixa e as segura ao lado da ponta rasgada. O peso e a textura são idênticos. O canto das camisinhas tem as mesmas dimensões do pedaço em sua mão.

Blair pode entrar no site da marca e ver toda a linha de produtos. Pode perguntar a alguém que trabalha ali se tem mais opções no estoque. E depois? Continuará no mesmo lugar onde se encontra há meses. Procurando mais provas e depois mais desculpas.

Ela vai atrás de Chloe, que está em dúvida entre três cartões e acaba querendo ir embora sem comprar nenhum. Está começando a cair a ficha do que aconteceu com Xavier. Blair se agacha para ficar na altura da filha e pega suas bochechas com as mãos.

"Tudo bem, querida? Me diz como está se sentindo."

O rosto de Chloe se contrai, e Blair sabe que lágrimas logo virão. "Só quero ir pra casa. Não quero ir pra escola hoje."

"Sinto muito que esteja chateada. E compreendo, de verdade. É absolutamente normal se sentir assim. É seu melhor amigo. Você só quer que ele melhore logo, né?"

Chloe chora no peito dela, tentando controlar o barulho. Blair fecha os olhos. Não deveriam ter contado a ela, principalmente quando ainda há tanto que não sabem.

"Esse é o problema. Ele não é mais meu melhor amigo." Ela se afasta de Blair e tenta respirar entre os soluços de choro. "Eu disse coisas horríveis pra ele no recreio, na quarta de manhã. Coisas muito, muito horríveis, que o fizeram chorar na frente de todo mundo. Aí Hayden Ross jogou uma barrinha de cereal na cara dele. Eu deveria ter ajudado. Mas não ajudei, só ri, e aí todo mundo riu também, e ele foi se esconder no banheiro. Eu ia pedir desculpa ontem, no caminho da escola, e agora não posso mais."

"Ah, Chloe. Vem aqui."

Blair puxa a cabeça dela para seu peito e só então se dá conta. Quarta-feira. A noite do acidente. Xavier adora Chloe. É a única amiga de verdade que ele tem, enquanto para ela Xavier é só um de muitos. Ele deve ter ficado arrasado.

Mas não é o momento de repreendê-la. Blair faz "shh" e leva os lábios à orelha da filha. "Não se preocupe com isso agora, tá?" Ela a beija. Enxuga as lágrimas de Chloe e pega sua mão. "Vamos. Vamos pagar e ir pra escola."

"Você pode levar o cartão e o aviãozinho pra ele? E pode falar que sinto muito por dizer que ninguém ligaria se ele morresse e que ele deveria desaparecer?"

Ninguém ligaria se ele morresse. Ele deveria desaparecer. Essas palavras se dobram na cabeça de Blair, depois se dobram outra vez, e mais uma, até ficarem tão pequenas quanto possível. Ela olha para a frente, para os papéis e as fitas para embrulhar presentes, mas só consegue ver uma coisa. Xavier, sozinho, debruçado na janela do quarto. Sem se importar se ele morresse mesmo.

39

WHITNEY

NO HOSPITAL

Seu celular aparece à sua frente, na mão de Jacob. Ele voltou ao quarto e cheira a pasta de dente. Trocou de roupa. Deve ter amanhecido. Jacob diz algo sobre mensagens da assistente dela, três mensagens, mas o celular está bloqueado e ele não consegue ler. Ela não quer dar uma olhada? Quer que ele ligue para o escritório? A reunião, era a manhã daquela reunião importante. Ele pode contar o que aconteceu com Xavier, avisar que ela não estará disponível por alguns dias. Whitney não responde, não quer pensar no trabalho. Jacob aguarda. Não sabe o que ela quer. Então toma uma decisão por ela. Diz que vai sair do quarto para ligar para Grace e volta em um minuto.

Mas ela tira o celular dele. Puxa o ar parado do quarto de hospital, mas seus pulmões não enchem tanto quanto precisam. Ela segura o celular o mais firme que consegue. Precisa que Jacob se afaste, que saia do quarto. Porque Grace nunca manda mensagem, só e-mail.

O telefone de outra pessoa está gravado em sua agenda sob o nome de Grace.

Ela pede que Jacob desça para lhe pegar um sanduíche. Diz que acha que talvez finalmente esteja com fome. Sua voz sai tensa demais; ele fica em silêncio por um momento. Então procura a carteira, diz que está feliz que o apetite dela tenha voltado, mas Whitney sabe que ele não acredita nela.

Depois que Jacob sai, ela destrava o celular e lê as três mensagens.

Sinto muito. Por tudo.

Preciso te ver outra vez.

Acho que ela está quase descobrindo.

40

REBECCA

Ela continua sozinha, no chão do quarto de bebê vazio. Sente uma vontade que a princípio não reconhece, até que a obviedade a esmaga. Quer ver a mãe.

A voz da mãe soa forte e esperançosa do outro lado da linha quando Rebecca pergunta se pode dar uma passada naquela manhã. Ela evita ver a mãe com a frequência que deveria. Estar perto dela a lembra de um relacionamento que a própria Rebecca talvez nunca tenha. As duas costumam falar de outras coisas: política, o trabalho de Rebecca, a participação da mãe como conselheira do condomínio. Ela sabe, no entanto, que sua fertilidade está na cabeça de ambas.

Antes de sair, Rebecca pega um dos caderninhos em sua mesa de cabeceira. Está desgastado e é fino e quase tão velho quanto ela própria. Foi um brinde do banco onde a mãe abriu a primeira poupança. Em uma letra cursiva apertada, nos quadradinhos do calendário, a mãe escreveu o que as duas fizeram juntas dia após dia. *Exploramos a seção grátis do museu. Treinamos os sons de A a M. Fizemos cálculos no ábaco novo (dois dólares no brechó!). Visita à escolinha.* Conforme os anos passavam, os quadrados de cada caderninho pareciam retratar a história de outra família que não a daquela dupla de mãe solo e filha perdida. *Aprovada na prova de piano! Competição nacional de debate. Pedido de empréstimo para a faculdade. Mudança pra Columbia. ELA CONSEGUIU!*

Milhares de quadrados em dezoito caderninhos, a compulsão de registrar tudo o que Rebecca fazia. A mãe os entregou em uma caixa quando ela se formou em medicina, e Rebecca mantém alguns na mesa de cabeceira. Ela os valorizava pelo que eram: atos de amor, provas da tentativa da mãe de dar a Rebecca a vida que ela mesma nunca teve. Mas os quadrados também eram uma quantificação — de tudo o que havia recebido na vida.

E agora talvez ela finalmente possa dar à mãe um neto.

Ela teve a ideia no banho. Vai lhe entregar o último caderninho e apontar para o quadrado que acrescentou — com a data prevista do parto.

Durante as horas que ficarem sentadas na cozinha, a mãe vai tornar tudo melhor.

Rebecca passa no mercado para comprar peônias, depois atravessa a cidade para pegar a estrada. Seu celular está no banco do passageiro, ao lado do caderninho, e ela verifica a cada poucos minutos se Ben mandou mensagem. Imagina-o em casa à tarde, quando ela voltar, sentado à mesa da cozinha, pronto para conversar. Pronto para perdoá-la. Vai reencontrar a esperança conforme o bebê crescer dentro dela. Aquele vai se tornar um período de que os dois mal conseguirão se lembrar. Tudo vai mudar.

Ela liga o rádio e finalmente se sente relaxar.

Quarenta minutos depois, pega a saída para a casa da mãe. Rebecca se ajeita no banco enquanto desacelera no primeiro farol. Está com calor de jeans e pensa que deveria ter posto um vestido, está suando mesmo com o ar-condicionado ligado. Abre o vidro e se inclina para o ar fresco da primavera. Pensa em parar e comprar dois cafés. Ela se ajeita no banco de novo no farol seguinte, agora sentindo de maneira mais distinta uma umidade quente na calcinha. Rebecca afasta o jeans da virilha. A ideia óbvia a deixa ansiosa. Mas ela está sempre à beira do pânico, sempre esperando para ser atropelada de novo. Volta a se concentrar no caminho, no farol verde. Toca as pétalas macias das peônias no banco ao lado.

Para em uma Starbucks e procura a carteira na bolsa. O pânico fervilhante retorna e a faz ficar brava consigo mesma. Ela levanta a bunda do banco, leva a mão à calcinha e espera pelo corrimento claro que vai tranquilizá-la.

Sua cabeça gira.

Seus dedos voltam vermelhos e grudentos.

41

WHITNEY

NO HOSPITAL

A mente dela repassa a noite de quarta-feira. Sem parar. A vergonha é como um verme subindo por sua garganta, deixando-a com vontade de vomitar. Só de pensar no que fez.

Depois que Louisa foi embora, Whitney preparou café para se manter acordada. Pretendia mandar uma mensagem cancelando. Era melhor se preparar para a reunião do dia seguinte. Então foi ao quarto de Xavier, para ver como ele estava.

Whitney notou que ele se moveu e que suas pálpebras tremiam demais para que estivesse dormindo. Ela o chamou. E chamou outra vez, em um tom mais firme. Queria pedir desculpas por ter ficado tão brava na cozinha. Queria encerrar a noite em um tom mais positivo. Queria lhe dar um abraço.

Ele se virou de costas e se apoiou nos cotovelos até que seus olhos se acostumassem à luz do corredor. Então olhou para a parede diante da cama, sob os pôsteres de carros de corrida antigos. Parecia que estava traçando algo com os olhos.

Ela se virou para ver o que ele olhava.

A escrita na parede era grande, cuidadosa, clara, a tinta espessa como alcatrão.

A canetinha preta estava no chão.

Agora, ela se levanta do peito dele para olhá-lo à luz dos monitores. A boca aberta, a pele cinza e sem vida. Nenhum movimento. Nem das pálpebras. *Como seria se eu não estivesse aqui?*, ele tinha lhe perguntado alguns meses antes, no carro.

E, agora, ele não está ali. O peito dela se comprime, Whitney precisa massageá-lo para aliviar a tensão. Sente-se vazia. Cada pensamento atolando na lama.

Ela se pergunta a primeira coisa que ele vai pensar se abrir os olhos e a vir ali, debruçada sobre ele, movendo os lábios. Do que vai lembrar. *Estou aqui*, ela diria. *Fiquei aqui o tempo todo, nunca, em nenhum momento, saí do seu lado.*

Whitney o imagina virando o rosto para o outro lado. Querendo o pai, procurando-o com os olhos.

O ar parece insuficiente. Ela arfa em busca de mais. Jacob vai voltar a qualquer momento com o sanduíche. Jacob, para quem ela mentiu, Jacob, que vai deixá-la. Que talvez nunca mais permita que ela veja os próprios filhos. Whitney vai perdê-los. Ela imagina o que Xavier vai dizer a Jacob, se sobreviver, se conseguir falar, se conseguir expressar o que pensa. Se mantiver a capacidade de pensar.

Todos ao redor dela têm falado a respeito disso — suas funções, sua capacidade mental caso acorde. Dizem coisas que ela se recusa a reconhecer sobre a pressão que está pulverizando seu cérebro. Ele pode não ser mais o mesmo, pode não ter uma vida fácil, tudo por causa dela. Whitney nunca foi uma mãe boa o bastante para ele, e não vai ser boa o bastante agora, quando Xavier precisar ainda mais dela. Ela não é capaz. Vai falhar com ele outra vez.

Ela leva a mão à boca dele, ao encontro dos tubos. Seus dedos tremem ao correr pelo principal, até a sanfona do respirador que o mantém vivo. Ela olha para a porta. Não tem ninguém ali.

Algo toma conta dela, um pensamento que lhe promete alívio, por fim, e ela quer buscar essa sensação, não pode deixar que se vá, está desesperada. Tenta convencer a si mesma. Anda. Ninguém vai saber. Vai ser melhor assim. Ela acabou com ele. Já tinha acabado com ele muito antes da noite de quarta.

Whitney fecha os olhos e aperta o tubo.

Cortando o ar dele.

42

REBECCA

Ela está tão desesperada que deixa sua mente fazer o que precisa. O sangue pode ser outra coisa. A placenta. Um ferimento no útero. Só um escape, que logo vai parar. Ela mantém a mão no ar enquanto dirige, porque não quer tocar nada. Seus olhos se alternam entre a via e os dedos.

Rebecca já pesquisou sobre isso várias vezes nos fóruns de gravidez. Outras mulheres sangraram e ficaram bem. Ela se apega a isso enquanto acelera para voltar para casa. Se for parada, vai mandar a polícia à merda. Mostrar os dedos sujos de sangue. Nunca se sentiu tão imprudente. Acelera ainda mais.

Ela não se permite entrar em pânico até chegar à Harlow Street e a ilusão se desfazer. Rebecca para o carro e bate no volante. Volta a levar os dedos à calcinha e sente mais sangue fresco.

As contrações ainda não começaram, mas ela sabe que logo vai sentir o primeiro puxão lento.

Rebecca só consegue pensar no bebê arroxeado e translúcido que vai sair dela. A cabeça e o corpo já devem estar proporcionais. Já haverá cordão umbilical. Princípios de cílios e sobrancelhas. Ela não quer segurá-lo na mão outra vez, não quer se ver no chão do banheiro.

Mas as escolhas são o chão do banheiro ou o pronto-socorro. Onde situações como a dela não são consideradas prioridade. Vão deixá-la se contorcendo, sofrendo e sangrando em uma cadeira na sala de espera até que uma baia vague, e depois alguém da residência sem nenhuma experiência gestacional vai lhe fazer perguntas lentas demais sobre seu histórico de doença familiar e se ela tomou ou não isso e aquilo. Depois, se tiver sorte, se houver vaga, ela vai ser levada para a seção de parto, onde vai ver mulheres com barrigas enormes cobertas por camisolas azuis tateando as paredes, se apoiando e respirando longa e audivelmente. Lá, talvez consiga uma cama, de onde vai ouvir a mulher da porta ao lado soltar uma risada incontida e deslumbrada ao ver seu bebê gritando, enquanto ela própria continua deitada em seu quarto vazio.

"Você está bem?"

A voz de Mara, do outro lado da janela do carro, soa distante. Rebecca tenta sair, mas não consegue se levantar. Mara leva a mão às costas dela, ajuda Rebecca a colocar a cabeça entre as pernas.

"Respire fundo. Está tudo bem."

Rebecca sente seu próprio cheiro, uma mistura de suor e sangue. Tem uma mancha escura no jeans agora.

"Seu bebê?", Mara pergunta. Ela contrai os lábios enquanto espera que Rebecca confirme. É o modo como Mara diz — *seu bebê*. A validação do que ela tem dentro de si.

Rebecca fecha os olhos com força enquanto assente. Mara a ajuda a ficar de pé e a leva até os degraus da frente da casa. Rebecca nota que ela ainda está de camisola.

"Seu marido não está em casa", Mara diz. A palavra "marido" soa amarga. Os olhos dela deixam Rebecca e vão para a porta da cozinha de sua própria casa. Há uma apreensão em Mara que deixa Rebecca desconfortável.

"Vou ficar bem, Mara, pode ir. Já passei por isso antes."

"Sei que passou, coitadinha."

Mara segura o queixo de Rebecca, que, com essa ternura, desmorona. Seus olhos se fecham e as lágrimas caem. Ela deixa Mara lá fora e segue devagar até o banheiro no andar de cima. Então se senta na privada, olha entre as pernas e fica vendo o fino fluxo carmim ondular na água como fumaça.

43

WHITNEY

NO HOSPITAL

Ela segura o ar e choraminga, pensa *não, não, não*, mas segue em frente, enquanto espera os bipes começarem e alguém vir tirar sua mão do tubo de ar. Para salvá-lo de sua própria mãe.

Começa a contar. Devagar. Os números se mesclam em sua mente.

É a única opção. Ela sente o alívio logo à frente, corre para alcançá-lo, está quase chegando.

"Está tudo bem?"

Whitney arfa e solta o tubo. Olha para a própria mão.

A enfermeira acende a luz do teto e se dirige rapidamente ao outro lado da cama. Whitney balança a cabeça e tenta encontrar as palavras. "Acho que tem algo de errado. Eu estava tentando consertar."

"Está tudo bem", a enfermeira diz, mas verifica os tubos, as ligações, olha para o monitor e ajusta o oxímetro no dedo dele. Whitney se sente tonta e se pergunta se vão levá-la dali, se vão prendê-la. Ela deveria ser presa. Com ela, ele não está seguro, nunca esteve.

Ela treme tão violentamente que tem certeza de que a enfermeira vai notar.

"Ele está bem?", Whitney pergunta.

"Hum?"

"Ele está bem?"

A enfermeira assente, aponta para o monitor, diz algo baixo, repete um número, verifica os gráficos, confere o número outra vez. Verifica o acesso no braço. Depois vai embora.

Então Jacob pigarreia. *Ah, meu Deus*, Whitney pensa.

Ele está na cadeira no canto do quarto.

Ela não o ouviu entrar. Quando ele entrou? O que viu?

Whitney se segura na proteção da cama de Xavier e olha para o chão. Seu rosto arde. Ele a teria impedido, ela imagina. Não teria deixado que fizesse o que estava prestes a fazer.

Mas, às vezes, ela sente que ele a está testando. Para ver até onde iria, antes que ele apareça para acompanhar, salvar, lembrá-la de quem ela precisa ser.

"Você deveria sair um pouquinho daqui", ele diz. "Precisa dormir. E ver os gêmeos. Eles sentem sua falta, e a de Zags. Eu fico."

Whitney balança a cabeça e mantém os olhos fixos no filho. Não vai deixá-lo. Ele não pode obrigá-la. Ela se agarra à proteção da cama. Não vai deixar ninguém a tirar dali.

Alguns minutos depois, ela ouve o roçar do jeans de Jacob quando ele descruza as pernas e se levanta. Ele não diz nada ao sair do quarto. Não trouxe nada para ela comer.

Ela acabou mesmo de fazer aquilo? Whitney olha para a própria mão. Talvez não. Talvez só esteja tão cansada que tenha alucinado. Ela não sabe quem era aquela mulher.

Whitney pensa nas mensagens, nas perguntas das autoridades, em quão perto está de perder tudo.

Ela baixa a proteção da cama. Desloca o corpo dele só um pouquinho. Primeiro os quadris, depois o tronco, devagar, então ergue sua cabeça com cuidado. Então se ajoelha na cama e se deita ao lado dele. Ela o encara, passando o braço sobre seu peito, sob os tubos e fios, encostando sua bochecha trêmula nele. Whitney não se importa se é permitido ou não. Não se importa se está descumprindo um protocolo de segurança. Vai ficar deitada na cama com o filho até que alguém leve um dos dois embora.

Ela pensa nos dois sentados juntos no chão do quarto dele, enquanto ele lhe explica tudo o que sabe sobre xadrez. Ela de pernas cruzadas, como as dele. Faz perguntas e toma notas para que ele se sinta importante. No verso de um papel usado, desenha uma placa dizendo NÃO PERTURBE! AULA COM ESPECIALISTA EM ANDAMENTO!, depois a cola na porta. Os dois passam uma hora assim, juntos no chão, e pela primeira vez ela presta atenção em cada detalhe. Como seus olhos se arregalam quando ele está pensando. Os gestos que copia do professor, a maneira como assente e a elogia tal qual um adulto. As palavras diferentes que usa. O modo como tira a franja dos olhos com cuidado, como se recolhesse uma cortina.

Então ela se lembra de um sentimento específico, um momento em um dia que de outra forma teria sido só mais um dia. Xavier tinha cinco meses. Ela estava cansada. Encontrava-se deitada no chão do quarto dele, sobre o tapete de lã grossa, olhando para a esfera de vidro fosco acesa no meio do teto, com a bomba transferindo seu leite para um saco plástico fino que seria fechado, datado e guardado no congelador. O cheiro de vaselina não saía de seu nariz. Ela era embalada pelo ritmo do motor em sua mão. A luz acima de repente pareceu a lua. O quarto pareceu ser seu mundo inteiro, o que não era o bastante. Nada daquilo era o bastante, nem mesmo o bebê que ela amava, no quarto ao lado, sendo posto para dormir pelo pai. Foi então que ela pensou: *Sempre vou desejar mais.*

* * *

Ela consegue ouvir as máquinas. Ele continua vivo. Ela não o matou. Nunca o teria matado. Na confusão do despertar, ela vive o alívio de não sentir nada por uma fração de segundo antes que a lembrança do que fez a tome outra vez. Ela quer voltar ao esquecimento do sono, mas a voz de Jacob a tira dele. Whitney ouve outras pessoas também. Sente um cheiro forte de café e abre um olho para ver se o sol está no céu do outro lado da veneziana, se dormiu o dia todo ou apenas quinze minutos, mas naquele quarto é impossível acompanhar o ritmo diário.

"É positivo, mas em geral a progressão é lenta."

"Vamos adiar a cirurgia por ora."

"É um momento crítico."

Jacob está prometendo que vai acordá-la, está agradecendo por fecharem os olhos para as regras daquela vez. Whitney sente alguém da enfermagem atrás dela trocar os frascos, ouve o barulho dos clipes dos tubos abrindo e fechando. Sente cheiro de esparadrapo, de mãos higienizadas acima de sua cabeça.

A respiração de Jacob em seu ouvido. Um movimento. Ele está dizendo que Xavier tentou abrir os olhos enquanto ela dormia ao seu lado. Que ele devia ter sentido que ela estava ali. Ela leva os lábios ao rosto de Xavier e o enche de beijos, até que o marido a pega pelos ombros e a afasta do filho.

44

WHITNEY

OITO ANOS ANTES

Se ela tiver que identificar o momento pelo qual anseia, é o da penetração. A submissão envolvida no ato. Tenho você, você está em mim, você se rendeu. Ela sabe que é animalesco. Os dentes do predador em um pescoço.

Enquanto o elevador do hotel sobe, ela pensa em como chegar àquele ponto o mais rápido possível, se pode pedir a ele para se sentar ao pé da cama e ficar assistindo, enquanto ela elimina a necessidade das pontas dos dedos ásperas dele em sua pele, da retirada performática da lingerie. Nenhuma parte daquela troca a interessa, embora eles pensem que sim, pensem que estão fazendo por merecer o que virá em seguida. Mas o tesão dela está na possibilidade — em dar permissão a si mesma.

Ela está em Paris, a negócios. É sua última noite na cidade. Suas alianças estão no cofre do hotel.

Ela coloca o celular com a tela para baixo na mesa de cabeceira, no silencioso.

Há lingeries que ela guarda só para essas ocasiões, com o intuito de não misturar os prazeres.

O cheiro das azeitonas dos drinques no hálito, os guardanapos nos bolsos dos paletós. As meias, os clipes de colarinho às vezes deixados para trás, jogados no lixo depois que eles vão embora, antes que ela lave o rosto, tire a vermelhidão das bochechas, escove os dentes duas vezes e então passe enxaguante bucal com sabor de hortelã. Tudo vai embora, tudo, e ela se permite acreditar que é fácil assim.

Só que dessa vez há uma batida à porta às sete da manhã, enquanto ela está posicionando a bomba no mamilo. Seus peitos estão quase explodindo.

Ela só teve quatro horas de sono.

O marido. O marido inesperado. Ele pegou o voo noturno para Paris, para fazer uma surpresa, o tipo de surpresa que exige semanas de planejamento e arranjos secretos quanto aos cuidados das crianças. Ele tem dois cafés nas mãos.

Ela ainda está inchada e úmida entre as pernas quando ele a apalpa na cama. Vai pensar que é por causa dele. Isso e seu rosto corado, seu coração batendo forte quando ele leva a cabeça ao peito dela.

Depois os dois pedem café da manhã no quarto e conversam sobre seu único filho. O filho do qual ela não sentiu falta até ver o marido no corredor, diante da porta do quarto de hotel. Ainda nus, seus pés se esfregando, eles veem vídeos desse filho. O primeiro mergulho na parte funda da piscina do condomínio, o rosto contraído de quem provou purê de maçã pela primeira vez. Coisas que importam mais do que qualquer mãe ou pai poderia imaginar.

Seus olhos o seguem pelo quarto, e agora que os dois não estão se tocando ela se permite alguns segundos de terror. Se ele não tivesse pego o voo noturno. Se tivesse chegado na noite anterior. Ele liga para retirarem o carrinho do café da manhã. Dá uma olhada nas revistas na mesa onde está o telefone.

"O que é isso?"

Tem um bilhete. Em um daqueles bloquinhos que os hotéis sempre deixam à disposição.

Ninguém nunca deixou um bilhete. Ela nem pensou em procurar. "O quê?"

Ela se esforça ao máximo para parecer surpresa. Para parecer que acha graça até. Senta-se e procura se firmar enquanto a própria estrutura de seu corpo se desintegra. Ela parece flutuar acima de ambos. Parece assistir a tudo de outro lugar.

Ele não olha para ela. Arranca a folha do bloquinho retangular e a joga em sua direção. O papel parece cair em câmera lenta até pousar sobre o volume dos pés dela sob a coberta.

O nome dela não aparece. O bilhete poderia ter sido deixado para qualquer outra pessoa.

Você foi foda demais. Vamos manter contato?

O celular dele, o nome dele.

"Parece que a última pessoa que ficou neste quarto se divertiu muito", ela brinca. "Mas, porra, alguém poderia se encrencar por isso. Sinceramente... dá pra imaginar a arrumadeira deixando de propósito, porque achou que seria engraçado."

"Talvez." Ele pega uma revista sobre aquela rede de hotéis, mas a devolve quase que de imediato.

Deve estar pensando na possibilidade. Ele pega o jeans do chão, tira o cinto dos passantes. Fica quieto. Não desfaz a mala, como de costume.

Ela sente que estão perto de implodir. Precisa falar alguma coisa.

"Tenho a tarde livre, depois de uma reunião às onze e um almoço de trabalho."

"Legal."

"Podemos dar uma volta, beber alguma coisa, ficar vendo as pessoas passando..."

"Tá."

Ele olha o celular. Alguém chega para recolher o carrinho do café da manhã. Ela entra no chuveiro, se abaixa, apoia os cotovelos nos joelhos.

Quando sai do banho, com a toalha enrolada no corpo, o bilhete está na mesa de cabeceira, perto do celular dela.

Só então lhe ocorre que o marido poderia ligar para aquele número.

Ela precisa se livrar do bilhete, e depressa.

Então ela compreende algo. Jacob deixou o bilhete ali por algum motivo. Convença-me de que estou errado, o papel lhe diz.

Ela se senta ao lado dele na cama. Ele está lendo algo no celular, com um braço atrás da cabeça.

"Por que você pôs o bilhete aqui?", ela pergunta. "É desagradável. Me faz pensar que tinha uma prostituta neste quarto antes da gente."

Ela faz uma careta, fingindo brincar. Amassa o papel e o joga no lixo sob a mesa. Dali, tem apenas um caminho a seguir. Sempre teve apenas um caminho a seguir. Ela abre o guarda-roupa e suspira.

"Manga curta? Como vai estar o tempo hoje, você sabe?"

Ele ergue o rosto, mas não responde.

45

WHITNEY

NO HOSPITAL

A enfermeira está perguntando se ela quer ajudar.

Whitney sente uma toalhinha molhada nas pontas dos dedos, então sua mão é mergulhada em uma bacia com água morna. Tem um sabonete Ivory ali. Ela deveria saber o que fazer a seguir. É a mãe.

Mas está em outro lugar.

Os dedos dele dentro dela. Whitney consegue senti-los, o modo como ele a acaricia. Ela não consegue tirar isso da cabeça, nem mesmo enquanto vê a enfermeira abaixar com todo o cuidado a bata hospitalar do filho.

O hálito quente dele em sua orelha. Ela lhe diz exatamente o que dizer, e ele diz. Ela tenta não se sentir agora como se sente quando isso acontece. A enfermeira lhe diz para encher o pano de espuma.

Ela comprou passagens de avião para Jacob ir a feiras de arte, exposições, lugares em que precisaria passar vários dias seguidos. Tinha feito parecer que era um favor para o marido. Ele sempre a abraçava e dizia que ela era a melhor esposa do mundo. Que era grato. Então a abraçava por mais tempo que o normal antes de ir para o aeroporto.

A enfermeira está levantando o braço do filho de Whitney e apontando para que ela se aproxime. Ela torce um pouco o pano.

Whitney sempre limpa tudo quando terminam, com uma caixa de lenços que mantém no galpão. Lenços que eles usam para limpar o nariz das crianças. Ela nem sempre consegue limpar tudo, sabe que às vezes o chão do galpão fica sujo de gozo, perto da prateleira, e que pela manhã Louisa e as crianças entram ali para pegar caminhõezinhos, cordas, a mangueira.

Agora a enfermeira está segurando a mão dela, mostrando-lhe o que fazer, como tirar o cheiro da axila em três movimentos suaves.

Ela pensa nele quando Jacob a faz gozar na cama, quando Jacob diz seu nome, diz como ela é linda. Diz que a ama. E ela o ama também, ela o ama tanto que o que fez com todos eles poderia matá-la.

Sua mão está na água morna outra vez, e a enfermeira levanta a bata dele até a cintura agora, dizendo para ela fazer mais espuma.

Ela volta a sentir uma queimação na garganta. Poderia vomitar na bacia. Não consegue se virar e olhar para o rosto do filho, por isso entrega à enfermeira o pano ensopado e ouve a água escorrendo no chão. A enfermeira diz que está tudo bem, mas não está.

Houve outros, muito antes desse, logo depois que Xavier nasceu. Outros dedos dentro dela, outros sussurros em seus ouvidos. Eventos únicos que ela foi hábil em esquecer, assim como seus rostos e a paleta de cores de seus hotéis luxuosos. Tudo um grande branco. Whitney nunca dava seu sobrenome, não porque temesse que fossem procurá-la, mas porque seu sobrenome era o sobrenome de Jacob, e ela nunca seria capaz de mencioná-lo.

Nunca teve nada a ver com Jacob, nem mesmo naquela época.

Tem a ver com o modo como ela precisa se sentir fora dele, separada de todos eles. Das responsabilidades, das expectativas que carrega em seus ombros há décadas. Dos três filhos que não cria bem. Daqueles com quem sempre vai falhar, não importa quanto dinheiro tenha ou o quanto se esforce.

Ela acredita que pode sobreviver a tudo isso, e tudo isso lhe parece até palatável, quando exercita essa pequena liberdade.

Mas é claro que não se trata de liberdade nenhuma.

A enfermeira está falando com ela sobre a resiliência milagrosa das crianças, do corpo jovem e resistente delas. Da esperança que deve manter enquanto mãe. Suas pálpebras palpitaram quando ela se deitou com ele, talvez voltem a palpitar caso ele sinta sua presença calma e amorosa. Talvez até se abram. Whitney quer enfiar o pano na boca da enfermeira, quer ficar sozinha com o filho, sem ouvir outra voz. Mas a mão da enfermeira agora está em seu ombro.

Nada naquilo foi imprudente, como dizem que os casos são. Ela nunca é imprudente. O que fez nos últimos nove meses foi calculado. Há riscos e benefícios, há pessoas boas para quem ela mente, famílias que ameaça, e há vergonha nisso tudo. Muita vergonha. No entanto, sempre pareceu valer a pena, todas as vezes.

Até que ela começou a se sentir cada vez mais voraz. E o desejo de ser excitada por ele passou a se fazer presente em sua mente quando não deveria. Ela começou a ficar ansiosa se passava um dia sem vê-lo, sem o lembrete de que poderia experimentar aquela sensação de novo, se precisasse. E tinha a ver com ele, especificamente? Ou se tratava simplesmente de ele não ser o marido que era melhor do que ela, de não ser uma obrigação implacável, de ela não falhar com ele sem parar? De ele não estar fundido a ela como um metal pesado?

O prazer se tornou um hábito. Não havia mais controle, nenhum controle.

Agora, ela está batendo o punho contra o coração. Está revivendo a noite de quarta.

A enfermeira diz que vai pegar um copo de água, que ela precisa se cuidar. Ser forte. Que sua família precisa dela. A mulher a guia de volta até a cadeira do outro lado de Xavier. Mas ela não quer o copo de isopor nos lábios. Não quer se sentir forte. Sentia-se forte antes. Sentia-se invencível, por décadas sentiu que tinha as rédeas em suas mãos. E agora se cansou. Ela se rende.

46

SETEMBRO, QUINTAL DOS LOVERLY

Aiden e Blair são os únicos convidados que restam. O pessoal do bufê já foi embora. Os gêmeos estão na cama. Blair ajuda Whitney a arrumar a bancada da cozinha, a embalar as sobras de comida que eles estavam beliscando. Estão mais quietas do que de costume.

Chloe e Xavier entram na cozinha, e ele tira o plástico de uma bandeja de sobremesa, coloca os dedos nas frutas cuidadosamente arrumadas e tenta pegar uma fatia de abacaxi. Chloe se encaixa debaixo do braço de Blair e leva o rosto ao peito dela.

"Não põe a mão na comida, Xavier, por favor", Whitney diz.

"Quer jogar xadrez com a gente?", Xavier pergunta apenas a Blair. Whitney tira a mão dele das frutas. Ele resmunga, ela o manda ficar quieto. Limpa os dedos dele com o pano de prato. Tira uma taça de vinho perigosamente posicionada na beira da ilha. Ele está sempre fazendo o que ela não quer, e ela gostaria de não enxergar essas coisas, de ser cega àqueles incômodos.

"Eu adoraria jogar, Xavi, mas está ficando tarde." Blair toca o cabelo de Xavier enquanto a animação dele murcha. Acaricia seu braço e busca os olhos dele até encontrá-los. Blair abre um sorriso simpático, e o garoto volta a se iluminar. Whitney observa tudo e se pergunta se a amiga nunca falha. Grita. Berra.

"Pode dar tchau, Xavier. E já pro banho", Whitney diz, mas ele a ignora.

"Sabia que o jogo de xadrez mais longo da história teve duzentos e sessenta e nove movimentos? Ou talvez seiscentos e vinte e nove." Ele se dirige a Blair, mas olha para Whitney antes de voltar a falar. Ela está rearranjando as frutas em um prato menor, evitando os olhos dele. "Uma vez, disputei uma partida com, tipo, cento e vinte movimentos. O professor do clube de xadrez disse que foi o jogo mais longo que ele já viu."

"Nossa, parabéns. Quer ir lá em casa semana que vem me dar outra aula?"

Ele assente, mergulha os dedos na cobertura dos cupcakes e os lambe. Não é de falar tanto. Whitney observa em silêncio. Deseja que Blair vá embora.

"E sabia que o voo mais longo de um aviãozinho de papel foi de vinte e nove vírgula dois segundos? Era um modelo chamado Star Fighter. Já fiz um desses. Tem que beliscar o nariz, assim." Ele aperta o nariz de Chloe entre o dedão e o indicador, e ela ri antes de afastá-lo.

"Xavier, eu mandei subir."

"Chloe, pode dizer ao papai que é hora de ir embora?" Blair lhe dá um beijo e um tapinha na bunda, depois solta um suspiro. Como se não houvesse nenhuma tensão no ar. Naquela noite, o fingimento faz Whitney se sentir tola, como se, por pena, Blair estivesse lhe fazendo um favor.

"Vamos fingir que nada aconteceu?", Whitney pergunta.

Blair fica chocada com as palavras de Whitney. Não consegue encontrar resposta. Não é isso que fazemos uma pela outra?, ela pensa. Fechamos os olhos? Protegemos a dignidade uma da outra? Como ousa fazer isso comigo, Blair pensa, como ousa me humilhar? Que Whitney tenha a coragem de mencionar os olhares de Aiden a deixa chocada. Elas nunca entraram em confronto, e o desconforto as engole. Blair se vira para o quintal, nos fundos da casa, para verificar se Aiden está vindo. Para se certificar de que Chloe não pode ouvi-las.

Então Whitney diz: "O modo como gritei com ele lá em cima. Perdi o controle. Foi péssimo, não foi?".

Blair solta o ar. Os gritos, é disso que ela está falando. Os braços de Whitney estão cruzados agora, como se reconhecesse que tinha feito uma escolha de vestido questionável para um churrasco entre vizinhos. Blair vê que a ousadia finalmente a deixou. Ela fecha a torneira e torce o pano de prato. Sabe que não estão falando sobre o fato de Whitney tê-lo tratado com crueldade. Sabe que estão falando do fato de que todo mundo ouviu.

"Olha, você não pode ficar se remoendo. As pessoas logo vão esquecer."

"Não vão, não."

"Xavi já esqueceu. Estava ótimo agora." Ela sabe que vai doer apontar como o filho de Whitney fica alegre em sua presença. Whitney pressiona a mão contra a testa.

Blair pode insistir que os gritos não foram tão ruins quanto foram, pode falar até Whitney se convencer. Pode mentir para fazê-la se sentir melhor. Mas pensa nos seios perfeitos de Whitney à mostra, pensa na conta do bufê, paga sem nem conferir o total, pensa em Whitney puxando-a para dançar sabendo que ela detesta dançar, e decide que não quer facilitar as coisas ainda mais para a amiga.

"Mas aquilo que você disse sobre Xavi, para as mães da escola... depois... sobre ele estar enfrentando problemas sérios e vendo um especialista comportamental... É verdade?"

Whitney deixa de lado a bandeja de sobremesas. Sua mandíbula se move e Blair se arrepende de ter tocado no assunto. Eram coisas diferentes, a demonstração de raiva constrangedora e a mentira sobre o filho.

"Eu tinha que dizer algo a elas, Blair. Já me acham uma mãe de merda."

"Não acham, não. Elas sabem que você tem muito com o que lidar." Ela faz uma pausa. Poderia continuar reconfortando Whitney. Em vez disso, no entanto, diz: "Eu só queria saber se está tudo bem com ele. Se não tem nada te preocupando em relação a ele. Se ele está com dificuldades, se...".

"Foi uma mentirinha inofensiva. Ele está bem, você sabe disso."

Pela primeira vez, Blair se permite pensar: *Sei mesmo? Sei que Xavier está bem? Whitney realmente acredita que ele está bem?* Ela pensa na sensação de ter sido o alvo daquela raiva explosiva. Na frequência com que aquilo acontece. Em como o menino era agradável e fácil quando ia à casa dela sem a mãe.

Whitney está prestes a dizer alguma coisa quando Aiden e Jacob chegam do quintal.

"Ótima festa, Whit, muito obrigado." Aiden toca o ombro dela e lhe dá um beijo na bochecha em despedida. "Tenho uma garrafa de tequila de trezentos dólares com seu nome nela, presente de um cliente. Você tem que experimentar. Um dia eu trago."

"Quando quiser, claro." Mas Whitney se mantém ocupada, mexendo no plástico, e não olha para ele. Chloe o puxa, tirando-o do lado dela e levando-o para a porta.

Whitney dirige um último olhar a Blair na cozinha que

diz: *Achei que você estava do meu lado. Achei que podia contar com você para melhorar a situação.* O que Blair nunca admitiria é que não é a raiva o que mais a preocupa, ou mesmo a mentira que Whitney contou sobre Xavier. O que ela não consegue esquecer é como mentir não lhe exigiu nenhum esforço. A facilidade com que as palavras pareceram sair da boca de Whitney.

Blair já está seguindo sua família quando ouve a voz de Whitney, baixa.

"Blair, só mais uma coisinha."

Whitney olha por cima do ombro para a porta da frente, onde Aiden está falando com Jacob, e Chloe está amarrando os sapatos. Eles não podem ouvi-las. As mãos de Whitney deslizam para trás dos quadris e ela morde o lábio inferior, o que deixa Blair nervosa. Whitney abre a boca, tem algo que precisa dizer, algo que endurece seus olhos, indicando a Blair que é Whitney que tem pena dela agora. Que Blair também tem motivo para ficar preocupada. Naquele momento de silêncio, Blair sabe que não pode se permitir ouvir o que quer que saia da boca de Whitney a seguir. Tem a terrível sensação de que será algo relacionado a Aiden. Então a corta antes que a primeira palavra saia.

"Preciso mesmo ir, Whit, desculpa."

Whitney trinca os dentes. Blair acha que ela vai se irritar, mas na verdade parece aliviada. É esse alívio que vai preocupá-la mais que qualquer outra coisa quando, nos dias seguidos, Blair pensar sobre a festa. Antes de Whitney retornar ao filme, Blair sente que ela olha para seu short verde--oliva, com os bolsos estourando e a bainha amassada. Depois que chega em casa e se troca, Blair o joga na lata de lixo do lado de fora.

47

BLAIR

Blair se senta no banco perto da porta, com o cartão de Chloe e o aviãozinho de Xavier nas mãos. Vinha pensando que Whitney poderia estar envolvida com o que aconteceu com Xavier, mas talvez sua própria filha seja a responsável. Ela não sabe se consegue ir ao hospital, ciente do que Chloe fez. Digita frases no Google que lhe parecem impossíveis: *Uma criança de dez anos pode cometer suicídio? Taxas de suicídio entre crianças com menos de doze anos.* Ela sente uma pressão na cabeça, da nuca até as têmporas. Xavier é tão novo. Mas agora Blair consegue ver — havia algo de sombrio nele. Uma tristeza contínua. Era com isso, em parte, que Whitney não conseguia lidar — a cara amuada, a inquietação dele. A ansiedade.

"Ela ficou bem na escola?"

Aiden assoma sobre ela, com o paletó pendurado no dedo indicador; está atrasado para o trabalho.

"Acho que sim. Mandei um e-mail para a professora, não sei o que a escola sabe. Ela cruza os dedos trêmulos sobre as pernas. Não consegue repetir o que Chloe lhe contou na farmácia. Precisa controlar aquilo e fazer com que desapareça. E se Xavier morrer? Ela não pode permitir que carreguem o fardo da culpa nos anos seguintes, com as crianças na escola, os professores. Os pais. Não vai permitir. Precisa ser rápida e agir antes que todo mundo chegue a uma conclusão quanto ao que causou aquilo. "Acho que vou ao hospital outra vez, ver Whitney."

Trêmula, ela observa Aiden se curvar para pegar os sapatos sociais. Espera que ele reaja à menção do nome de Whitney, mas não. Blair passou a última hora inteira sem pensar na possibilidade de os dois estarem transando. Não consegue decidir se está arrependida ou não de ter mostrado a chave ao marido.

"Posso perguntar uma coisa?", ela diz, devagar. Quer ter tempo de voltar atrás. Mas essa é sua família. Sua filha. "Você acha estranho ninguém estar falando sobre como Xavier caiu? Por que ele estava acordado tão tarde da noite e debruçado na janela? Ele estava sozinho mesmo?"

Aiden suspira e amarra os cadarços. "Não sei, não pensei muito nisso. Devem ter feito algumas perguntas no hospital e se convencido de que foi um acidente inocente. E não adianta nada especular, adianta?"

Blair abre o cartão e lê a mensagem de Chloe. **Te amo, Xavi. Quero ser sua amiga pra sempre.** "Mas se você tivesse que especular. Se tivesse que chutar."

Ele apoia os antebraços nos joelhos e mantém o rosto abaixado. Assente de leve enquanto pensa. "Você está sugerindo que Whitney perdeu a paciência com ele."

Blair fica em silêncio. Se Aiden estiver tendo um caso com Whitney, vai querer se afastar agora, quando o mundo dela está à beira do caos. Não se pode confiar que Whitney vá permanecer discreta, no estado em que se encontra. O caso precisaria terminar. Talvez ele tenha ficado abalado ao ver a chave. Talvez tenha decidido começar a se proteger. E talvez aquilo pudesse ser usado a favor de sua família.

Blair quer que ele continue falando, que inicie uma nar-

264

rativa que os dois poderiam desenvolver até que comece a parecer verdade. Precisam de uma teoria diferente daquela envolvendo Chloe. Algo que Blair possa plantar, discretamente, em todo mundo que perguntar. A avalanche de mensagens logo vai vir, a qualquer momento. Ela insiste. "Acidentes acontecem, claro. Mas não faz muito sentido. Jacob não estava lá, Louisa já devia ter ido pra casa. Se ele acordou e não voltou mais a dormir... se ele estivesse sendo difícil com ela... se estivesse sendo irritante. Deixando Whitney brava. Ela poderia ter... explodido."

Blair poderia mencionar a caneca de café no quarto de Xavier, mas então teria que contar a ele que esteve na casa. Ela espera por uma reação, mas Aiden mantém os olhos no chão.

"É uma suposição muito séria a fazer."

Ela fica em silêncio. Ele parece pensar, parece estar testando a ideia. Então diz:

"Acho que você a conhece melhor do que qualquer outra pessoa." Ele pensa um pouco mais. "Certamente é possível. Mas, se algo desse tipo aconteceu naquela noite, Whitney não vai admitir pra ninguém, disso podemos ter certeza. Vai mentir até o fim."

A cabeça de Blair pulsa enquanto ele fala, a tensão em suas têmporas é cada vez maior. Ela fecha os olhos. Ele tem suas próprias motivações para concordar com isso, ela sente. A implicação a enoja, mas é disso que precisa. Algo que possam mencionar a Rebecca, preocupados. E às mães da escola, que vão querer saber mais. "Por que você diz isso?"

"Olha, não quero falar mal dela, muito menos agora. Mas Whitney sempre se coloca em primeiro lugar, não acha? Por que seria diferente agora?" Ele dá de ombros. "E se Xavier não resistir... ela não vai ter ninguém que a contradiga."

"Aiden." Essa aspereza, essa frieza não são típicas dele.

Aiden costumava achar que Whitney era incapaz de errar. Algo mudou. E, embora Blair precise disso, a deslealdade dos dois é perturbadora. Ela pensa em como Xavier parecia sem vida na cama do hospital. Nas sequelas com que talvez fique se sobreviver.

"Desculpa, sei que é duro. Mas você perguntou. Eu ouviria tudo o que ela diz com um pé atrás." Ele volta a se inclinar para amarrar o outro sapato. Pega a pasta. Está prestes a sair quando se vira. "Acha mesmo que deveria ir ao hospital hoje? Ontem parece ter sido um dia difícil pra você. Fica em casa e tenta esquecer um pouco essa história."

Ela consegue ver no rosto dele. Ontem, Aiden havia insistido que ela fosse ficar ao lado de Whitney o mais rápido possível, mas agora ele não quer as duas juntas. Aiden quer que ela pense que Whitney é uma mentirosa. Uma pessoa ruim. As bochechas dele estão coradas, o que não é comum. Sua testa está suada. Blair olha para a ventilação soprando ar fresco ali no vestíbulo, para os pelos arrepiados de seus próprios braços. Ela sabe que tem que ver Whitney outra vez.

48

MARA

O modo como os pneus de Blair cantaram ao sair faz Mara se perguntar se chegaram más notícias. Se ela estava indo para o hospital. Talvez se surpreenda ao ver quem mais está lá. Embora não seja da conta dela, como a maior parte das coisas que vale a pena saber nos últimos dias. E aquelas mulheres com certeza não se esforçam para saber da vida dela.

Mara cruza os tornozelos e os braços. Faz friozinho na varanda esta manhã, mas ela não consegue se convencer a se trocar, escovar os dentes, comer. Não se concentra em nada desde ontem. Ela se pergunta quanto tempo vai demorar para que alguém note que seu marido sumiu. Os vizinhos não conheciam Albert, assim como não a conhecem, mas se conhecessem achariam que era um bom homem, como todo mundo achava. Trabalhador. Do tipo que faz todas as perguntas certas em uma conversa. Sessenta e dois anos de casamento, diriam, sem conseguir acreditar. Repetiriam o número várias vezes, tentando imaginar como seria. Mara ficaria surpresa se algum deles descobrisse por conta própria.

Todos vão querer pensar que ela ficou devastada no minuto em que o coração dele parou de funcionar, no chão da cozinha.

A crueldade dele vivia encoberta.

As pessoas raramente são o que parecem.

Mas, às vezes, são as boazinhas que fazem as piores coisas.

Ontem, ela ouviu Albert chamá-la da cozinha quando estava sentada no sofá do porão, prestes a dobrar a última pilha de roupa lavada.

"Pelo amor de Deus, ele não pode esperar cinco minutos?", Mara resmungou consigo mesma.

Havia dito duas vezes a Albert que ia cuidar da roupa. Não podia subir só para ver o que ele queria e depois descer para terminar de dobrar e subir de novo com o cesto. O que quer que Albert quisesse teria que esperar.

Ele a chamou de novo. Duas vezes. Três vezes. Ela parou de dobrar e ficou com a camiseta amarelada que ele usa por baixo da camisa nas mãos. Então ouviu algo bater na mesa da cozinha, o retintim das pernas de metal da cadeira, o baque no chão.

Seu coração deu um pulo. Ela ficou parada e olhou para a pilha de roupas do marido. Outro barulho se seguiu, um grunhido, um gemido, depois talvez o nome dela. Então definitivamente o nome dela. E talvez uma prece murmurada. De canto de olho, ela pensou ter visto a forma de Marcus, perto da cadeira que costumava ficar à mesa da cozinha antes que Albert insistisse que não precisavam mais dela. Etéreo, como fumaça. Mara virou o rosto para o pé da escada do porão e ficou ouvindo.

Ela pegou a camiseta que estava no colo e a dobrou no meio. Depois a dobrou mais uma vez. Ouviu algo bater no chão, talvez o pé dele. Com os braços trêmulos, Mara colocou a camiseta na pilha instável. Então pegou a calça de moletom azul-marinho de Albert. Alisou-a. Engoliu em seco. Dobrou-a.

Uma ambulância. Ela precisaria chamar uma ambulância. Só ia dobrar mais uma peça. Não procuraria a figura de Marcus outra vez, não permitiria que sua mente a provocasse assim.

Mara pegou outra camiseta de Albert manchada nas axilas e na gola. Sua boca ficou seca e ela não conseguiu engolir mais quando olhou para o algodão canelado. Ela pensara na possibilidade ao longo dos anos, em como seria. Até fantasiara. Mara dobrou a camiseta. Pegou outra peça. E depois outra. E depois outra. E depois outra.

"Vou subir agora. Vou, sim", ela sussurrou para si mesma uma hora, quando estava certa de que os ruídos tinham cessado lá em cima. Quando estava certa de que seria tarde demais. Ela sentiu as pernas fracas ao ficar de pé. Apoiou o cesto no quadril e foi devagar pelo porão até o pé da escada. Poderia jurar que sentia a presença de Marcus ali.

"Não sei o que aconteceu, subi e fiquei em choque quando o encontrei caído", foi a mentira que ela contou aos socorristas. "Ele tem um problema no coração."

Quando lhe deram um minuto para se despedir dele a sós na cozinha, ela aproximou os lábios do ouvido dele, como Marcus fazia antes que Albert acabasse com seus sussurros. Então lhe disse aquilo que queria dizer há décadas:

"Odeio você pelo modo como o tratou. Sempre desejei que você tivesse morrido no lugar dele."

49

BLAIR

Ela mostra o crachá de visitante ao passar pela recepção da ala, então pega o corredor que leva ao quarto de Xavier. A mesma pessoa de ontem lhe diz que Jacob acabou de sair para passar algumas horas com os gêmeos. Ela está mais nervosa do que no caminho até ali, quando estava determinada a descobrir o que realmente vinha acontecendo. Todos os sussurros que Blair é mestre em ignorar estão gritando com ela agora, enquanto no carro tudo o que sentia era confiança. Ela sabia de algo. Podia confiar em si mesma. A chave, o modo como Whitney a tratou ontem, como Aiden queria convencê-la de que Whitney era uma mentirosa.

Mas agora Blair olha para a porta do quarto de hospital com sua convicção abalada. Não consegue tirar as palavras de Chloe da cabeça. O peso da culpa a oprime. Ela entra devagar, imaginando se Whitney vai mandá-la embora outra vez. Whitney continua na mesma cadeira, com o suéter que Blair trouxe jogado nas costas, acariciando a mão de Xavier com o dedão. Não levanta os olhos.

Há mais máquinas do que da última vez, mais sacos com líquidos entrando nele. Tem um pedaço de gaze sobre seu coração e dois tubos finos e brancos pendurados dele, a outra ponta entra em um buraco em seu pescoço. Uma parte de seu cabelo foi raspada. Ele mal parece estar ali. Blair tinha se esquecido das pálpebras inchadas, do colar cervical. Ela leva os dedos aos olhos para conter as lágrimas. Da cadeira do outro lado da cama, pega a mão dele, quente e caída.

Ninguém ligaria se você morresse.

Ele já parece morto.

Blair sente a cabeça girar.

Xavier só tem dez anos. Mas é esperto para a idade. Não era o mesmo menino nesse último ano letivo. Vinha ficando amuado, enquanto a filha dela florescia. Vinha se retraindo, enquanto Chloe se aproximava das outras meninas. Blair sente a vergonha crescer. Estava criando a filha para ser gentil e boa, mas, em algum momento, fracassou.

Ela aproxima a boca do ouvido de Xavier.

"Chloe não estava falando sério", sussurra. "Ela sente muito mesmo."

Uma enfermeira bate à porta para avisar que alguém da cirurgia vai passar logo mais. Blair se levanta e enxuga o rosto. Não pode armar contra Whitney — não pode tentar torná-la a vilã quando sua própria filha é a culpada pelo que aconteceu. Não seria certo. Ela não é esse tipo de pessoa.

Mas Blair precisa que Whitney lhe dê uma razão para parar de pensar o pior em relação a ela e Aiden, para deixar de lado a obsessão pela chave. Qualquer coisa.

"Fiz algo de errado?", Blair pergunta. Sua voz treme. "Ou é por causa de Chloe?"

Whitney finalmente tira os olhos de Xavier. Mas não olha para Blair, e sim para a parede. "Não posso falar sobre isso agora, Blair, pedi que não..."

"Por causa do que Chloe fez no recreio?"

Whitney fica estranhamente imóvel.

"Por favor, Whitney. Somos amigas." Blair estende a mão

para tocar o braço dela. Quer sacudi-la para que acorde, beliscá-la para que fale, dar um fim àquela tensão ridícula entre as duas, mas Whitney recolhe o braço.

"Por favor, Blair." Whitney parece irritada com ela. Balança a cabeça. Fecha os olhos por um momento, como Blair já a viu fazer quando está frustrada com as crianças. Ela volta a olhar para o filho.

Blair se sente humilhada. Estava errada — as duas não são mais amigas. Ela não significa grande coisa para Whitney.

Traí-la deve ter sido fácil.

A chave que ela encontrou na gaveta de Whitney está no bolso de seu casaco. Uma granada sem o pino. Blair a saca e a segura a centímetros do rosto da outra.

"Por que isso estava com você?", Blair pergunta.

Devagar, Whitney olha para o chaveiro de Aiden. As iniciais. Sem piscar. Então inclina o rosto, como se algo tivesse acabado de lhe ocorrer. Algo que finalmente tira sua mente do transe. Só então Blair se dá conta de que também vai ter que dar uma resposta.

Whitney levanta os olhos. "Eu poderia perguntar a mesma coisa a você."

50

REBECCA

Faz três horas que ela começou a sangrar. As contrações ainda não começaram, mas ela tomou três comprimidos anti-inflamatórios. Quer evaporar para um lugar onde não sinta nada. Está quase dormindo, pensando em si mesma na mesa da sala de cirurgia, cortando-se com um bisturi, abrindo suas entranhas, jogando cada uma de suas partes reprodutivas em um carrinho de metal e chutando-o pela sala esterilizada, o tilintar dos instrumentos, as bacias de aço batendo no chão, o útero explodindo como uma bexiga cheia de água. Até que o respingar a desperta.

Ela abre os olhos e vê o abajur na mesa de cabeceira, o copo de água vazio, seu caderninho. Três segundos, quatro, e se lembra. Não quer passar pelo que está por vir.

Depois disso, não há mais chance. É isso. Não há mais nenhuma esperança, e a injustiça é insuportável. Ela se vira e enfia a cara no travesseiro.

No andar de baixo, perambula pela cozinha, empurra coisas, as cadeiras, o lixo. Atira a chave longe. Espera que a dor apareça em sua lombar conforme a névoa dos remédios passa. Seu cérebro reconhece o que está vindo e seu corpo fica tenso, já exausto. Saliva se acumula sob sua língua e ela cospe, com a cabeça inclinada sobre a pia.

Ben não escreveu e não ligou. É quase meio-dia. Seu rosto se contrai de arrependimento por ter contado sobre a gravidez. Quatro horas e meia cedo demais. Ela soca a porta do armário.

Ele poderia chegar em casa a qualquer minuto e lhe dizer que voltou a sentir esperança. Que é a melhor chance deles. Que a perdoa, que é grato por ela nunca ter desistido, que no fim das contas ela estava certa quanto aos milagres. E ela vai desmoronar.

Rebecca vai até a janela da sala, com as mãos na lombar, procurar por ele. Ela se depara com um movimento entre cor-de-rosa e coral — a camisola de algodão de Mara, à brisa. Ela está nos degraus da frente. Não foi embora. Rebecca abre a porta, mas Mara mal se vira ao falar.

"Só queria me certificar de que você está bem", Mara diz.

"Obrigada. Mas pode ir, de verdade. Sua porta ficou aberta." Ela acha que está ouvindo o telefone de Mara tocar. "Albert está em casa? É o seu telefone tocando?" Mara não parece ouvi-la. "Ben logo vai chegar. Está tudo bem, de verdade."

"Ben foi ao hospital. Eu o ouvi falando com o taxista quando saiu." Ela aponta para a rua.

"O hospital?" Rebecca pensa no pronto-socorro aonde os dois foram da primeira vez. Não consegue entender como ele sabe que ela está perdendo o bebê outra vez. E por que iria ao hospital sem ela. Não consegue entender nada.

"O hospital onde você trabalha", Mara diz. "Onde o menino está. E a mãe dele."

Rebecca absorve a explicação. Ben deve ter pensado que ela tinha sido chamada para uma consulta. Deve estar procurando por ela.

Mas é o modo como Mara diz "a mãe dele". O modo como

ergue as sobrancelhas. O modo como aperta o polegar na palma da outra mão.

Mara volta a olhar para ela. Rebecca vê o peito da mulher subir e descer em uma respiração longa e pesada.

Ela deixa a porta da frente aberta e vai até o laptop dele, na mesa da cozinha. Nunca fez isso, nunca invadiu sua privacidade. Nunca teve motivo para tal. Mas ela o abre e entra no e-mail dele. Digita o nome de Whitney na busca e dá enter.

Whitney Loverly

(Sem assunto)

2 de novembro de 2018

Um e-mail. Um único e-mail. Ela imagina o que vai dizer. "Pode tirar o lixo pra gente enquanto viajamos? Pode pegar nossa correspondência?"

Oi! Obrigada de novo pela luva nova, ele amou. Queria que me deixasse pagar por ela. Se Rebecca for trabalhar hoje à noite e estiver precisando de companhia, aparece pra beber alguma coisa outra vez. Aliás, eu ia te perguntar: talvez seja melhor falar por mensagem?

W.

51

BLAIR

É só quando ela está no estacionamento do hospital, procurando furiosamente na bolsa a chave do carro, que se dá conta de que se esqueceu de dar o cartão de Chloe e o aviãozinho a Xavier. Blair sabe que Chloe vai perguntar assim que ela passar pela porta. E pegaria bem dar um presente. Ela passa o dedão pelo decalque desbotado da American Airlines na lateral do avião amarelado. Deve ter sido de Jacob quando pequeno. Ela vai deixar do lado de fora da porta.

Blair dá uma olhada do corredor para ver se tem alguém da equipe de cirurgia ali. Só vê Jacob, de costas para a porta. Os dois devem ter se desencontrado.

Ele estende o braço para tocar a bochecha de Whitney com as costas da mão. Ela se afasta ligeiramente. Ele tenta de novo, e dessa vez ela não se move. Seu cabelo se fecha como uma cortina em seu rosto, seus ombros começam a sacudir. Ela está chorando — a visita de Blair deve ter mexido com ela. Jacob leva a mão à sua nuca e a acaricia com o polegar. Whitney aproxima lentamente a cabeça do peito dele, como se finalmente sucumbisse a algum tipo de alívio. A mão dele entra pela parte de trás da gola da blusa dela. Então ele olha para a porta.

Blair se afasta do vidro, mas, antes que possa desviar o

rosto, é pega olhando — para Ben. Os olhos dele correm para o chão, seus lábios se movem depressa. Ele diz algo breve para Whitney. Em pânico. Whitney vira de costas para ele e para a porta. Ben vai para o outro lado do quarto, onde sabe que Blair não tem como vê-lo.

Ela deixa o aviãozinho e o cartão no chão. Não consegue processar exatamente o que testemunhou, mas agora estão todos envolvidos, e os segundos ficam cada vez mais carregados conforme o que está acontecendo se torna mais claro.

Blair aperta o botão do elevador com força enquanto repassa mentalmente o modo como Ben tocou o rosto e o pescoço de Whitney. Uma intimidade mais chocante que as visões pele com pele que a torturam há semanas. Blair aperta o botão de novo, e a porta do elevador se abre. As repercussões giram tão rápido em sua cabeça que ela mal consegue processar. Isso está acontecendo com Jacob e Rebecca. E não com ela. A chave não significa nada.

Aiden. Aiden, que estava certo quanto ao tipo de pessoa que Whitney é. Aiden, que não é perfeito, mas perdoa como ela o trata, repetidamente, porque a ama. Aiden, que sempre esteve presente para a família. Ele não faria aquele tipo de coisa com ela. Poderia olhar, fantasiar, mas não acariciaria o rosto de outra mulher com o tipo de ternura que ela acabou de ver. Ele não é como aqueles dois. No encalço do que acabou de testemunhar, Blair nunca se sentiu mais segura. Ela quer escorregar até o chão do elevador e chorar de alívio.

O sinal do elevador soa. Ela já está no piso quatro do estacionamento.

Blair quer se distanciar ao máximo do que está acontecendo no hospital. Daquela ignomínia. Do gosto pútrido que deixa em sua boca. Vão ter que fingir que ela nunca esteve ali.

Dentro do carro, no entanto, não consegue se convencer

a dar a partida. A adrenalina passou e seu peito se comprime. Ela está tremendo. Baixa o queixo e pressiona as têmporas com o máximo de força. Quando ergue a cabeça, o barulho que vem de dentro dela é monstruoso. Só se viu capaz de soltar algo do tipo uma vez, quando Chloe veio ao mundo. Ela deixa que o som preencha o carro pelo tempo que seus pulmões aguentarem, sente-se fora de si, sente-se extravasar, comporta-se como nunca se permitiu. Blair continua sentindo a reverberação bem depois de sua própria voz não poder mais ser ouvida.

Ela olha em volta, para os carros vazios e escuros. Está exausta.

Todo mundo parece pensar apenas em si. Quando ela fez alguma escolha levando apenas suas necessidades em consideração, só porque queria? Quando se pôs antes da família? Quando deixou a felicidade deles em risco em favor da dela? Nunca, independentemente do preço que teve que pagar. Blair nunca foi tão egoísta, tão imprudente, tão cruel. É uma mãe. Uma esposa. Uma boa pessoa.

Ela bate com a mão na janela do carro. Sente a garganta arranhar.

Ainda tem o folheto do apartamento que recebeu da corretora, embora o imóvel já esteja alugado há muito tempo. Está amassado no fundo da gaveta das bagunças na cozinha. Ela teve uma reunião no banco alguns dias depois da visita e chegou a falar com um escritório de advocacia, um daqueles bem grandes, que ofereciam vinte minutos de graça. Precisava saber qual seria a sensação. E se permite reviver essa sensação todo dia. Só para ver.

Mas quem é ela sem a vida que tem, quem é ela se não essa mãe, essa esposa? Quem é ela?

Blair assoa o nariz e olha para o relógio. Tem que passar

no mercado antes do jantar. Estão precisando de sacos de papel para descartar o lixo do jardim, porque a coleta é no dia seguinte. Essas responsabilidades mundanas nunca acabam. Às vezes, essas responsabilidades mundanas são tudo o que ela tem. Blair respira fundo e aperta as bochechas para que não fiquem inchadas. Estufa o peito. Afivela o cinto de segurança. E finalmente dá a partida.

52

BLAIR

QUATRO MESES ANTES

"Que dia você está pensando em se mudar? Primeiro de março?"

Ela balança a cabeça depressa. Não gosta da pergunta, parece firme demais. "Sem programação. Tenho flexibilidade."

Corre um dedo pela bancada laminada e abre um armário vazio com prateleiras forradas de papel florido. Uma senhora morava ali, sozinha. Talvez tivesse morrido ali. Blair pensa em encher o armário de coisas que só ela gosta de comer. Em como seria se livrar da dúzia de latas vencidas, dos temperos sem usar, das caixas de cereais intocadas e dos sacos de marshmallows velhos.

Ela põe a mão no vidro da janela da sala do apartamento, porque é o que as pessoas fazem. Tem a ver com a perda de temperatura, acha. Há uma alavanca na moldura da janela que gira, abrindo uma fresta de uns quinze centímetros. Ela poderia deixar a brisa fresca entrar durante a noite toda se não morasse com Aiden. Ele insiste que o quarto esteja quente.

Tem um chuveiro combinado com uma banheira rasa. Tem um boxe de vidro ondulado, o trilho escuro e sujo. Mas ela pode limpar o mofo. Pode limpar o espelho. Pode trocar a luz da pia, que mais parece de motel.

Tem um armário com cabides que foram abandonados. Ela pensa nas crianças crescidas que podem ter esvaziado o apartamento da senhora que morreu. Pega um cabide e o cheira, esperando sentir cheiro de morte. Solidão. Perfume floral. Mas não sente nada.

Ela colocaria suas coisas em uma ordem diferente naquele armário, com um único cesto de roupa suja esperando para ser enchido. Às vezes, ela usaria uma roupa o dia inteiro e a tiraria sem que ninguém a tivesse visto.

Blair se vira para o espaço onde ficaria a cama, onde apenas uma cama de casal padrão caberia. Algo na possibilidade de isso ser autossuficiente a reconforta. Bom, a cama não é grande o bastante mesmo. Bom, nunca houve espaço para outra pessoa. Ela se sente sozinha, desesperada e dolorosamente sozinha, como uma mãe de família não deveria se sentir. No entanto, ali, a solidão pareceria diferente. Autoimposta, razoável.

O outro quarto tem uma vista melhor, e é assim que ela vai apresentá-lo para a filha inocente cuja vida estaria virando de cabeça para baixo. Quase dá para ver a orla dali. Quase vai dar para ver os veleiros quando o tempo esquentar. É quase como nossa família era antes, quase a vida que eu queria para você, ela pensa. E pensar em Chloe naquele quarto a deixa enjoada.

"Seu sofá caberia? É modular?" A corretora mantém as mãos dadas na barra do blazer verde-escuro enquanto circula, os saltos das botas batendo como estacas no piso de madeira.

"Não sei", Blair diz. E é verdade, ela não sabe.

Há um toque de pena na expressão da corretora, como se ela já tivesse lidado com aquele tipo de situação. Como se soubesse exatamente por que Blair está ali, que não ganhará comissão, que aquela mulher à sua frente, enrolando o folheto, está só se testando. É o modo como Blair para no meio do apartamento e se vira como se fosse uma criança assustada na multidão, procurando pelo adulto que a levou até ali. Isso e o fato de que não faz mais perguntas quanto ao valor. Ela não tenta negociar.

As duas ficam em silêncio enquanto o elevador desce.

"Eu entro em contato", Blair diz, no saguão pouco digno de nota.

"Está bem."

Blair esquenta o carro e espera que sua pulsação desacelere. Está empolgada e se sente livre. Há um zumbido em sua cabeça que ela não se lembra de ter sentido antes. Ela poderia ir direto ao banco e abrir uma conta própria. Usou uma calculadora gratuita do site de um escritório de advocacia especializado em divórcio para estimar o quanto ele teria que lhe pagar por mês, e seria o bastante. Apertado. Ela tenta se imaginar morando ali. Separada, vendendo a casa. Preocupada com dinheiro. Trabalhando todo dia, mãe solo. Isso é liberdade? Isso é insanidade? Ela pensa no que Whitney disse alguns meses antes, enquanto tomavam uma taça de vinho. Sobre a mãe dela. A passagem de ônibus que guardou por anos. Sua saída. Não conseguiu parar de pensar a respeito. Queria conhecer a sensação da possibilidade. Ela olha para o folheto que tem em mãos.

Então só consegue se sentir uma tola. Tudo lhe provoca uma dor terrível: as latas de sopa vencida na despensa, os pelos da barba do marido na pia, a sensação do carpete da escada que ela odeia. O som dele chegando em casa. Chloe entre os dois na cama. A rotina que conhecem. É o que acontece quando fantasia sobre se separar: ela sempre volta atrás. Para a segurança de viver diminuída.

Ela pega o celular na bolsa e liga para a mãe.

Tenta de novo. E de novo. A mãe quase não atende mais o celular. Pelo menos não quando Blair liga, cheia de notícias sobre Chloe, Aiden e os últimos acontecimentos. E Blair nunca liga no fixo, porque o pai pode atender.

Ela está prestes a desistir quando ouve a mãe pigarrear.

"Sou eu", Blair diz, e sua voz falha. Ela engole em seco. "Faz tempo que não conversamos. Só estava me perguntando como estão as coisas."

A mãe pede que ela espere um minuto, e Blair a imagina atravessando a casa até o jardim, onde o pai não vai ouvir. Ela volta a levar o celular ao ouvido e suspira.

"Acho que desde o Dia de Ação de Graças", a mãe diz, mas não acha, ela sabe. Blair olha para o teto do carro e tem vontade de dizer a ela que seu telefone também recebe ligações.

"Bom, as coisas andam movimentadas. E... não tenho me sentido eu mesma." Ela se arrepende assim que fala. As duas só ficam confortáveis com certa distância. Mas às vezes ela se pergunta se a mãe se ressente de sua vida aparentemente feliz. Talvez pudessem recuperar algo entre as duas se a mãe compreendesse que Blair se identifica mais com ela do que parece.

"Aham", a mãe diz. "Bom, você sempre se estressou fácil. Está tudo bem com Chloe?"

Há uma pausa antes que Blair conte que Chloe está trabalhando em seu primeiro projeto de ciências. Que Chloe e Aiden nadam duas vezes por semana agora, e que a menina está aprendendo todos os estilos.

"Fico feliz que as coisas estejam bem."

Blair espera que a mãe lhe pergunte por que está se sentindo estranha. Mas ela segue em frente e fala de como pagou barato a passagem de trem que comprou para ficar com a tia de Blair em sua casa nova, onde um funcionário lava as janelas por fora diariamente e cuida da jardinagem de todos.

Então a mãe diz que precisa ir. Blair sabe que ela não consegue pensar em mais nada de inócuo para dar andamento à conversa. Nenhuma das duas menciona o pai.

Blair larga o celular no banco ao lado e olha para a entrada sem graça do prédio.

Quando chega em casa, Aiden pergunta onde estão as sacolas, e por uma fração de segundo Blair acha que ele sabe onde ela esteve. Que ele está pronto para colocar todas as coisas dela em sacolas, que a papelada do divórcio estará em um envelope pardo na mesa da cozinha. Que aquela casa não pode mais ser dela, que ele não pode mais ser dela, que a família que ela criou se foi de vez.

"As sacolas do mercado", Aiden esclarece, diante do silêncio dela. "Você não acabou de voltar do mercado?" Ele coloca algo na boca. Castanhas-de-caju, talvez. As últimas. Esperando que ela reabasteça o pote, que ela reabasteça tudo de que precisam.

Embora vá dormir naquela noite torcendo para ter coragem de mudar quem é, para ser uma mulher mais forte que a mãe, agora ela o abraça e se convence de que vai ficar tudo bem. De que todo relacionamento tem fases, e logo aquela fase vai passar também. De que aquela vida é o bastante. Ele se enrijece; dá um tapinha nas costas dela. Os dois não se beijam mais. Ela nem lembra como é a sensação de beijá-lo.

"Esqueci a carteira", é tudo o que Blair diz.

53

SETEMBRO, QUINTAL DOS LOVERLY

A calcinha de renda de Whitney está em seus tornozelos, e, com as mãos no rosto, ela está sentindo o cheiro de suas palmas, o cheiro de desconhecidos, cujas mãos apertou a tarde toda. Whitney está repassando mentalmente sua reentrada na festa, quinze minutos antes. Os rostos desviando. O desprezo na expressão de Jacob diante do fato de que ela o decepcionou outra vez. Whitney luta contra a humilhação, mas ela está ali, quente em sua pele, enquanto a raiva ainda pulsa em seus ouvidos. O modo como Xavier se encolheu. Ela termina de fazer xixi, mas não consegue se mover, não consegue sair do banheiro. Apoia os cotovelos nos joelhos e agarra punhados de cabelo. Seus olhos estão lacrimejando, mas ela está maquiada, ainda tem horas de festa pela frente, e...

"Ah, merda. Desculpa", alguém diz.

Ela se apressa para se cobrir. Não tem o hábito de trancar a porta do banheiro de sua própria casa. Ela se limpa e tenta se livrar rapidamente das manchas em volta dos olhos, torcendo para que a pessoa que a surpreendeu já tenha ido embora quando abrir a porta. Mas não foi. Ben.

"Desculpa mesmo, Whitney. Eu teria me poupado do constrangimento e voltado lá pra fora, mas você me pareceu... está tudo bem?"

Whitney ajeita o vestido nos quadris, diz que não há motivo para se preocupar. Claro que ela está bem, claro que ela está ótima, ele está se divertindo? Quer outra bebida? Já experimentou os hamburguinhos? Ela ajeita as pulseiras e tenta sorrir. Então ele se inclina, reprimindo um sorriso.

"Não foi nada de mais o que aconteceu", Ben diz. "O coelho do mágico ficou muito louco na mesmíssima hora, então você não foi o único alvo de atenção."

Whitney cobre os olhos. "Ai, meu Deus", ela murmura, então pede desculpas, mas os dois estão rindo. Eles saem do caminho para deixar outra pessoa ir ao banheiro. Whitney se lembra de ter sentido os olhos de Ben nela mais cedo aquela tarde. Antes de ter gritado com Xavier. Quando ele estava com a mão no bolso de trás de Rebecca, pegando a bunda dela.

"Fiquei sabendo que você está treinando o time de softbol da escola. Xavier quer fazer o teste na primavera, mas não é dos mais atléticos." Ela ergue as sobrancelhas, querendo parecer mais relaxada do que é. Ele parece um pouco nervoso em sua presença. Ela gosta disso. Gosta de saber que mexe com ele.

"Posso passar um tempo jogando com ele, antes que esfrie demais. Podemos treinar um pouco até ele fazer o teste."

"Seria muito legal da sua parte. Esportes não são o forte de Jacob, mas ele não pode saber que eu disse isso." Então, porque sente que precisa fazer isso, ela diz: "Ele é um bom garoto. O incidente lá em cima foi... a culpa foi minha".

Parece mais fácil ser sincera com Ben do que com as mulheres lá fora. Ele balança a cabeça, murmura algumas palavras rápidas e compreensivas, fala em esquecer que aquilo aconteceu. Os dois olham um para o outro, nos olhos um do outro, e ela fica aguardando até que seja desconfortável.

Whitney pensa no que Mara lhe disse sobre Xavier na

primavera anterior. A senhora havia deixado um belo ramo de lilases de seus arbustos na porta deles. Um lembrete, talvez, de que continuava ali. Whitney parou na varanda dela no dia seguinte para agradecer.

Aliás, se Xavi incomodar demais, bisbilhotando pela cerca, é só dizer.

Mara deu risada e balançou a mão. E então, quando Whitney se virou para ir embora, disse:

Seu filho me lembra de um garoto quietinho que conheci. É algo nos olhos dele...

Ela parou, como se tivesse falado demais. Não tirou os olhos de suas calêndulas, virando o vaso de barro para que recebessem mais luz.

Whitney pensa nisso agora, ao falar sobre Xavier com Ben. Os olhos de Ben são familiares para ela. Lembram os do filho. Era tristeza a que Mara se referia? Era isso que ela via nos olhos de Xavier?

"Tem certeza de que está bem?" Ele leva a mão ao ombro dela.

"Estou melhor, agora que sei do coelho."

Os dois sorriem outra vez, ele para o chão, ela para os cachos infantis perto da nuca dele. Nenhum dos dois faz menção de ir embora. Nenhum dos dois diz: Bom, é melhor voltarmos pra lá. Obrigada por ter vindo. Obrigado por ter me convidado.

"Vou te lembrar dessa promessa de ajudar Xavi a lançar." Ela olha para o quintal, onde Rebecca está pedindo água a um garçom, onde Jacob está pagando o mágico.

"Pode lembrar. Ainda mais se vier com uma cerveja gelada depois."

"Talvez algo mais forte. Mas claro. Combinado."

A lentidão com que ambos assentem. Seu sorriso contido. Então as bochechas coradas dele, seus lábios entreabertos. Como se quisesse dizer algo mais a ela.

Mais tarde, a conversa com Ben do lado de fora do banheiro não sairá de sua cabeça. Não naquela noite, quando ela se deita na cama ao lado de Jacob, que está com o laptop aberto no colo. Não ao tomar banho na manhã seguinte, com oito horas de reuniões seguidas à sua frente. Não na próxima noite, na cozinha depois do trabalho, ainda de terninho, ouvindo Xavier chutar o pé da mesa repetidamente e fazer barulho ao tomar seu sorvete derretido, sentindo aquela vida se apertar cada vez mais à sua volta, até que ela bate a mão na mesa e a raiva volta a tomar conta.

54

REBECCA

Ela fecha o laptop de Ben com força.

Seu cérebro finalmente pega no tranco. *Outra vez*, Whitney escreveu no e-mail. Ben nunca mencionou ter ido à casa dos Loverly beber alguma coisa. À noite. Nunca mencionou qualquer coisa sobre os Loverly. Eram só a família que morava do outro lado da rua. Ela olha para a inicial com que Whitney assinou. W. Parece haver algo de muito íntimo nisso. Casual demais para uma mulher que ele mal conhece.

Ela olha para os pés se movendo pelas tábuas de carvalho claro como se não fossem seus. Volta para a porta aberta e chama Mara. Ela sabia sobre a gravidez. E sobre as outras também. E tinha esperado lá fora para lhe contar aquilo.

Mara está sentada no alto dos degraus da entrada da casa de Rebecca. Ela não se vira.

"Eu contei a você que tive um filho que morreu." Mara faz uma pausa. "Bom, o que não contei foi que poderia ter impedido sua morte. Fui responsável por ela. E penso nisso todo dia."

Rebecca se agacha atrás dela e toca seu ombro.

"Ah, não há necessidade disso, está tudo bem. Já faz muito tempo." Ainda assim, Mara coloca a mão sobre a de Rebecca e a acaricia. "Você não precisa ouvir meus problemas em um momento como este. Eu só queria dizer que, não importa quão ruins as coisas estejam, você vai encontrar força para seguir em frente de maneiras que você nem imagina. Algo vai aparecer bem quando você precisar", ela diz, abarcando com um gesto seus sapatos baixos, sem cadarço e gastos no degrau de baixo. "Mas você tem que esperar. Ser paciente."

Ela dá um tapinha na mão de Rebecca e faz força para se levantar. Rebecca a ajuda. Quer agradecer, dizer algo gentil, mas Mara não quer ouvir. Já está descendo os degraus e atravessando a rua. Rebecca entra devagar na sala e fica olhando para o laptop.

O peso que cresce a partir de seu púbis e sobe por suas costas começa a deixá-la enjoada. Ela se contorce para que passe, mas está ali. Rebecca corre até o banheiro, tapando a boca para impedir o vômito de escapar quando as contrações começam a engoli-la. Ela se ajoelha no piso de ladrilho e inclina a cabeça para a borda fria do assento do vaso. Tenta respirar uma última vez no espaço entre a dúvida e a certeza, mas o azedume enche sua boca e ela cede.

55

BLAIR

Depois que chega em casa, com as sacolas do mercado e os sacos de lixo, ela se ajoelha no jardim e começa a arrancar as raízes teimosas das ervas daninhas enquanto se repreende por não ter enxergado antes. O caso de Whitney com o marido de Rebecca, a extensão de seu egoísmo. É difícil admitir o quanto ela a amava. O quanto invejava sua vida. É perturbador como uma amizade tão próxima quanto a delas pode perder o sentido tão rápido. Quão doloroso é o fim, e quão monótono. Quão pouco sua vida mudará sem Whitney, enquanto o fim de seu casamento viraria Blair e todo o resto do avesso.

No entanto, perder Whitney parece mais terno. Mais pessoal. Como uma morte. A amizade das duas era o único espaço onde elas eram versões melhores de si mesmas, e agora Whitney roubou esse espaço e tudo o que ele continha. Mas esse espaço não era só dela, Whitney não tinha o direito de destruí-lo. Blair arranca punhados de miosótis. Por que Whitney fez aquilo com elas? A saudade vai consumir Blair. Mas Whitney tem outros problemas para resolver, Blair pensa, enfiando as ervas daninhas em um saco e engolindo em seco o nó em sua garganta. Blair ficará para trás, a amizade delas será esquecida em meio aos destroços.

E talvez seja melhor assim, considerando o que Blair sabe. Ela se lembra então da chave que continua em seu bolso. Da explicação que nunca recebeu.

Confere o relógio. Já está quase na hora de buscar Chloe na escola. Ela olha para trás, para o outro lado da rua, e vê que Jacob abriu as cortinas da frente da casa. Protege os olhos do sol e o vê em movimento na cozinha, talvez preparando algo para Whitney comer no hospital. Ben já deve ter sido mandado embora àquela altura, embora não pareça ter voltado para casa.

Ela sabe que deveria ficar onde está, bem ali, com os joelhos na terra. Não deveria chegar perto da casa dos Loverly outra vez.

Mas sente a escalada de uma audácia que nunca sentiu.

Blair pensa em como Jacob toca a cintura da esposa quando ela passa por ele. Na ênfase que dá ao nome de Whitney quando fala dela, como se mencionasse um membro da realeza. Whitney não merece nada daquilo. E Blair pode tirar tudo dela com uma única conversa. A balança da amizade das duas nunca se inclinou tanto a seu favor. Ela nunca sentiu esse nível de poder.

Ela se levanta no jardim, e a oportunidade vai se tornando clara. Tira as luvas e se vê seguindo rumo à porta de Jacob com pernas que poderiam se desmanchar debaixo dela.

Ele abre a porta e a abraça. Ela sente cheiro de sândalo em seu pescoço. Deixa os dedos descerem pelo braço de Jacob enquanto ele se afasta.

Sua própria voz ecoa em seus ouvidos quando ela fala. Diz que sente muito, que não consegue acreditar no que aconteceu. Pergunta como Xavier está, o que o hospital diz, como se não tivesse passado lá hoje mesmo. Jacob fala sobre as pálpebras tremendo, os movimentos sutis que identificaram. Pode ser um bom sinal ou uma falsa esperança. A cirurgia foi marcada. Jacob acabou de chegar, depois de visitar Thea e Sebastian, mas já está indo para o hospital outra vez. Não dorme desde que recebeu a ligação. E Whitney não come.

Mas Blair só consegue pensar no que vai dizer a seguir:

Preciso contar uma coisa, sei que não é o melhor momento, mas...

Só estou fazendo isso porque respeito você e acho que deveria saber...

Espero que me perdoe por isso, Jacob, não é certo esconder isso de você...

Simples assim. Como pular em uma piscina gelada. Não pense, apenas faça, ela diria a Chloe. Conte até três e pule. Seja mais do que esperam de você.

Blair abre a boca, interrompe-o, diz seu nome em uma voz que não parece dela.

"Jacob, tenho que... tem algo que..."

Ele põe a mão no ombro dela. Sua pegada é firme. Blair pensa na exploração íntima que fez das coisas dele, em como levou sua cueca até o nariz.

"Eu sei. Temos que conversar." O rosto dele fica vermelho. "Não tive tempo de falar a respeito com você, desculpa. Acho que as autoridades estão satisfeitas agora, mas as pessoas podem fazer perguntas. E vão circular rumores. Queremos poder contar com você para... você sabe, esclarecer as coisas."

Blair começa a assentir, porque ele quer que ela compreenda do que está falando sem ter que dizer as palavras de fato. Mas ela não sabe do que ele está falando, não de verdade. Ele parece desconfortável. A polícia continua em cima deles? Whitney admitiu alguma coisa? Alguém viu a caneca quebrada, o café espalhado no quarto de Xavier? Ou pior, alguém falou com a escola e descobriu sobre o incidente com Chloe? Isso vai acontecer, é apenas uma questão de tempo até que um boato mais condenatório circule.

Ele continua com a mão no ombro dela.

Blair murmura — claro, ele nem precisava falar. Ela está ali para eles. Tenta sorrir. Ele se inclina para abraçá-la de novo, e Blair sente a mão dele acariciar suas costas devagar, por cima do fecho do sutiã. Ela pensa em como se tocou na cama dele no andar de cima. A mão de Ben no pescoço de Whitney no quarto de Xavier no hospital lhe volta à mente.

"Como Chloe recebeu a notícia?"

Ela se afasta para ler o rosto de Jacob. Ele enfatizou o nome de Chloe? Ou ela está imaginando coisas?

"Chloe está bem... bom, está arrasada, claro. Deixei um cartão dela para Xavier no hospital. Mais cedo."

"Ah." Ele fica confuso, e ela se lembra de ter sugerido que não havia passado no hospital hoje. "Acho que nos desencontramos."

"Acho que sim", ela diz, e dá de ombros com um pouco de atraso.

"Ela é uma boa menina. A melhor amiga dele." Ele assente ao dizer isso, mas está sério. Sério demais. Seu rosto continua vermelho.

Blair sente que ele consegue ler sua mente e não quer isso. Não consegue reencontrar a valentia que a levou até ali; na verdade, sente-se até ameaçada. É disso que se trata, uma ameaça? Ele sabe como Chloe tratou Xavier?

De repente, o alívio de ter mantido a boca fechada a inunda. O que sabe sobre Whitney e Ben talvez tenha mais valor se ficar em silêncio por ora. Caso precise proteger sua própria família de rumores.

Ela atravessa a rua e volta para casa devagar, tentando

processar o que Jacob acabou de fazer. Ou o que quer que ele saiba sobre o que está acontecendo. Os erros devastadores que sua esposa cometeu. Talvez, à sua própria maneira, ele seja tão fraco quanto a própria Blair. Ela sente os olhos de Mara a seguirem o caminho todo até a porta de casa, mesmo enquanto Jacob chama por Mara e começa a atravessar sua propriedade em direção à dela.

Ela pega o celular do bolso, abre o grupo das mães da escola e começa a escrever.

Não sei se ficaram sabendo, mas houve um acidente na casa dos Loverly.

Blair olha para a mensagem. Apaga a última frase. Escreve de novo.

Houve um incidente com Whitney e o filho. Mando mais informações quando tiver. Estamos todos arrasados, principalmente Chloe.

Ela envia e volta às ervas daninhas.

56

WHITNEY

NO HOSPITAL

Ela se sente abalada até o retorno de Jacob. Ele chega por trás e coloca sua bochecha contra a dela, onde Ben a tocou. Whitney se pergunta se ele consegue sentir o cheiro de Ben no quarto, como ela ainda sente. Fecha bem os olhos e espera que ele note que tem algo diferente, que faça um comentário inocente que vai crescer e crescer em sua mente até que tudo o que ela fez se torne óbvio. Whitney se pergunta quando ele vai afastar as mãos que ela mantém junto ao rosto e finalmente dizer: *Olha pra mim. Preciso que seja sincera comigo.*

Em vez disso, ele fala com Xavier como se o filho pudesse ouvi-lo. E talvez possa mesmo. Sua voz é terna, a voz de um sonho. Jacob coloca o aviãozinho de brinquedo na mão dele. Diz que Thea e Sebastian estão morrendo de saudade. Que querem ficar correndo na grama com ele, com os irrigadores ligados, quando ele voltar para casa. Mas as palavras doem. A esperança dói, e ela sabe que ambos sentem isso.

Ele se vira para ela agora. Quem acredita que ela seja? Do que a considera capaz? Ela quer dizer a ele que nunca teria ido até o fim com aquela história de cortar o oxigênio. Que só queria ver qual seria a sensação. Como *quase* seria a sensação. Tal qual alguém na beira de um precipício. Com as pontas dos dedos para fora. Olhando para baixo.

Mas ele diz a ela que falou com a pessoa responsável pela cirurgia. Decidiram fazer o procedimento amanhã. É a palavra que ele usa, "procedimento". Como se algo fosse ser simplesmente cortado, apertado ou ajustado. Mas não, eles vão remover ossos de seu crânio. Pedaços inteiros dele serão retirados. O primeiro horário na sala de cirurgia foi agendado. Eles vão ter que assinar um documento dizendo que estão cientes dos riscos.

Ela não quer que ele lhe conte mais nada. Não consegue pensar no cérebro de Xavier exposto. Na lâmina afiada do instrumento médico. Tudo dele está ali, seus pensamentos, seus sentimentos, sua personalidade. Aquele cérebro é quem ele é, quem ela queria mudar desesperadamente. Mas agora ela quer brigar com todos eles, quer tirar suas mãos do corpo de Xavier, quer que deixem seu filho em paz. Se ele vai morrer, ela não quer que morra nas mãos deles, sendo cutucado e aberto.

Ou talvez eles cometam um erro. O menor deslize. Prejudicando a memória de Xavier. E então ela se safaria de tudo. Do que fez. De quem foi.

É um pensamento muito breve, mas vil.

Jacob a levanta, diz que ela não pode continuar dormindo tão pouco. Quer ficar ali com ela, quer mexer com ela, quer que sintam algo um pelo outro. Ela pensa em tudo o que ele não sabe. Antes não pareciam mentiras. Pareciam decisões particulares, escolhas que ela tinha o direito de fazer, porque saciavam uma necessidade interna, uma necessidade que Jacob não tinha. Aquela vida era o bastante para ele, ele era bom naquela vida. Mas ela não era, e ela queria mais. Queria sentir outros olhos em seu corpo. Queria que o tesão afirmasse por ela: você não é como as outras mães. As outras mães não fazem isso.

Ela assumiu a responsabilidade de garantir que ele nunca descobrisse. Todas as medidas cautelosas, todas as regras que criou pareciam uma lista de precauções que alguém toma antes de partir em um veleiro; sim, o barco poderia virar, sempre haveria o risco, com uma mudança inesperada do vento, mas provavelmente não viraria se você soubesse o que estava fazendo.

Depois de cada uma das vezes ela foi uma mãe melhor. Será que tinham percebido? Que havia dias em que ela gostava mais deles? Se era o caso, se era daquilo que ela precisava, daquela coisinha, talvez pudessem perdoá-la?

Mas agora...

Os dois de pé, no quarto do filho no hospital, com as testas coladas, os dedos dele no cabelo dela. Toda aquela voracidade parece abominável.

"Vamos superar isso, Whit. Mas precisamos um do outro. Precisamos um do outro."

Ele fica repetindo isso para ela. Sem parar. Quase como se soubesse de tudo e tentasse convencer a ambos. Ele segura a cabeça dela. Então sua mão desliza para o pescoço dela. Whitney engole em seco.

A ideia passa por sua cabeça. Que ele poderia enforcá-la. Que ele poderia saber que é isso que ela merece. Ele mantém a mão ali, os dedos pressionando-a devagar. Ela tenta não tossir. Sente que ele começa a chorar.

57

MARA

O telefone não para de tocar, o som estridente ecoando pela casa, cada vez mais irritante. Ela foi da varanda à cozinha o dia todo, perguntando-se quanto tempo pode evitar tudo o que precisa fazer. O corpo. As ligações para Lisboa. São quase três da tarde. Faz quase um dia inteiro que Albert morreu.

Ela não pode confiar em si mesma para fazer nada racional. Talvez não devesse meter o bedelho na vida das outras pessoas, especialmente agora, considerando o que aconteceu com Xavier.

Mara sabe como é.

Enquanto garantia a Rebecca que ela encontraria esperança das maneiras mais inesperadas, Mara recordou que ainda precisava verificar o jardim. Revistar os arbustos para ver o que encontrava. Jacob passara ali agora há pouco. Com a testa suada. Arrasado.

"A senhora ouviu alguma coisa?", ele perguntou. "Quarta à noite?"

"Se ouvi alguma coisa? Como o quê?"

"Não sei." Ele olhou para a janela da cozinha dela e inclinou a cabeça como se tentasse enxergar dentro da casa, em busca de Albert. "E quanto ao seu marido? Podia estar acordado por volta da meia-noite? Pode perguntar a ele?"

"Nós dois estávamos dormindo", ela disse. E só.

Ela já era responsável por coisas demais.

Viu Blair encher dois sacos inteiros de ervas daninhas cerca de uma hora atrás. Blair puxou cada uma delas da terra como a corda de arranque de um motor que não quer pegar. De tempos em tempos, ela parava e ficava olhando para a terra, com os cotovelos nos joelhos.

Mara poderia ter ido até lá para uma conversa reveladora com Blair também. Poderia ter levado um punhado de tulipas do jardim e perguntado se ela tinha alguns minutos.

Mas já havia interferido o bastante por um dia.

Ela tinha um fraco por Rebecca, no entanto. Não parecia certo deixar todo mundo passar ileso às custas da dignidade dela. Rebecca merecia saber a verdade. É a única pessoa que olha para Mara e vê a mulher atrás do rosto envelhecido, alguém que não é muito diferente do restante deles. É por causa de Rebecca que ela não desapareceu da Harlow Street por completo. Mara imagina que ela será a primeira a notar que Albert se foi. Vai parar diante da varanda um dia e perguntar: *Como ele está? Foi viajar?* Talvez na semana que vem. Ou no mês que vem.

Talvez fosse melhor se Mara tivesse ficado sentada à calçada por tantos meses quanto necessário para que tudo implodisse. Sem se meter na vida daquelas mulheres todas. De uma maneira ou de outra, placas de corretores de imóveis voltariam a salpicar a rua em breve.

Ela vai para dentro de casa e apoia as costas na porta da frente. Não poderia ter se preparado para a sensação de ser a última ali. A única que se lembrava de quem eram juntos, eles três. A única que pensa em Marcus todos os dias. Que se lembra da sensação dele em seu colo. Pesada e real. Quando ela se for, ele irá junto, e esse é o único motivo pelo qual Mara fica aliviada quando abre os olhos pela manhã e vê o gesso grosseiro do teto do quarto.

Ele tinha dezesseis anos, em meados dos anos 1970, quando ela finalmente comprou duas passagens de avião. Ia tentar de novo. Por anos, vinha economizando todo mês um pouco do dinheiro que Albert lhe dava, maneirando nas compras e mentindo sobre coisas que precisavam ser consertadas para que pudesse embolsar a taxa de serviço. Ela disse a Albert que sua tia-avó havia comprado as passagens. Ele não questionou, quer acreditasse ou não. Nem precisavam discutir a possibilidade de Albert ir junto — ela sabia que ele ficaria em casa.

Àquela altura, Marcus tinha uma prateleira inteira de livros sobre aviões. Um guia para pilotos que encontraram em um sebo, um manual de informações aeronáuticas e *Manopla e leme de direção: Uma explicação sobre a arte do voo.* Ela queria que ele finalmente sentisse como era estar dentro de um avião. Queria que saíssem da Harlow Street, para variar um pouco. Que deixassem de sentir o terrível peso de Albert.

Ela sonhou acordada outra vez com ver Marcus absorvendo os detalhes do aeroporto, os aviões se deslocando lentamente pelo terminal, a equipe de bordo bem-vestida se apressando até o portão, um vislumbre dos controles no cockpit por cima da cabeça dos pilotos, antes da decolagem. Ela queria observar o rosto de Marcus se iluminar e se refestelar com a alegria que tomaria conta dele. Não havia muita coisa que o empolgasse na adolescência, mas os meninos daquela idade simplesmente eram assim. Seria diferente com a viagem.

Ela manteve tudo em segredo até a véspera do voo, quando lhe mostrou as passagens. Ele estudou o papel grosso em suas mãos. Ela sacudiu os ombros do filho.

"Nós vamos! Finalmente vamos. Seis horas inteiras no ar. Depois duas semanas com a minha família." Ela apontou para o número dos assentos. "22A e 22B. Você vai ficar na janelinha."

Ele mordeu a bochecha por dentro e deixou as passagens na mesa de cabeceira.

"Marcus. Isso custou muito dinheiro. Você adora aviões. Vai adorar fazer essa viagem, eu prometo. É o que famílias como a nossa fazem. Voltam ao lugar de onde vieram e encontram primos e avós. Já deveríamos ter ido há tempos. Não dificulte as coisas, por favor."

Ela se arrependeu da tensão em sua voz. Precisava se controlar. Estavam ambos pensando no que havia acontecido da última vez que aquela viagem fora planejada. Em como tudo mudara rápido depois. Mas ela não estava lhe pedindo muito. E uma parte sua ficava empolgada com a perspectiva de fazer algo que *ela* queria fazer, alguma vez na vida. Fazia quase dezessete anos que ela não via ninguém de sua família. Queria que conhecessem seu filho. E a família de Albert também, ainda que ele não quisesse se envolver com seus planos. Ele dissera a ela que a viagem era uma má ideia, que Marcus não ia se dar bem em um lugar novo, conhecendo casas cheias de desconhecidos, o caos do aeroporto. Como se ele tivesse alguma ideia do que faria bem ao filho deles.

Ela deu um beijo de boa-noite em Marcus e foi terminar de fazer as malas no andar de cima.

Pela manhã, ele vestiu as roupas bonitas que a mãe havia separado e se sentou para fazer o desjejum enquanto ela confirmava que estavam com os passaportes e repassava o roteiro deles. Albert havia saído para trabalhar mais cedo que de costume.

"Está animado para andar de avião, Marcus?" Ele não

olhou para ela, mas assentiu. "Que bom! Mal posso esperar. Vamos indo. Você vai adorar."

Ela beijou a testa dele e deixou que seus lábios se demorassem em seu cabelo castanho. Naquele momento, permitiu-se acreditar que os dois se sentiriam como pessoas diferentes.

Um pouco atrás dela, Marcus observava tudo no aeroporto. Os dois se sentaram diante do portão para aguardar o embarque. Mara segurou os joelhos do filho para impedir que ele ficasse sacudindo as pernas. A ansiedade era inevitável. Ele ia se acalmar assim que se sentassem. Quando chamaram sua fileira, ela o cutucou para que se encaminhassem. Em geral, era paciente com ele — tratava-se de uma necessidade em sua vida juntos. Mas estava com dificuldade agora, com a tensão da viagem, a bolsa pesada nos ombros, a fila de passageiros que precisavam enfrentar, a confusão de documentos em sua mão que ela estava com medo de derrubar. Mara queria que o filho desfrutasse daquilo. E também queria desfrutar.

"Vamos, Marcus, ande." Um jovem casal, com malas de mão de rodinha, bateu no cotovelo dela ao passar, e os passaportes, as passagens e a carteira de Mara se espalharam no chão. Marcus ficou vendo a mãe recolher tudo enquanto a fila crescia atrás deles. "Me ajude, Marcus, pelo amor de Deus! Não fique parado aí!"

Ela ficou vermelha de vergonha ao vê-lo parado ali. Notou uma passageira desviar deles e fazer *tsc-tsc*, e quis mandar a mulher para o inferno. Enfiou tudo na bolsa e ajeitou a franja que grudava na testa.

"Ouça", ela sibilou para Marcus, segurando o queixo dele com o dedão e o indicador. "Fica esperto. Ande mais rápido e aja como alguém da sua idade uma vez na vida. Estou cansada disso."

Ela virou a cabeça dele para o outro lado antes de soltá-la. Nunca havia dito aquilo, "estou cansada". Mas ela estava mesmo. Seus olhos marejaram enquanto ela marchava rumo ao avião, sem olhar para ele, mais atrás. Mara se recompôs a tempo de ser recebida pela aeromoça animada.

Pouco antes da decolagem, ela ouviu a mudança na respiração de Marcus enquanto ele olhava pela janela para a pista. Ele se ajeitou na poltrona, desconfortável. Ela pegou as mãos dele, acariciou os nós dos dedos. Sentia-se mal por ter perdido a paciência, queria que tentassem recomeçar.

"Feche os olhos e conte", ela o lembrou. "Vai ficar tudo bem."

O avião roncou na pista. Mara ouviu o tilintar metálico, mas demorou para perceber que ele estava desafivelando o cinto de segurança. Ela sentiu o cheiro da axila do filho quando ele esticou o braço para agarrar o descanso de cabeça do homem ao lado dela, na poltrona do corredor. Marcus estava tentando passar pela mãe, sair do avião. Ela o fez se sentar de novo e o abraçou tão forte quanto pôde. Ele era tão grande quanto ela agora, e era forte. Mara sentiu a umidade da camisa dele no rosto. Sentiu o coração dele batendo forte. Marcus arfava em seu ouvido. Ela sussurrou para ele:

"Está tudo bem, Marcus, só fique quietinho, respirando. Você está bem. Muita gente fica ansiosa ao voar. É completamente normal." O homem sentado ao lado dela se afastou dos dois. Acendeu um cigarro e agitou o jornal para abri-lo. O rosto de Mara queimava.

Marcus tocou o ponto do peito que costumava doer com as crises de ansiedade.

"Eu sei", ela garantiu. "Você vai se sentir melhor em um minuto. Veja." Mara apontou pela janela para a camada de nuvens brancas parecendo algodão desfiado ficando cada vez mais distante. Ela foi dominada pela sensação de algo que já tinha visto. Então percebeu o quê: o sonho que tivera quando estava grávida dele. Seu útero forrado de nuvens como aquelas que viam agora. O modo tranquilo como ele flutuava dentro dela. A quietude.

Mara o soltou e se recostou na poltrona. Descansou os olhos. O ruído branco do avião era agradável aos dois. Ele ficaria bem. A parte mais estressante já havia ficado para trás. Veriam a costa verde e profunda de Lisboa ao pousar, e ele gostaria daquilo. Ela se perguntou quando o café seria servido. Se Marcus não queria um copo de suco de tomate.

Então ela sentiu o punho de Marcus acertar sua barriga. E ficou sem ar.

Mara tentava respirar enquanto o via ficar rígido na poltrona, tentando se segurar nela. Tentando lhe dizer alguma coisa. A outra mão dele agarrava o colarinho da camisa e seu rosto se contraía de dor. Ele estava em agonia. Era o coração. Ela puxou o ar, desesperada, e finalmente conseguiu respirar.

"Meu filho! Alguém ajude! Tem algo de errado!"

Ele foi levado para o corredor e para o chão, desaparecendo da vista dela. Mara passou por cima das poltronas, gritando por ele, tirando corpos do caminho. Alguém a agarrou pelas axilas e a arrastou até os fundos do avião, enquanto ela se debatia. Sua cabeça bateu na quina do carrinho de serviço. Ela foi segurada contra a porta de emergência, com as mãos às costas e o rosto pressionado contra o metal frio. Mara tentou ignorar o ruído que saía dos alto-falantes e gritar alto o bastante para que Marcus a ouvisse, mas alguém segurou sua cabeça com ainda mais força.

Quando o avião aterrissou em Houston, levaram-na para o hospital, para dar alguns pontos e sedá-la. Mara passou a noite lá. Só viu o corpo de Marcus dois dias depois. Disseram-lhe que tinha sido o coração, que havia sido rápido. Provavelmente uma condição preexistente, e o estresse havia sido o gatilho. Ela não quis que fizessem autopsia — não queria nada confirmado, não importava. Sabia que o havia matado ao colocá-lo naquele avião. Se tivesse ouvido Albert, Marcus ainda estaria vivo.

Ela ligou para avisá-lo na manhã seguinte à morte do filho. Albert chorou. Mara achou o sofrimento dele cruel e imerecido, mas ela sempre soube que havia amor no fundo daquela crueldade. Quando ela desligou, ele ainda chorava.

Depois do necrotério, de volta ao hotel, ela se sentou na banheira vazia com a faca que havia roubado depois de passar duas horas apenas olhando para seu prato de comida. Mara pensou longamente sobre o que acreditava ser verdade. Que havia um céu e um inferno. E a promessa que ela tinha naquele momento, a garantia de que, se ficasse viva, poderia vê-lo quando fechasse os olhos. Em casa, ela poderia enfiar o rosto na fronha que tinha o cheiro dele. Poderia dormir segurando os aviõezinhos dele. Poderia tomar o café da manhã olhando para a cadeira vazia dele, sabendo que ele tinha sido importante para ela.

Falta uma hora para que o sol da tarde desapareça atrás do telhado da casa de três andares dos Loverly. Mara atravessa a rua até a porta da frente deles e se abaixa para deixar o aviãozinho de papel nos degraus.

58

REBECCA

Whitney dá um pulo quando a mão fria de Rebecca toca seu antebraço. Rebecca aproxima a boca da orelha dela. "Meu marido esteve aqui?"

Whitney não responde.

Rebecca pede que ela a siga até o corredor. Que Whitney a obedeça é a confirmação da qual precisa: sim, ele esteve ali. Sim, há algo entre os dois. A adrenalina entorpece a dor na lombar de Rebecca. O absorvente entre suas pernas está pesado.

Ela abre uma porta no corredor perto do quarto de Xavier que dá para um espaço pequeno e vazio. Whitney hesita.

"Senta. Preciso que você se sente."

Whitney obedece. Rebecca anda de um lado para o outro, com passadas curtas. Trouxe a outra até este quarto, mas não tem um plano. Queria que Ben estivesse ali, queria sentir como era ver os dois juntos.

"Como pode ter me deixado reconfortar você? Segurar sua mão?"

"Rebecca, não posso fazer isso agora, preciso..."

"Nem vem", ela a corta, então desvia os olhos quando Whitney começa a tremer. A mulher pode estar perdendo o filho, mas ela mesma não tem nada. Sente-se espremida. Não consegue formular as perguntas que deveria estar fazendo.

Rebecca tenta entender o que aconteceu, mas nada se encaixa. Não há espaço para mal-entendidos ou versões diferentes. *Você não é mais a mesma pessoa*, Ben lhe disse mais cedo. Ela, é ela. As perdas a mudaram, claro. A obsessão a consumiu, claro. Mas o que ele quis dizer foi: você não é mais quem eu quero que seja. Não é mais o bastante para mim. Estavam ambos destruídos, mas não tinham colapsado juntos.

Alguém bate à porta, então a cabeça de Jacob surge. Ele deve ter ouvido a voz delas e veio avisar a Whitney que voltou e que trouxe uma roupa limpa para ela. Então percebe que a esposa está em pânico. Ele dá um passo na direção dela. "O que está acontecendo? Você está bem?"

Whitney se aproxima tanto de Rebecca que ela sente seu cheiro azedo, o odor de suas axilas. É essa mulher que Ben toca. Ele aperta o corpo dessa mulher contra o seu. Rebecca quer tocar Whitney também, quer imaginar qual é a sensação de Ben. A blusa dela. As pontas bem-cuidadas de seus cabelos. Quer girar seu brinco de diamantes. Há sentimentos envolvidos, deve haver sentimentos envolvidos, mas ela não consegue entender como ele é capaz de amar outra pessoa. Essa pessoa. Rebecca está enjoada. Vira o rosto para não sentir o hálito de Whitney, que sussurra em seu ouvido:

"Não faz isso, por favor. Não fala nada pra ele."

Whitney, com seus três filhos. Com seus seios que deram de mamar. Um colo do útero que pariu.

"Whit", Jacob diz, impaciente. "Não vai me dizer o que está acontecendo?"

"Está tudo bem, querido. Vamos. Preciso ficar com Xavi."

Whitney se afasta de Rebecca, mas não olha para o marido. Em vez disso, seus olhos imploram à outra mulher. Jacob leva as mãos aos ombros dela, então Whitney finalmente se vira e se inclina para ele. Jacob esfrega os braços dela, como se tentasse esquentá-la e trazê-la de volta à vida.

Rebecca se apoia no encosto de uma cadeira quando a dor volta. Sente o celular vibrar no bolso e sabe que é Ben.

"Vai indo você, Whit", Jacob diz. "Quero perguntar a Rebecca sobre a cirurgia e sei que você prefere não saber esse tipo de coisa."

Whitney e Rebecca olham uma para a outra. O medo cresce nos olhos de Whitney, mas ela precisa agir com cuidado. Então só assente e sai devagar do quarto. Jacob espera para se certificar de que ela não consiga mais ouvi-los.

"Sei que você está em uma posição complicada e tem deveres éticos. Só queria pedir que avise se algo mais surgir quanto ao que aconteceu. Tudo bem? Só estou pedindo que deixe a gente de sobreaviso. Como falei, posso garantir que ela não fez nada de errado naquela noite." Ele faz uma pausa. Engole em seco. Parece mais desesperado para que ela acredite nele do que ontem.

"Então o que você acha que aconteceu, Jacob? Era tarde. Ele deveria estar dormindo." Jacob parece atordoado com o questionamento dela. Rebecca nota sua mandíbula trincar. "Sempre vejo sua luz acesa às três da manhã. Ela tem insônia, não é? Toma alguma coisa pra isso? Alguns comprimidos, mesmo bebendo toda noite? Esse tipo de mistura pode ferrar com a cabeça de uma pessoa. Afetar sua sanidade. A polícia sabe que ela tomou uma garrafa de vinho na quarta à noite? Ela deixou a taça de vinho vazia no quintal de vocês. Ainda está lá." Rebecca mal consegue se reconhecer. Mas segue em frente, com a voz cada vez mais cortante. "Vocês sabem que têm sorte de serem brancos e ricos, não é? Que até mesmo assistentes sociais experientes estão pegando leve com vocês? Negligência não passa nem pelo subconsciente dessas pessoas quando olham pra vocês dois."

Jacob olha bem para ela. "Por que você está fazendo isso?"

309

Então Whitney aparece à porta. Rebecca fica em silêncio.

"Por que está demorando tanto, Jacob? Você deveria vir também", ela diz, com a voz falhando. "Por favor."

Rebecca fica olhando enquanto os dois vão embora. Então se agacha para se recompor. Precisa pensar. Seu celular vibra de novo. E de novo.

Seu útero se contrai enquanto ela vai na direção oposta de Jacob e Whitney, rumo ao posto de enfermagem. A dor na lombar aumenta, e ela tenta não fazer careta. Implora que o sangue não manche a calça. Que ninguém note sua testa suada.

Ela poderia ir atrás de alguém da assistência social agora mesmo, admitir que há motivos para se preocupar com a mãe de Xavier, mencionar comportamentos anteriores de que tem conhecimento. Poderia fazer as coisas escalarem muito rapidamente.

Mas então perguntariam por que ela não comentou nada antes.

Ela vê Leo com um medidor de pressão alguns passos à sua frente.

Então pensa no que a dra. Menlo lhe disse diante dos elevadores quando ela chegou. A sedação de Xavier está passando, e decidiram não o sedar mais. Querem ver como ele se sai sem. A dra. Menlo ainda não comunicou aos pais. Não quer que ninguém fique esperançoso — qualquer coisa pode acontecer. Mas tem motivos para acreditar que há uma chance.

Uma chance de que ele acorde, Rebecca quis deixar claro, segurando-se na parede do corredor. Ela sabe que a dra. Menlo não pode ser muito específica.

Bom, vamos torcer, a dra. Menlo disse. *Preciso ver alguns casos no andar de cima agora, mas volto em uma hora. Então veremos.*

O momento pelo qual Whitney vem esperando ao lado dele. O momento que ela não pode perder.

Rebecca olha as horas no relógio de pulso.

Então chama Leo. Pergunta se ele pode lhe fazer um favor.

"Preciso que diga algo aos pais de Xavier. Agora mesmo. Os dois estão no quarto dele."

Leo olha para o chão enquanto Rebecca fala, concentrado em suas instruções.

Em uma voz que ecoa em seus próprios ouvidos, ela diz a ele que a dra. Menlo pediu que os pais saíssem um pouco enquanto Xavier é levado para outro exame. Os dois podem ir para casa para ver os gêmeos, tomar um banho e retornar antes da cirurgia amanhã. A dra. Menlo vai ligar em caso de urgência. Rebecca diz a Leo para acompanhá-los até o elevador. Para se certificar de que os dois foram embora. Isso é muito importante, ela garante.

"Mas..." Leo parece confuso. "Acho que pararam um pouco com a sedação. Os dois não vão querer estar aqui para ver?"

O coração de Rebecca acelera. Ela tenta manter a expressão neutra, apesar da dor que sente enquanto balança a cabeça. "Não tem necessidade." É tudo o que ela diz. E espera que Leo a questione. Mas ele só assente.

Então Rebecca pede, de passagem, que Leo não mencione que foi ela quem transmitiu o recado. Não quer que se ofendam porque não foi vê-los no quarto; ela só veio ao hospital para uma reunião rápida e está atrasada. Ela leva a mão ao relógio.

Rebecca nunca lhe deu nenhum motivo para questionar sua integridade. Mas, só para garantir, ela se afasta antes que ele tenha a oportunidade de dizer alguma coisa. Ela vai se segurando na parede ao longo do caminho. Franze as sobrancelhas, a testa. Não consegue mais se segurar.

Ben está ligando outra vez.

Rebecca encontra um banheiro e tira o absorvente, que agora é tão pesado quanto uma bola. Ela está quente, suada e começando a tremer. Senta-se num vaso sanitário e abre uma fotografia no celular. De Whitney. Ela a tirou quando a levou para ver Xavier pela primeira vez, quando estavam sentadas frente a frente, cada uma de um lado da cama dele. Rebecca tinha sentido que uma conexão se estabelecia entre as duas ali. Foi por isso que contou a ela sobre as vezes em que ficou grávida. Foi por isso que foi ao quintal dos Loverly ontem à noite. Parte dela já sabia que havia algo mais.

Ela limpa o sangue da parte interna das coxas e troca o absorvente. Vai ter que ir ao hospital do outro lado da rua. Vai responder às perguntas deles. Ficou grávida cinco vezes. Não tem filhos. Vai dar o número da mãe como o contato de emergência. Vai ficar olhando para o relógio na parede até chamarem seu nome, vai se deitar na maca atrás de uma cortina azul e fina, vai levar os joelhos junto ao peito e balançar para que a dor passe, e não vai torcer, não vai rezar, vai apenas fazer a única coisa que pode: vai aguardar.

59

BLAIR

Aiden e Chloe estão jogando forca na mesa da cozinha. O molho do macarrão está no fogo. Blair está sentada diante deles com o laptop aberto, pesquisando outra vez. Causas de suicídio entre crianças. Suicídios erroneamente registrados como acidentes. Matérias sobre crianças do ensino fundamental que sofreram bullying até a morte.

O medo vem em onda outra vez.

Chloe solta um gritinho ao vencer. Aiden passa os nós dos dedos na cabeça dela. Veio para casa mais cedo para ficar com as duas. Só mais uma vez, Chloe implora, e ele concorda. Ela faz os tracinhos.

Os olhos de Aiden e Blair se encontram, e ele não desvia. Ela se sente mais branda em relação a ele, depois de tudo o que aconteceu. Tem que se sentir. Aiden está começando a parecer a única coisa segura em sua vida. Ela não quer mais tratá-lo como o problema. Precisa se curar da animosidade em que se viciou.

Mais tarde, Blair vai se virar para ele na cama e dizer que sente muito. Com sinceridade, ela vai dizer que não deveria ter acreditado que ele poderia estar tendo um caso. Que quer que os dois fiquem bem. Ela vai abraçá-lo debaixo das cobertas e esperar que fique duro em sua mão.

Ele vai provocá-la, vai deixar para lá como deixa todo o resto, então vai puxá-la para si, vai mordiscar o lábio inferior dela, que ainda vai estar com gosto de pasta de dente, vai beijar seu ombro, depois os seios que ela vai expor, e os dois vão fazer sexo pela primeira vez em muito tempo. Ela vai lhe pedir que a chupe. Vai sentir o alívio de nunca ter que deixar outro homem tocá-la onde ele toca.

Blair ouve as portas de um carro. Fecha o laptop e vai até a janela da frente. Jacob está abraçado a Whitney, levando-a devagar até a porta de casa. Blair já sente uma pontada de saudade dela; seu coração ainda não concorda com seu cérebro consciente, e talvez isso nunca aconteça. Mas nada será como antes para as duas. Blair respira fundo e se recompõe. Mandou uma mensagem para Rebecca aquela tarde para saber de Xavier, mas não recebeu resposta ainda, o que é incomum. Ela vê Whitney recuar enquanto Jacob destranca a porta. Ele volta a estender a mão para ela em seguida. Os dois ficam assim, parados, até que ele a conduz para dentro.

Blair pensa na traição que arde sob essa ternura. No casamento admirável que Whitney é idiota a ponto de ameaçar. E pelo quê? Mais atenção? Alguém que a coma melhor? Blair devia ter se dado conta de que Whitney era perigosa. Isso a faz sentir a traição outra vez. Por terem mentido para ela tão facilmente. Por ela mesma ter invejado aquele amor tão profundamente.

Ela fecha a cortina.

Os grupos de mensagem estão a toda. Cheios de perguntas, protegidas por uma empatia vaga, quanto ao que mais Blair sabe. Como Whitney está. Se há algum tipo de investigação de rotina em andamento, dada a natureza do "incidente", o envolvimento de uma criança. Há um tom de suposição na comunicação, como Blair esperava. Em relação a Whitney.

O tatear cuidadoso, as mensagens habilmente construídas pelos abutres. Até então, ninguém mencionou o que aconteceu com Chloe, ou pelo menos não para ela. Mas Blair sente o ímpeto da curiosidade delas, e isso a deixa nervosa. Ela desligou o celular e o deixou de lado pelo restante da noite. Ainda não sabe como vai responder.

De volta à mesa da cozinha, ela se inclina para dar um beijo na bochecha de Aiden. Depois passa a mão pelo rabo de cavalo comprido de Chloe. O cheiro do perfume de Whitney lhe vem em uma lufada e ela leva o pulso ao nariz. Abre a torneira quente da pia da cozinha, coloca um pouco de detergente de limão na pele e faz uma careta diante da dureza das cerdas da escovinha. Ela foi à casa dos Loverly à tarde, depois que Jacob saiu. Uma última vez.

Tudo pareceu diferente quando ela entrou. Frio e sem vida. Blair ficou diante da bancada do banheiro e borrifou o perfume de Whitney uma, duas vezes. Ela notou que as alianças não estavam mais no pratinho de joias.

Blair subiu devagar até o quarto de Xavier. Não haviam mexido em nada desde o dia anterior — o café derramado tinha secado no chão, a janela continuava escancarada e o cômodo estava fresco. Ela esfregou a parte superior dos braços e olhou lá para fora, para o quintal, onde tudo parecia igual a sempre. Blair viu Mara no jardim da casa ao lado. Ela enfiava as mãos nos arbustos de hortênsias como se procurasse algo específico.

O rabisco caótico em preto na parede de Xavier. Ela passou os dedos por cima e percebeu que havia algo escrito embaixo, algo que ele devia ter tentado cobrir. Blair apertou os olhos, juntou letra a letra e recuou, até que entendeu o que Xavier havia escrito.

As palavras lhe tiraram o fôlego:

NÃO QUERO MAIS SER SEU FILHO

Agora, Chloe e Aiden começam uma partida de desempate de forca. Blair diz que já volta para colocar o macarrão para cozinhar, então sobe para o quarto. Ela foi à casa dos Loverly naquela tarde atrás de convicção. *Seja grata pela vida que tem. Pela menininha que ainda segura sua mão. Pelo marido que a ajudou a construir essa vida, que ainda quer se deitar na cama com você à noite, envolver seu corpo com as pernas sob as cobertas. Porque tudo pode sumir em um instante, caso não tome cuidado. Caso baixe a guarda.*

Um casamento não é uma questão de amor, e sim de escolha. E ela escolheu aquela pessoa, aquela vida. Seu desejo de algo que não consegue identificar, algo que nunca encontrará, não deve ser nada além de ingratidão. Uma sede egoísta. Ela não pode mais viver assim.

Blair tira o chaveiro do bolso e o joga dentro da mala que Aiden leva à academia. Não é nada além de uma chave perdida e encontrada. Então ela abre a gaveta da cômoda, pega a pontinha de embalagem e a leva ao banheiro. Aquilo lhe parece patético agora, nada além de um pedaço de lixo em sua mão. Ela a deixa cair na privada e a vê flutuando. Então, devagar, o triângulo começa a submergir, como a vela de um barco virado. Blair põe o dedo na maçaneta. Tem uma vida boa, uma vida abençoada. Vai parar de tentar se convencer do contrário.

60

MARA

Ela olha para o aviãozinho de papel que deixou na varanda dos Loverly e se pergunta outra vez como Xavier está. Se continua vivo. Estaria se sentindo mais culpada pela coisa toda se não tivesse ficado acordada até tarde na quarta-feira à noite, incapaz de dormir com os roncos de Albert, e ouvido o barulho no quintal dos Loverly. Ela fechou a janela com força e foi dormir lá embaixo, na antiga cama de Marcus.

Não sabia que aquela seria a última noite de Albert vivo.

No verão anterior, Xavier a tinha ajudado com o jardim. Toda manhã de quinta, sua cabeça aparecia por cima da cerca e ele lhe perguntava se precisava de ajuda, embora não gostasse muito de sujar as mãos. Ela lhe comprara um par de luvas para jardinagem e contara que seu filho tampouco gostava de ficar com as unhas sujas de terra. Mara nunca havia mencionado o filho.

Uma manhã, no fim do verão, Xavier lhe perguntou sobre o filho, do nada. Mara contou que já fazia muito tempo que ele havia ido embora.

"Embora para onde?"

"Ele morreu", Mara explicou. "Morreu durante um voo."

Xavier ficou reflexivo enquanto passava os dedos sobre as asas do aviãozinho que ela lhe dera meses antes, o aviãozinho que Marcus tanto amava. Xavier a lembrava muito dele. Mara sentia que o menino queria saber mais. Morreu como? Um voo para onde? Mas ele devia saber que não é certo fazer perguntas demais sobre alguém que havia morrido.

Ela começou a encontrar os aviõezinhos de papel na quinta-feira seguinte, a primeira semana de aula, quando ele não podia mais ir à casa de Mara para vê-la trabalhar no jardim. Tinha sido um dia especialmente ruim, em que a mente dela não parava de se fazer a pergunta mais difícil de todas: e se?, e se?, e se? E de repente ali estava, bem aos seus pés quando ela olhou para baixo.

Depois daquilo, ela dava a volta no jardim logo cedo toda quinta-feira e recolhia os aviõezinhos de papel, onde quer que tivessem caído. Às vezes, presos aos galhos dos arbustos, às vezes, perto da cerca de trás ou espalhados na grama, com a ponta torta ou o papel molhado do orvalho. Ela nunca contou a Albert, com medo de que ele dissesse alguma coisa aos Loverly.

Mara perguntou a Xavier uma vez se os aviõezinhos eram dele. O menino pareceu preocupado a princípio, sabendo que seria o fim caso se encrencasse por ficar acordado até tarde, com a janela escancarada, lançando aviõezinhos no quintal do casal de idosos ao lado.

Ele jurou que não eram, que não fazia ideia do que ela estava falando. Então Mara disse: *Ah, bem, então esqueça.* Então ela viu um sorriso satisfeito surgir no rosto dele. Talvez Xavier quisesse que ela pensasse, por um momento maravilhosamente tolo, que eles vinham do céu.

Ela sorri agora, pensando nisso.

Faz bastante tempo que Mara não toma uma bebida de verdade. Ela pega um copo do armário, uma garrafa de rum do barzinho na sala de estar e vai para o porão.

Vai sentir falta dos aviõezinhos de papel.

61

WHITNEY

Jacob desliga o motor na frente de casa e os dois ficam ali.

Ele a fez sair do hospital, insistiu. Ela sabe que ele está aliviado que a dra. Menlo tenha mandado que ela deixasse o quarto pela primeira vez em dois dias. Querem que ela tome banho. Que durma e coma. Que veja o que resta de sol no céu. Ela não tem mais nada dentro de si.

Talvez achem que ela não esteja mais ajudando.

Talvez a médica saiba de alguma coisa.

Ela não queria ir, só que era mais fácil concordar, se afastar do hospital, onde Rebecca poderia mudar de ideia a qualquer minuto. Onde Ben poderia encontrá-la de novo. Ela mal respirou durante o tempo que Rebecca e Jacob ficaram sozinhos no outro quarto. Escorregou até o chão frio, com as costas apoiadas na parede, e observou os pés passando à sua frente. Antecipando o fim.

Whitney não sabe por que Rebecca os poupou.

Blair talvez não poupe.

A imaculada e virtuosa Blair. Alguém que Whitney havia aspirado a ser, o tipo de mãe que poderia aprender a copiar. Ela deveria ter imaginado que a tentativa era inútil. Apesar das boas intenções de Blair, não há ninguém que a faça se sentir uma mãe mais vergonhosa. Ninguém que a julgaria mais duramente se soubesse a verdade sobre a noite de quarta--feira. Ela mal conseguia respirar com Blair no quarto do hospital. Sua mera presença deixava Whitney soterrada sob uma pilha de culpa.

Eu cuido disso, Whitney sibilou para Ben quando Blair os viu juntos. *Fica calmo e vai embora antes que Jacob volte.* Mas ela não sabia como ia cuidar daquilo. A vergonha a paralisava. Ela soube no mesmo instante que nunca reconquistaria Blair. Estava perdendo todo mundo, um a um. Precisava pensar.

Não consegue entender como Blair estava com a chave. E o que mais ela sabe.

Um mês antes, Whitney parou em sua garagem ao mesmo tempo que o Honda vermelho estacionava na frente da casa de Blair. Pelo retrovisor, ela notou a rapidez com que o carro parou, como se a pessoa ao volante o tivesse deixado em ponto morto antes mesmo de tirar o pé do acelerador. Uma loira de jeans skinny e cropped — devia ter uns trinta anos, mas Whitney não tinha certeza — saiu e bateu a porta do carro. A sensação que ela passava a Whitney, que ainda a observava pelo retrovisor, não era boa. Aquele não parecia o tipo de mulher que Blair conhecia.

Whitney saiu do carro e foi na direção da mulher, que se aproximava da casa de Blair. Ela falou o mais baixo possível, para que Blair não a ouvisse de dentro de casa:

"Ei. Ei! Posso ajudar?" Quando a mulher se virou, Whitney viu quão nervosa ela parecia. Como se estivesse prestes a fazer algo que a assustava. Whitney se aproximou. Os olhos da mulher estavam vermelhos, suas bochechas, coradas. "Perguntei se posso ajudar."

"Só vim devolver algo ao cretino que mora aqui."

Whitney soube na mesma hora. "Está falando de Aiden?"

A mandíbula da mulher se deslocou para o lado. Ela estava pensando. Estava pensando no quanto dizer, e os músculos de seus braços pareciam tensos. Sua pele era firme e brilhante. Ela enfiou a mão na bolsa e tirou um par de óculos escuros de lá, mas procurava por outra coisa. Whitney reconheceu os óculos no mesmo instante. A armação quadrada, um toque pêssego na estampa tartaruga. Aquela mulher estava no churrasco de setembro. Era a namorada do amigo de Jacob da faculdade.

Então ela se lembrou de que havia entreouvido aquela mulher e Aiden conversando na festa, quando Blair estava lá dentro, arrumando as coisas. A ousadia com que ele dava em cima dela, a maneira como a mulher tocara o braço dele por um instante a mais. Whitney o ouvira dizendo a ela em que prédio do centro trabalhava. Que muitas vezes ia beber alguma coisa depois do trabalho, no bar que ficava no térreo do edifício. Whitney não tinha gostado daquilo. Quase comentara com Blair ao fim da noite, na cozinha, quando ela estava indo embora com Aiden e Chloe. Ei, não quero te chatear nem causar problemas, mas, no seu lugar, eu gostaria de saber.

Mas ela acabou não dizendo nada. Porque era Blair. E Blair não ia querer saber. Aquela tarde foi um lembrete para Whitney de quão essencial a amizade entre as duas era para ela. Não podia arriscar o que tinham, não podia jogar uma bomba daquelas, uma bomba que Blair não desejava.

A mulher pegou um saquinho cor-de-rosa de cetim da bolsa e tirou o chaveiro com as iniciais de Aiden de dentro. Whitney olhou para a janela de Blair para se certificar de que ela não estava espiando por entre as cortinas. O carro de Aiden não estava lá. Whitney precisava que aquela mulher fosse embora antes que Blair as visse e abrisse a porta.

"Me dá isso. Eu devolvo pra você", Whitney disse. A mulher ficou olhando para a palma da mão de Whitney. "A chave. Me dá. E vai embora."

A mulher ficou perplexa. Então voltou a olhar para a casa. Guardou a chave de novo no saquinho. Whitney podia ver em seu rosto que ela repassava como deveria ter sido, a fantasia de vingança que vinha alimentando havia semanas. A esposa desajeitada abrindo a porta, sua doçura se dissolvendo em medo.

"Você não quer fazer isso. Confia em mim. Vou garantir que você se arrependa." A mulher ficou olhando para a mão de Whitney pelo que pareceu um minuto inteiro. Então largou o saquinho ali. Franziu os lábios. Talvez tenha pensado em pegar a chave de volta, mas já estava no bolso da jaqueta de Whitney. "Agora vai. E não volta mais."

Enquanto ela ia embora, Whitney viu Mara na varanda, os olhos da vizinha seguiam o carro pela rua. As duas se olharam, então Whitney entrou, com o coração martelando. Sentiu o aroma do curry de lentilha de Louisa, ouviu os gritos dos três filhos brincando de esconde-esconde com a babá no andar de cima. Whitney foi direto para o fogão e tirou a tampa da panela para ver quanto tinha sobrado; todos já tinham comido. Ela mexeu as sobras com uma colher, convencendo a si mesma de que havia feito a coisa certa. Seria possível que Blair suspeitasse de algo? Aquilo podia estar destruindo a amiga em silêncio? Whitney queria ir lá dar um abraço nela. Preferiria não saber de nada, mas agora sabia, e Blair se sentiria humilhada se soubesse que ela sabia. Se descobrisse, ia preferir lidar com a situação em particular. Portanto, Whitney não disse nada. Como no churrasco em setembro, daria à amiga a dignidade de fingir que nada havia acontecido.

Mas ainda havia uma questão complicada. A hipocrisia da

sensação de estar tão preocupada com a melhor amiga e tão enojada com Aiden.

Ela continuou mexendo. Pensando.

Ouviu os pés de Jacob descendo. Então sentiu os lábios dele.

"Ei, posso perguntar uma coisa?", ela disse. "Aquela namorada do Jamie que veio no churrasco... Ele ainda está com ela?"

"Eles terminaram há um tempo. Ela não era do tipo que namora sério, aparentemente." Jacob se afastou dela. Abriu a geladeira e pegou uma água com gás. "Por quê?"

"Por nada. Acho que talvez fosse ela no elevador do trabalho outro dia."

Ele assentiu, mas ficou quieto.

"Acho que ela tem um Honda vermelho", Whitney insistiu. "Você já a viu por aqui?"

Ele ergueu as sobrancelhas. Deu de ombros. Balançou a cabeça. Poderia ter perguntado: Como sabe que carro ela tem? Por que ela estaria por aqui? Quando ele se virou para sair do cômodo, Whitney soube que ele estava escondendo algo dela. Talvez também soubesse sobre Aiden. Mas ela não disse nada; já tinha ido longe demais. Não queria aquelas palavras — caso extraconjugal — no ar.

Ela sabia que estavam todos cercados por aqueles estilhaços, uma ameaça sob o chão das casas, esgueirando-se entre eles enquanto dormiam. Aqueles escombros condenatórios — o chiado ao se aproximar, seu peso na colisão — eram a grande traição. E muito desconfortáveis. A vida podia explodir a qualquer momento.

Não, ela não mencionaria aquilo, nem a Jacob nem a Blair.

Ganhava-se mais com o que não era dito. Com o que era protegido.

Foi assim que ela pensou na época. Podia guardar tudo dentro de si, compartimentado, como o jantar servido a seus filhos menores e irrequietos, em pratos nos quais um alimento não tocava o outro.

62

REBECCA

Ben é a primeira pessoa que ela vê quando passa pelas portas do pronto-socorro do outro lado da rua, vindo do hospital infantil. Ele se levanta da cadeira da sala de espera. Ela percebe sua incerteza, suas sobrancelhas levemente erguidas, a mandíbula relaxada, com a intenção de fazê-lo parecer inocente. Como se não tivesse por que pedir desculpas, e não só por tê-la deixado na cozinha quando deveria ter ficado. Quando deveria ter levado as mãos à esfera onde o bebê se encontrava e dito algo sobre querer os dois.

Ela passa direto por ele no caminho até a recepção e procura seu documento na bolsa. Quando terminam de atendê-la do outro lado da divisória de acrílico — *Aborto espontâneo. Sim, tenho certeza. Não, ainda não completei vinte semanas. Não tenho nenhuma alergia* —, Rebecca se deita na primeira fileira vazia de assentos. Não consegue manter os olhos abertos. Ela respira durante a onda de dor, soltando o ar por entre os dentes. Sente alívio por um momento, mas sabe que vai passar, a pressão entre suas pernas está começando, e o banheiro a dez passos de distância está ocupado.

"Mara me disse que você estaria aqui", Ben fala, e ela sente seu peso no assento ao lado, sente a mão dele em seu tornozelo. "Eu não deveria ter ido embora daquele jeito. Desculpa."

A dor volta depressa. Ela emite um ruído com os lábios fechados, longo e monótono, vezes seguidas.

"Fui embora porque estava com medo, porque fiquei chocado. Mas, assim que você me disse, eu soube que também queria o bebê."

Ela só consegue rir. Delirando. Sacode as pernas, tenta encontrar alívio com o movimento. Como se sacudisse um bebê chorando, aquele bebê chorando, dali a meses. Ela mantém os olhos fechados. Presta atenção, querendo ouvir o barulho da porta do banheiro se abrindo. Embaixo, sente que está se abrindo. Sabe que deveria ir até a triagem dizer que precisa de uma cama, mas agora não importa onde aconteça, não importa se estiver agachada no chão da sala de espera, enquanto as outras sete pessoas ali viram o rosto, protegem os olhos do que está por vir.

Havia uma pergunta na papelada da clínica de fertilidade que os dois tiveram que preencher ano passado. Por que é importante para você ter filhos biológicos? Ben tinha se virado para ela. *Como você respondeu essa?* Ela tinha dado de ombros, mas também estava empacada naquela pergunta, pensando que não era justo precisar articular aquilo quando milhões de outros pais não precisavam. Para ver no que resultaria a junção de seus traços faciais? Porque era algo natural, que humanos em idade reprodutiva deveriam desejar? Eles nunca falavam sobre *por que* queriam um bebê, só debatiam *se* queriam um bebê. Ele traçara um risco debaixo da pergunta, em protesto. Ela havia olhado para o formulário dele e feito o mesmo no seu.

Rebecca não quer que ele explique por que está tendo um caso. Sabe que sua presença o deixava claustrofóbico. Que ele havia se dissociado discretamente do futuro que tinham juntos, ponto a ponto, em uma anulação, enquanto se esforçava ao máximo para convencê-la do contrário. Que ele ficava acordado à noite, sentindo pena de si mesmo, feito uma criança petulante que não tinha a única coisa que queria. A única coisa que sentia que lhe deviam. E, embora Whitney não fosse lhe dar aquilo, Rebecca não tem a menor dúvida de que ficar com ela tornava muito mais fácil para ele conviver com seu destino sem filhos. Rebecca azedava a vida de Ben; Whitney era um neutralizante. Ela tornava a vida com Rebecca suportável.

Ou talvez fosse algo animalesco. Uma atração por uma mulher cujos órgãos reprodutivos funcionavam. A mãe com quem ele podia trepar.

Os gemidos dela aumentam de volume. A dor fica cada vez mais forte, impiedosa, se espalhando por cada centímetro de suas costas. Rebecca sente mãos em si, mãos que não são de Ben. Há um medidor de pressão em volta de seu braço. O peso entre suas pernas parece ameaçador agora, como um saco de papel encharcado prestes a rasgar, e ela sabe o que vai acontecer a seguir.

"Chega", ela sussurra para Ben. "Não vou mais fazer isso."

Ele se ajoelha à cabeça de Rebecca, pega a mão dela e toca sua testa na dela.

"Não temos que desistir do bebê", ele diz, suave. "Não temos que perder a esperança. Eu estava errado. Vamos superar, voltar à clínica de..."

"Estou falando que chega *de você*. Que não vou mais fazer isso *com você*."

Ele fica confuso. Olha para a enfermeira, que acabou de voltar com uma compressa quente. Ela diz a Rebecca que em alguns minutos uma cama será liberada.

"Você está chateada e com dor, vamos levar você..."

"Você começou a trepar com ela em novembro", Rebecca

diz. "Quando me disse que não queria mais tentar ter um bebê. Foi isso que mudou, não foi?"

Ben se recosta na cadeira. Seus olhos correm para a barriga dela. "Você não entende o quanto eu te amo, como quero..."

"Vai pra casa e tira suas coisas de lá. Deixa o carro e suas chaves de casa."

Ela volta a fechar os olhos com força. Ele fica em silêncio. Ela desce dos assentos e fica de quatro. A enfermeira massageia um ponto entre seus ombros. Diz que vai acompanhá-la, que vão colocar um acesso intravenoso imediatamente. Venha. Ela a ajuda a se levantar e a leva em direção às camas.

Então Rebecca começa a sentir o que estava esperando. Ela solta um grunhido de força. Como se pudesse sozinha tirar o bebê dormindo de dentro de si e trazê-lo para a segurança quente da palma de sua mão. Como se ela fosse uma mãe.

63

WHITNEY

Jacob pega a mão dela e a acompanha até a porta. Ele se inclina para pegar alguma coisa.

Um aviãozinho feito com uma folha de papel almaço amarelo. Tem algo escrito em uma letra cursiva apertada na dobra ao meio.

Como me saí? Nada mal para uma velhinha.
Estou esperando por você.
Mara

Whitney se vira para a casa de Mara, esperando que ela e Albert estejam ali, como sempre estão àquela hora. Mas não tem ninguém. E as luzes estão todas apagadas.

Ela passa pela porta e olha para a cozinha, para o quintal. O vazio é impressionante.

Whitney se aproxima das janelas dos fundos e vê a grama.

Acontece tudo outra vez em sua mente.

A pancada da cabeça dele.

Ela quer voltar para o carro, se sentar ao volante, descer a Harlow Street, atravessar a cidade e voltar para ele. Passando por todos os faróis vermelhos. Então pegar a escada até o andar em que ele está, subindo três degraus por vez, para que suas coxas peguem fogo.

Jacob a leva até a escada e a ajuda a se sentar no primeiro degrau. Então coloca as coisas dos dois uma a uma na bancada da cozinha: a mala, seu relógio, suas chaves. O aviãozinho de papel. Parece comedido, metódico. Esvazia os bolsos.

"Ah. Sim. Esqueci que tinha te levado isso. No hospital." Ele abre a mão. São as alianças. Whitney fica olhando para elas. "Você não estava usando na quarta à noite."

Não é uma pergunta. Ele não quer saber por quê. O coração dela acelera. Ele serve dois copos de água, bem devagar. Leva um para Whitney, e os dois veem a mão dela tremer ao aceitá-lo.

"Olha", Jacob diz. "Estive pensando. Aquilo que Louisa me disse no telefone ontem. Sobre como Xavi ficou chateado porque Chloe o tratou mal na escola. Lembra que comentei hoje à tarde?"

Whitney se lembra, embora não reconheça isso. *É por causa de Chloe?*, Blair perguntou a ela no hospital. E claro que era, em certo sentido; Chloe, a filha ideal da mãe perfeita. Os padrões que nenhum deles era capaz de atingir.

"Acho que precisamos comentar com o pessoal da assistência social", ele prossegue. "E com quem mais perguntar. Que Xavier estava tendo dificuldades na escola, socialmente, e que sua melhor amiga no mundo basicamente disse para ele se matar. Na frente de todo mundo."

Whitney inspira forte pelo nariz. Se matar. Por que ele está dizendo aquilo em voz alta para ela? Whitney pensa no que Xavier escreveu na parede do quarto. NÃO QUERO MAIS SER SEU FILHO. Nas coisas que ela disse a ele. Nas ameaças que fez.

"Jacob. Você foi ao quarto dele? Depois que aconteceu?"

"Não posso entrar lá."

Ela o observa encher seu copo de água outra vez, o fluxo da torneira fino, quase gotejante, como se cada passo que

330

dessem agora precisasse ser cuidadoso. Assim como tudo o que disserem.

"Por que você não me perguntou, Jacob?"

"O quê?"

"QUE CARALHO ACONTECEU!" O copo dela vai ao chão, e uma poça de água se espalha entre os dois. Whitney se levanta, balançando a cabeça, seu rosto se contraindo enquanto chora. "Você não me perguntou porque não confia que não tenha a ver comigo. Por mais que deseje isso, não acredita que eu não seja capaz de machucá-lo. Você morre de medo da verdade, sempre morreu. Então o que nos resta? Um acidente bizarro no meio da noite, em que ninguém mais vai acreditar? Um suicídio cuja culpa colocamos numa menina, filha de uma mártir do cacete? As outras mulheres já não gostam de mim, Jacob, já não acham que vale a pena me proteger. Fui egoísta demais. Perdi coisas demais. Deixei que me ouvissem gritar com ele!" Ela tenta recuperar o fôlego, enquanto a vergonha daquela tarde de setembro a inunda outra vez. Enxuga o nariz com as costas da mão. "Não sou como elas. Você não entende isso?"

Jacob está com as mãos na cintura. Não tira os olhos da água se aproximando de seus pés.

"Você estava de olho em mim no hospital hoje? Estava me testando?"

Ele franze as sobrancelhas. Balança a cabeça. "Do que você está falando?"

Os dois ficam se encarando. Desafiando um ao outro. Com o que cada um deles está disposto a conviver?

Ele é o primeiro a desviar o rosto.

Ela sabe que a conversa acabou, porque a alternativa, a verdade quanto ao que fez e ao que ele realmente pensa a seu respeito, é dolorosa demais para ambos.

"Vou preparar um banho pra você", ele diz.

Ela aguarda até que ele esteja no topo da escada antes de se deitar no último degrau.

Whitney pode tirá-los daquela casa, daquela rua, daquela cidade, e eles podem começar tudo de novo. Ela vai pedir uma licença na empresa, se ausentar por um tempo. Vai descobrir uma maneira de conviver consigo mesma depois do que fez com todos. Depois de quase destruir tudo.

Mas Jacob tem razão. Ela precisa de um plano. Porque, se Xavier acordar, talvez se lembre do que aconteceu na quarta à noite. E ela não pode perdê-los. Não pode deixar aquela vida ser destruída.

Whitney soluça nas mãos. Não deveria ter deixado o filho. Devia ter brigado para continuar ao lado dele. E se, naquele momento, ele estiver sentindo sua ausência? E se ele finalmente abrir os olhos e estiver sozinho? Ela precisa que ele a veja ali. Whitney imagina um círculo de rostos desconhecidos pairando sobre ele, as mãozinhas pequenas do filho arrancando o cateter do pênis, puxando o esparadrapo da pele, o acesso do braço. Enfermeiros correndo para contê-lo. É visceral, a comoção do quarto latejando dentro dela agora.

Ela ouve Jacob fechar a torneira lá em cima e enxuga o nariz na manga. Vai tomar banho rapidamente e trocar de roupa. Então vai voltar para Xavier. Ela sente um leve enjoo, que vem do nada, e pensa em como seu estômago deve estar vazio, em sua necessidade de sentir privação enquanto estava sentada ao lado dele. Mas o enjoo aumenta, vem muito mais forte.

Aquilo a lembra de uma coisa: gravidez. Ela enfia a mão dentro da blusa e toca o mamilo esquerdo, ao lado do coração acelerado, e só então percebe a sensibilidade inconfundível. Ela não registra mais o tempo, portanto não adianta contar as semanas, os meses que se passaram desde sua última menstruação. As vezes em que deixou cada um deles gozar dentro dela. Whitney sabe. E essa consciência a deixa atordoada.

Então ela se dá conta de que o celular de Jacob está vibrando na bancada da cozinha, enquanto ela tenta processar o que deixou acontecer. A vibração para. O hospital, pode ser do hospital. Eles disseram que ligariam em caso de urgência. Então o telefone fixo, na cozinha, toca, e o barulho a confunde, quase irreconhecível. Ninguém mais liga no fixo. Suas pernas mal conseguem levá-la até o aparelho, mas ela chega lá, e atende.

É a dra. Menlo.

Whitney ouve Jacob descer correndo. Vira de costas para ele, vai da cozinha para o quintal, agarrada ao telefone, para que ele não o tire dela, para que possa ser quem ouve as palavras.

"Ele se foi? Não pode ser, preciso dele! Fala logo!"

Jacob grita que ela pare. Procura acalmá-la. Tenta tirar o telefone de sua mão, mas ela o empurra o mais forte que pode e pressiona o fone contra a orelha.

Ela cai na grama.

Xavier está acordado. E quer a mãe.

QUARTA-FEIRA, A NOITE DA QUEDA

Ela bate a caneca contra a mesa de cabeceira e mantém os olhos fixos na parede. A luz que vem do corredor é suficiente para que consiga ler.

NÃO QUERO MAIS SER SEU FILHO

As palavras se fecham em torno de sua garganta. As lágrimas vêm rápido demais para que ela possa engoli-las. Ela sente que Xavier a observa, sente o medo no ar. Ele está aguardando ela explodir. Os dois estão.

Mas a raiva não vem, como sempre vem. Ela se sente fraca. E vazia.

Há dez anos ele a exaure com a necessidade que sente dela, com o quanto quis dela. E agora ele compreende o que ela sempre compreendeu, está escrito ali, na parede: ela nunca será o bastante para ele.

"Me dá sua carteira", ela lhe diz.

Ele continua parado. Ela abre a gaveta de cima, onde ele guarda a carteira de lona com o dinheiro que economizou do que ganhou de aniversário e da fada do dente. Ela a encontra debaixo das meias e a joga para ele, na cama. "Você vai pagar a pintura desta parede."

Xavier puxa as cobertas devagar e se senta. Pega as notas e moedas. Whitney mantém a mão estendida. Ele olha nos olhos dela, procurando pela chama. Esperando que o fósforo acenda. Xavier joga o dinheiro aos pés dela. E volta a se deitar.

"Você não quer ser meu filho?", ela pergunta, depois faz uma pausa para se testar. "Então vou deixar você. E nunca mais vou voltar. Você não precisa mais ter mãe."

Ela prende o fôlego enquanto as palavras zumbem em seu ouvido. Não esperava que o queixo dele fosse tremer como treme. Ele se vira para a janela. Ela recolhe o dinheiro do chão e sai do quarto.

Seu peito martela. Ela se recosta na porta fechada do quarto. Vou deixar você. Vou deixar você. É a primeira vez que ela diz algo do tipo. Um reconhecimento da possibilidade de que poderia fazê-lo. De que tem uma escolha.

Mas a única diferença entre ela e uma mãe que vai embora, se é que essa diferença existe, é que Whitney já sabe que não há alívio na partida. Não quando seu filho continua no mundo, existindo sem ela. Ele nunca deixará de envolver sua consciência, de se infiltrar em seus sonhos, de ser uma fonte infinita de vergonha. Em vez disso, ela aprendeu a estar ausente mesmo perto. Desenvolveu a habilidade de ver através das crianças, de assentir quando seus lábios se movem, de estar em outro lugar ao mesmo tempo que está ali. Ela é uma ilusão. Mas nunca foi embora.

Ela pensa que deveria dizer a Xavier que não falou sério, deveria voltar ao quarto para reconfortá-lo antes que ele durma. Está cansada de falhar com ele. A parte mais cruel da maternidade é que ela o transformou no que ele é, cada partezinha frustrante dele. Ela é a fonte de tudo o que o incomoda, o motivo pelo qual ele se sente solitário mesmo com sua presença. Whitney leva as mãos às bochechas. Não quer chorar.

Então algo atinge a porta e se estilhaça no chão de madeira. O cheiro de café penetra seu nariz e seus calcanhares ficam úmidos. Simples assim, a raiva toma conta dela outra vez.

Uma hora e meia depois, ela acorda com as páginas da apresentação em seu peito — pegou no sono sem perceber. Tem a impressão de que há algo de errado, sente certa eletricidade dentro de si, como se seu sonho a tivesse carregado. Com o que ela tinha sonhado em uma soneca tão curta? Em fragmentos que ela não consegue localizar em termos de tempo ou espaço, ela se vê arrastando Xavier pelos cabelos através da grama. Ele grita, implorando que ela pare, mas Whitney está tão consumida pela sensação, pela pulsão sexual daquilo (será que ela se tocou durante o sono? Será que foi tão real assim?), que ela não consegue soltá-lo.

Whitney esfrega os olhos, querendo que tudo suma. A briga com Xavier. O sonho terrível. Ela verifica que horas são no celular. Quinze para as onze da noite.

Jacob ainda não respondeu de Londres, embora tenha lido suas seis mensagens.

O silêncio dele a deixa inquieta.

Ela deveria ter cancelado. Só para garantir. Ainda pode cancelar.

Mas abre o chuveiro.

Depois, veste o robe de seda marinho que chega até seus joelhos. E passa diante das portas fechadas dos quartos das crianças para confirmar que estão todos dormindo.

Ela se serve menos de meia taça de vinho.

O quintal ainda está úmido, e ela põe as almofadas secas nos móveis do pátio. Passa os olhos pelas manchetes no celular e está prestes a tomar o primeiro gole de vinho quando sente mãos tocando seus ombros.

O hálito dele roça o pescoço dela. Ele desce a mão até o seio dela e acaricia seu mamilo com o dedão. Whitney gosta quando ele não tenta conversar primeiro, quando chega pronto. Ela recosta a cabeça no apoio da cadeira e não quer parar, mas eles precisam ir para o galpão. É onde sempre fazem isso, ela debruçada, com os cotovelos apoiados na prateleira de aço depois de ter tirado os baldes de plástico e os caminhõezinhos de lixo. Ela diz para ele baixinho: vamos para o nosso lugarzinho, mas ele a segura no assento, diz que quer trepar com ela ao ar livre naquela noite. Na poltrona cara, com braços de vime largos.

"Alguém pode ver a gente aqui", ela sussurra para ele. E, enquanto diz isso, fica molhada e sente o dedo dele entrando.

Ela se arqueia, quer que ele vá mais fundo. Tira o robe. Quer montar nele agora mesmo. Ela tira a blusa dele, baixa a calça dele e senta no pau dele, olhando para o outro lado, e ele estica os braços para sentir tudo o que quer tocar. As nuvens se movem depressa e a lua volta a aparecer. Ela quer que ele a veja, ordena que se ajoelhe à sua frente. Gosta de se sentir exposta, madura. Perde-se no que acontece a seguir, desaparece em si mesma.

Whitney não percebe o barulho que está fazendo até que as mãos dele tapem sua boca e a reverberação de seu prazer seja cortada como um fio. Ela sente seu próprio gosto na aspereza da palma dele. Ele puxa a cabeça dela para trás, e ela sente o brilho do luar contra as pálpebras fechadas.

"Para, mãe!"

Ela abre os olhos.

E vê Xavier na janela do quarto. Olhando para os dois.

Ben a tira de seu pau duro e dá as costas para a casa.

Whitney procura o robe, de quatro. O vinho derrama, a taça de vidro gira no concreto.

"O que a gente faz? Porra!" Ben se atrapalha com o cinto.

"Cala a boca", Whitney sussurra. Ela amarra o robe. Não consegue olhar para cima. Sente que Xavier continua ali, diante da janela aberta. "Você precisa ir embora já."

Ela sai do campo de visão de Xavier, se apoia na porta de vidro que dá para a cozinha, tenta fazer com que mais ar entre em seus pulmões. Ele vai contar para Jacob, vai contar para todo mundo. A vida deles vai ruir depois daquilo. Por que ele estava acordado?

"Mãe!"

Ela quer gritar que ele cale a boca.

"BEN?", ele grita. Está procurando pelos dois. Ela vê sua sombra ficando mais comprida, ele se debruça para fora da janela.

Whitney fecha os olhos com força. Pensa em como havia se exibido para que Ben a visse ao luar. Na voracidade com que o havia lambido, em como havia espalhado o gozo dele no próprio corpo como se pintasse com o dedo, nas palavras vulgares que havia dito. Em quanto tempo fazia que Xavier estava vendo.

"MÃE!"

Ele parece bravo agora, ou em pânico, ela não tem certeza. Deveria subir correndo para reconfortá-lo, abraçá-lo e pedir desculpa. Convencê-lo de que o que viu não é o que pensa que viu. Mas ele vai saber. Isso vai ficar entre eles pelo resto da vida. Ela tem lutado contra a mãe que deveria ser desde o dia em que Xavier nasceu, e agora enxerga que nunca poderia ganhar.

"MÃE! BEN!"

Ela entra pela porta dos fundos para se esconder dele,

se debruça sobre a ilha de mármore da cozinha e tenta não entrar em pânico, mas não consegue. Sua boca se enche de saliva, e ela sente que vai vomitar. Precisa pensar no que fazer a seguir. No que vai dizer.

"MÃE, você ainda está aí? Você já foi?"

Ele acha que ela está indo embora, como disse que iria. Ele acreditou nela. Por que ela disse aquilo?

Ela se vira para encarar seu reflexo na porta de vidro.

E então ouve.

O baque vago do corpo indo ao chão.

Ela se aproxima devagar da porta de vidro e a abre com a mão trêmula.

Ele parece morto.

Não há espaço dentro dela para pânico, medo ou qualquer sensação. Ela se ajoelha ao lado da cabeça dele na grama úmida e procura por sangue no couro cabeludo. Não há nada. Ela pega o rosto dele nas mãos e levanta as pálpebras com seus dedos trêmulos. *Olha, estou bem aqui, estende a mão pra mim!*, ela implora. Mas ele não se move. Ela o puxa para si. Quer que ele volte para dentro de seu corpo, o único lugar onde esteve a salvo dela.

O cheiro de sêmen nas mãos dela. Sua vulva inchada.

A pessoa do outro lado da linha lhe diz o que fazer. Whitney coloca o telefone no viva-voz e segue os comandos. Consegue que o ar preencha seus próprios pulmões, depois sopra esse ar para os pulmões dele. A adrenalina a ajuda a focar, a fazer exatamente o que precisa, mas ela sabe que a bênção desse tempo sem sentido é passageira. É uma corrida, e vai terminar. Ela ouve atentamente a mulher do outro lado, quer fazer tudo exatamente como ela manda. A mulher lhe diz que ela se saiu bem, que tudo o que pode fazer agora é esperar, que os socorristas estão a minutos de distância, que vão direto para o quintal para encontrá-los.

Então ela vê o aviãozinho de papel perto do corpo de Xavier, devia estar em suas mãos quando ele caiu. Ela se lembra de tê-lo visto mais cedo esta noite. No quarto dele.

O quarto dele.

Ela sobe a escada dois degraus por vez, desvairada, batendo nas paredes. No quarto dele, ela pisa no café e se estica para pegar a canetinha preta no chão. Risca o máximo que pode cada palavra que ele escreveu. Ele estava falando sério. Ela chora, frenética, seus dedos queimam, e ela quer voltar a abraçá-lo na grama. O tempo que teve para ser leve e destemida passou. Ela está quase acabando. Vai continuar respondendo às perguntas da emergência, vai dizer a Xavier que o ama repetidamente, não vai deixá-lo nunca mais, mas primeiro precisa cobrir aquelas palavras.

O som da sirene. Ela deixa a canetinha cair no chão. E corre de volta para ele.

Epílogo

DUAS SEMANAS DEPOIS

"Por que você está aqui?"

As palavras dele a param à porta do quarto de Xavier. O tom de Jacob parece acusatório, mas ela se lembra de que é apenas paranoia. O sofrimento que a mentira envolve.

"Acordei cedo, então pensei em vir te liberar. Por que não vai pra casa ver os gêmeos?" Ela olha para Xavier, que está com o torso levantado, jogando no iPad. Ele ainda não falou. Às vezes acontece, garantiram a Whitney e Jacob, a volta ao normal pode levar algum tempo, mesmo no melhor dos casos, como o dele, quando os exames voltam bons. Todos se movimentam em volta dele fingindo que aquele novo normal é suportável, com a atenção desviada pela televisão na parede, conversando em volta dele, sobre ele, sobre todas as coisas que vão fazer juntos, como uma família de novo, assim que ele receber alta. É pelo bem de Xavier, claro, mas Whitney também quer esse... conforto. Essa garantia.

Jacob guarda suas poucas coisas na mala, dobra o lençol e usa o telefone do quarto para pedir o café da manhã de Xavier. Ele pendura a alça da mala no ombro.

"Tem certeza?", pergunta.

Desde que Xavier acordou, Whitney tem evitado ficar sozinha com ele no quarto. Jacob passa as noites ali, dormin-

344

do no banco, enquanto ela fica acordada na cama deles em casa, com Thea de um lado e Sebastian do outro. Ele só sai quando Louisa e os gêmeos vão visitar.

Ninguém fala mais sobre o que aconteceu aquela noite — todos deixaram para lá. As perguntas repetitivas, as conversas baixas que ela conseguia ouvir do outro lado da porta.

E ela deveria deixar para lá também.

Mas não pode viver como está vivendo, entorpecida pelo medo do que pode vir à tona quando ele começar a falar.

Ela precisa ficar sozinha com ele.

Jacob parece hesitante em ir embora. Ela fica de pé, com a mão na cintura, e olha para ele, que olha para o filho deles. A paranoia outra vez.

"Algum problema?" Ela engole em seco.

Ele toca o pé de Xavier debaixo do cobertor. Depois se aproxima dela devagar, põe a mão terna nas suas costas e leva os lábios a sua bochecha. "Nenhum", ele diz. Ela torce para que ele não sinta seu coração acelerado. "Me liga se precisar. Te amo."

Ela sai para o corredor e espera que ele entre no elevador. Então volta ao quarto de Xavier e pendura na porta a plaquinha que pede privacidade.

Ele deixou o iPad de lado e está olhando para a frente, para o quadro-branco na parede, onde deveriam anotar tudo, inclusive o horário de qualquer mudança cognitiva para que a enfermagem possa registrar no prontuário. Tremores. Gagueira. Confusão.

Ela se senta na lateral da cama e encontra a mão dele. Sacode-a um pouco, brincando, tentando arrancar um sorriso dele. Repete o movimento e encosta a testa na dele. Eu mudei, ela quer lhe dizer, estou aqui de verdade. Estou mesmo ouvindo. E te vendo.

"Pode me contar o que quiser, sabia?"

Ela se pergunta se é assim que deve ser, se foi isso que perdeu esse tempo todo. É esse o anseio que ela nunca conheceu, esse desespero de ser amada de uma maneira que só seu filho pode amá-la? Essa necessidade de engoli-lo e torná-lo parte de sua alma, de existir apenas e exatamente como ele precisa que ela exista? Sou sua, ela quer dizer. Posso esquecer quem fui antes, você também pode?

Ela se afasta e acaricia as bochechas dele, tão inchadas dos remédios que outra pessoa teria dificuldade em reconhecê-lo. Seu rosto está redondo como a lua cheia. A lua, o luar. A nudez dela, iluminada.

"O que quiser", ela repete, baixo. "Vamos manter entre nós. Mesmo que seja sobre aquela noite. Sobre o que aconteceu." Ela torce para que ele não consiga ouvir o tremor em sua voz. Para que, uma vez na vida, pareça segura para ele. Será que um dia vai sentir que é segura para ele? Não quer pressioná-lo demais. Então, baixinho, diz: "Mesmo que seja algo que você não sabe bem se é verdade... algo que seu cérebro pode ter confundido. Pode ser nosso segredinho. Você entende? Nem preciso dizer para os outros que você falou. Não antes que você esteja pronto."

Ela o acaricia de novo. Ele não tira os olhos do quadro-branco.

Então assente.

"Vai me contar?" Ela olha para a porta fechada, depois para a mão dele, apertada dentro da sua. Sente que os olhos dele percorrem seu rosto agora. Ele tem algo a dizer. Estava esperando que ficassem a sós. Ela sente isso.

"Conta." Ela quer acessar aquilo dentro dele e arrancar, ter as palavras dele bem ali, nas suas mãos. Moldar o que quer que ele diga no que quer que ela precise que seja. "Por favor."

Ele acaricia os nós dos dedos dela com o polegar. Um gesto tão terno, tão recíproco, que o alívio leva lágrimas aos olhos dela.

"Tá", ele diz. Ela arfa de leve ao som da voz dele. Tinha razão, ele precisava ficar a sós com ela, sem mais ninguém. Os dois ficam se olhando, então ele inspira e olha para suas mãos juntas. Ela prende o fôlego. Ele morde os lábios secos. Lágrimas escorrem por suas bochechas inchadas. Ele enxuga o nariz nas costas da outra mão.

"O que vai acontecer?", ele pergunta, e passa o polegar pelos nós dos dedos dela outra vez, só uma vez.

Ela leva a outra mão ao rosto dele e sente dor de tanto que o ama. De tanto que quer que tudo seja melhor. Ela balança a cabeça, não sabe do que ele está falando.

"Com você", ele explica. "Quando eu contar tudo a eles."

Agradecimentos

Obrigada à maravilhosa Madeleine Milburn e à equipe da Madeleine Milburn Agency, que não fica atrás de ninguém. Sou grata pelo apoio de Esmé Carter, Hannah Ladds, Liv Maidment, Giles Milburn, Valentina Paulmichl, Georgina Simmonds, Liane-Louise Smith e Rachel Yeoh.

Agradeço a Pamela Dorman, Maxine Hitchcock e Nicole Winstanley, que foram muito pacientes e zelosas e me incentivaram muito enquanto eu escrevia este romance. É uma alegria e um privilégio trabalhar com vocês, e sou incrivelmente grata por seu comprometimento com minha escrita.

Agradeço às equipes editoriais fenomenais que trouxeram *O impulso* e agora *Os sussurros* ao mundo, com tanto carinho e entusiasmo, por tudo o que fazem. Em especial, a Brian Tart e às equipes da Pamela Dorman Books e da Viking: Marie Michels, Jeramie Orton, Lindsay Prevette, Rebecca Marsh. A Louise Moore e à equipe da Michael Joseph: Clare Bowen, Jen Breslin, Riana Dixon, Helen Eka, Christina Ellicott, Laura Garrod, Sophie Marston, Kelly Mason, Sriya Varadharajan, Lauren Wakefield e Madeleine Woodfield. E a Kristin Cochrane e à equipe da Penguin Canada: Beth Cockeram, Dan French, Charidy Johnston, Beth Lockley, Bonnie Maitland, Alanna McMullen e Meredith Pal.

Obrigada ao dr. Lennox Huang, da SickKids, à dra. Kim Aikins, do Starship Children's Hospital, e à dra. Sony Sierra, da TRIO Fertility, que generosamente doaram seu tempo e seus conhecimentos para trechos deste romance relacionados a cuidados médicos e fertilidade. (Devo explicar, no entanto, que tomei pequenas liberdades em nome da história e dos personagens, portanto nem tudo neste livro é um reflexo do conhecimento deles — perdão!)

Obrigada a meus primeiros leitores, Beth Lockley, Ashley Thomson, Robin Kotisa, Karma Brown e dra. Kristine Laderoute, por sua visão psicológica. E a Carley Fortune, Nita Pronovost e Harriet Alida Lye, por serem um ótimo grupo de amigas escritoras.

Minha parceira de escrita, Ashley Bennion Tait, leu mais rascunhos terríveis do meu trabalho do que qualquer pessoa deveria ter que ler. Eu me beneficiei enormemente de seu talento e de sua amizade. Ela publicou seu romance de estreia, *Twenty-Seven Minutes*, como Ashley Tate, em janeiro de 2023, e espero que todos vocês comprem um exemplar, porque é tão incrível quanto ela.

Minhas queridas amigas que me apoiaram como escritora de tantas maneiras gentis e com toda a consideração, por favor, saibam que amo muito vocês. Um agradecimento especial à minha querida Jenny Leroux, por tudo.

Agradeço aos leitores, livreiros, bibliotecários e autores que apoiaram *O impulso* ao longo dos últimos anos e a todos que me mandaram mensagens, escreveram resenhas ou posts nas redes sociais. Significou muito para mim.

O maior privilégio da minha vida é ter a família que tenho. Obrigada a meus pais excepcionais e amorosos, Mark e Cathy Audrain, a minhas irmãs, Sara e Samantha, e a Alex, Brendan e Brayden. Obrigada aos Fizzell e aos Aikin por todo amor e apoio. E obrigada à nossa dedicada babá, Jackelyne Napilan.

Finalmente, agradeço a MJF, por tudo. E a Oscar e Waverly, por me permitirem ter uma vida de escritora com tanta paciência e por serem infinita e maravilhosamente inspiradores. Amo vocês.

TIPOGRAFIA Adriane por Marconi Lima
DIAGRAMAÇÃO acomte
PAPEL Pólen Natural, Suzano S.A.
IMPRESSÃO Gráfica Bartira, abril de 2024

A marca FSC® é a garantia de que a madeira utilizada na fabricação do papel deste livro provém de florestas que foram gerenciadas de maneira ambientalmente correta, socialmente justa e economicamente viável, além de outras fontes de origem controlada.